FLORIAN BECKERHOFF

Karl Konrads heimliches Afrika

FLORIAN BECKERHOFF

Karl Konrads heimliches Afrika

Roman

List

List ist ein Verlag
der Ullstein Buchverlage GmbH

ISBN 978-3-471-35045-4

Gesetzt aus der Slimbach
Satz: LVD GmbH, Berlin
Druck und Bindearbeiten: CPI – Clausen & Bosse, Leck
Printed in Germany

für Silke und Victor

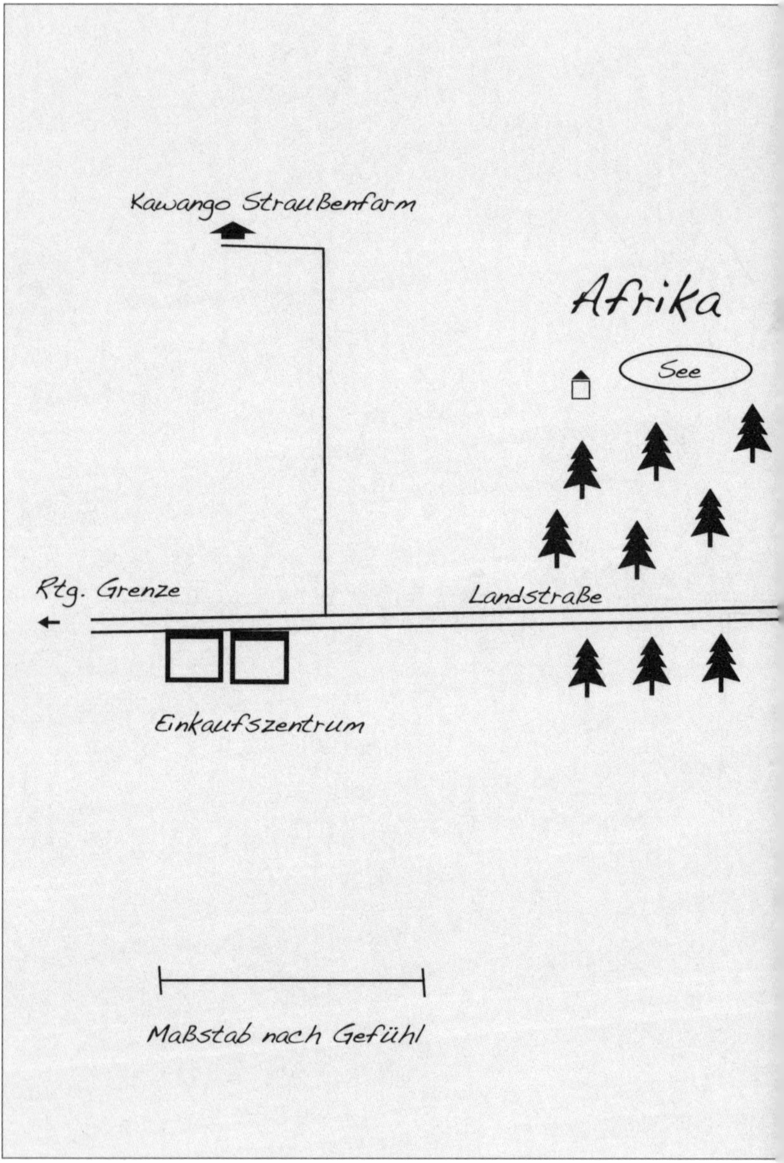
Kawango Straußenfarm
Afrika
See
Rtg. Grenze
Landstraße
Einkaufszentrum
Maßstab nach Gefühl

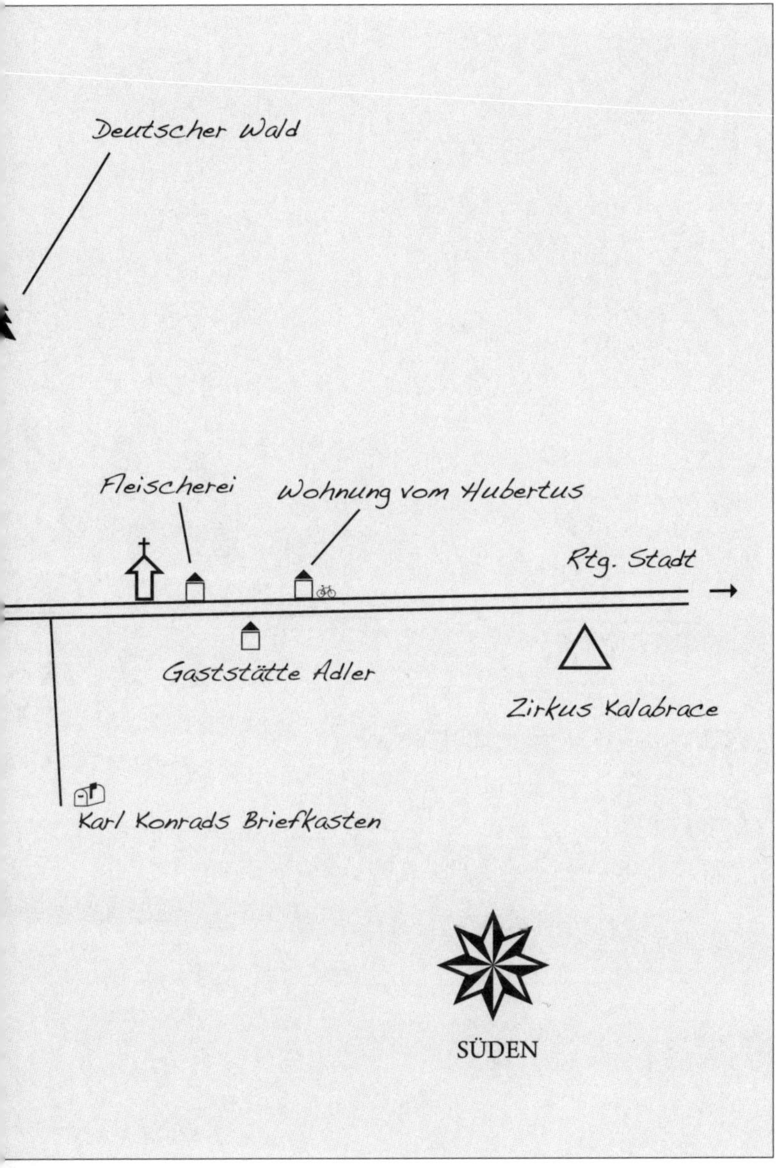
Deutscher Wald
Fleischerei
Wohnung vom Hubertus
Rtg. Stadt
Gaststätte Adler
Zirkus Kalabrace
Karl Konrads Briefkasten
SÜDEN

1.

Als es am späten Vormittag dieses schon recht warmen Frühlingstages an der Haustür der Konrads klopfte, wusste Karl gleich, dass Hubertus ihm etwas zu übergeben haben würde. Die Zeiten, da der Briefträger ohne handfesten Grund bis an die Tür kam, waren lange vorbei. Zu straff war die Route mittlerweile durchgeplant, zu unvorhersehbar die Qualitätssicherungskontrollen des global agierenden Postdienstleisters. Es musste sich um ein Paket handeln oder um ein Einschreiben oder aber um eine Sendung per Nachnahme, wobei Karl nicht hätte sagen können, welche der drei Überraschungen ihm am liebsten gewesen wäre. Zweifellos hätte er aber jede der drei Möglichkeiten dem vorgezogen, was ihn dann tatsächlich erwartete, nachdem er die Flamme unter dem Gemüseeintopf kleiner gestellt hatte und mit umgebundener Schürze zur Haustür geschritten war. Schon durch das von dünnen Drähten durchzogene Milchglas erkannte er Hubertus an seiner massigen Erscheinung.

»Mahlzeit«, grinste der Postbote, kaum hatte Karl die Tür einen Spalt weit geöffnet.

»Hubertus«, sagte er. »Was gibt's denn?«

»Du wirst es nicht glauben, aber ich konnte einfach nicht anders als draufgucken.«

»Wo drauf denn?«

»Briefgeheimnis gilt ja nur für Briefe.«

»Wieso Geheimnis?«

»Hier«, sagte Hubertus und streckte ihm die rechte Hand entgegen, in der sich ein einziges kleines Stück Pappe befand. Eine Postkarte. »Die ist von Tommy.«

Karl griff nach der Karte und betrachtete das leicht vergilbte Bild auf der Vorderseite. Zwei Zebras weideten in einem Sonnenuntergang. Durch den tiefroten Himmel zogen sich wurmartige Wülste. Die Karte hatte wohl eine beschwerliche Reise hinter sich, in deren Verlauf es zu heftigem Knicken gekommen war. Der geringste Vorwurf war dafür sicherlich Hubertus zu machen. Der beäugte Karl noch immer gespannt auf eine Reaktion. Er musste zügig weiter, wenn er keinen Ärger riskieren wollte.

»Und?«, fragte er deshalb nach einer kurzen Weile.

»Ja«, sagte Karl.

»Ja was?«

»Ja eben.«

»Eben was?«

»Ja das! Das hier!«, meinte Karl ganz unerwartet aufgeregt. »Sind das jetzt weiße oder schwarze Streifen?«

»Entschuldige?«

»Die Dinger hier, die Zebras. Sind die schwarz mit weißen oder weiß mit schwarzen Streifen?«, fragte Karl und hielt die Karte so, dass Hubertus freie Sicht hatte auf die Tiere, die er am Morgen längst ausgiebig studiert hatte.

»Dem Kleinen scheint's ja prächtig zu gehen da unten. Hatte wohl recht, sich davonzumachen«, versuchte er das Gespräch in die Bahnen zu lenken, die ihn viel stärker interessierten als das So-oder-so-Gestreiftsein der Zebras. »Seit wann ist der noch weg? Jahre muss das her sein.«

»Vermutlich sind sie schwarz, so wie die Menschen da«, sagte Karl wieder ruhiger. »Ja, schwarz mit weißen Streifen.«

Hubertus brauchte eine Weile, um Karls Gedankengang nachzuvollziehen.

»Zwei haben sie neulich hier gesehen«, meinte er schließlich.

»Was haben sie?«

»Richtige Schwarze.«

»Zwei schwarze Zebras?«

»Nein, richtig schwarze Menschen.«

Karl blickte an Hubertus vorbei auf die unbewohnten Bungalows gegenüber. Keine Wolke war am Himmel. Auch heute würde es nicht regnen.

»Na und?«, fragte er. »Ist das ein Grund zu stören?«

Ohne eine Antwort abzuwarten, wandte Karl sich ab und ging zurück ins Haus. Leise schloss er die Tür, um seine im Wohnzimmer ruhende Mutter nicht zu wecken. Die Postkarte legte er auf das Telefontischchen.

Zurück in der Küche, gelang es Karl einige Minuten

lang, sich ganz auf die Möhren und Selleriestauden zu konzentrieren. Kaum waren die aber gestückelt und im Eintopf versunken, tauchten in seinem Kopf genau die Erinnerungen auf, die Hubertus so sehr interessierten. Immer wieder blickte Karl über die Schulter zurück in den Flur. Hastig griff er in das schmale Holzregal über dem Herd, nahm Salz und Pfeffer, um sich würzend auf andere Gedanken zu bringen. Ein Blick auf die Küchenuhr bestätigte ihm, dass er spät dran war. Es war ihm wichtig, dass seine Mutter pünktlich zu Mittag aß, und auch er selbst spürte den Magen knurren. Rasch ging er ins Wohnzimmer.

Karls viel zu langer Rücken schmerzte unter der Last seiner Mutter. Er versuchte, sich nichts davon anmerken zu lassen. Da sie wenig tun konnte, um ihm die Arbeit zu erleichtern, dauerte es einige Minuten, bis sie auf eigenen Beinen stand und sich von ihm an den längst eingedeckten Esstisch führen ließ. Mit zwei Ecken schlossen die Tischdeckenschoner an die Rundung der weiß betuchten Tischplatte an. Der unterste Punkt des jeweiligen Tellerrandes wiederum lag genau über der Unterkante des zugehörigen Tischdeckenschoners. Wie jeden Mittag setzte Karl seine Mutter auf den in Richtung Fenster blickenden Platz. Mit aller Kraft schob er sie bis an die Tischkante heran, damit Eintopfelemente, die auf dem Weg zu ihrem Mund verlorengehen würden, nicht auf den nur mühselig zu reinigenden Teppich fielen. Auf dem hinterließen die mit Metall beschlagenen Füße des Stuhls parallele Streifen, die Karl mit einem raschen Fußwischer entfernte. Verdammte Streifen! Auf dem Weg zurück in die Küche blickte er bewusst nicht in Richtung des Telefontischchens.

Nachdem Karl sich davon überzeugt hatte, dass die Kartoffeln ausreichend weich gekocht waren, nahm er den Eintopf von der Flamme und schüttete ihn schwungvoll in die bereitstehende Suppenschüssel. Auf dem Weg zurück ins Wohnzimmer stieß er fast gegen den Türrahmen, da er nicht anders konnte, als nach der Postkarte zu sehen. Verdammter Hubertus! Der hätte die Karte wie alle anderen Postsendungen auch in den Briefkasten werfen sollen, wo sie jetzt läge, ohne ihn zu belästigen! Denn Karl hatte es sich zur Gewohnheit gemacht, erst nachmittags nach der Post zu sehen. Derart in Gedanken erreichte er schließlich unbeschadet den Esstisch, stellte die Suppenschüssel zentral zwischen die beiden Gedecke und gab seiner Mutter auf. Erst dann bediente er sich selber.

»Mahlzeit, Mama«, sagte er.

Sie aßen schweigend. Immer wieder fielen der Mutter einzelne Stücke vom Löffel auf die Tischdecke. Karl versuchte, sich auf sein Essen zu konzentrieren. Jedes Schmatzen seiner Mutter, jeder dumpfe Aufprall eines Stücks Gemüse ließ ihn jedoch mit einem leichten Stirnrunzeln in Richtung des Telefontischchens blicken. Natürlich hatte auch Mutter Konrad das ungewohnte Klopfen an der Haustür gehört.

»Es war nichts«, sagte er schließlich. »Hubertus hat sich vertan.«

Die Mutter schwieg wie schon so lange.

Sobald sie ihm signalisierte, dass sie genug gegessen habe, stand er auf, deckte Teller, Besteck und Suppenschüssel ab und ging in die Küche, um Kaffee zu kochen. Als er zurück ins Wohnzimmer kam, zeigte die Mutter lächelnd in Richtung des Radios, woraufhin er ihr den gewohnten Sender einstellte. Wie üblich hatte er am Abend auf seine Frequenz geschaltet, um das klassische Konzert zu hören. Mutter Konrad lauschte am liebsten den glücklichen Schlagern.

Weit, weit hinaus auf's Meer, treibt mich die Sehnsucht sehr …

Karl hatte vergessen, den kleinen Wasserboiler über dem Waschbecken einzuschalten, als er den Kaffee aufgesetzt hatte. Während das Wasser sich jetzt immer lauter rauschend erhitzte, füllte er den Rest des Eintopfs in eine der großen Plastikschalen, die er mit Frischhaltefolie bedeckte und in den Kühlschrank stellte. Der Aufschnittvorrat neigte sich dem Ende zu. Später würde er ins Dorf zur Fleischerei gehen müssen. Auch die Butter reichte nur noch zum Abendbrot, und das, obwohl er immer darauf achtete, im Supermarkt genug für die Woche einzukaufen.

Aus dem Wohnzimmer drang die Stimme des Nachrichtensprechers. Seit fast zwei Monaten hatte es nicht geregnet, was für die Jahreszeit nicht typisch war. Für die kommenden Tage erwartete man feuchte Luft von

Norden. Es folgte Musik, und endlich kochte auch das Wasser im Boiler. Karl griff nach den dunkelvioletten Haushaltshandschuhen. Seine Finger waren ein gutes Stück zu lang. Das Gummi spannte unangenehm, doch er hatte alle verfügbaren Modelle ausprobiert. Verglichen mit dem Ärger, den sie beim Ausziehen machten, war das Überziehen ein Leichtes. Dann tauchte er die Hände ins Wasser. Mit einer kleinen Verzögerung drang die Wärme durch das Gummi.

Ziemlich genau in dem Moment, da Karls durchblutungsbedingt leicht unterkühlte Finger die Wärme des Abwaschwassers in sich aufsogen, trat Hubertus aus der fast schon sommerlichen Mittagshitze in den angenehm temperierten Verkaufsraum der Fleischerei im Zentrum des Dorfes. Das letzte hier verbliebene Geschäft führte eine multiple Existenz als Lebensmittelladen, Paketannahme, Zeitschriftenhandlung, Tabakbedarf, Touristeninformation, Fahrkartenverkauf, Imbiss, Stehcafé und nicht zuletzt auch noch als klassische Fleischerei mit Schlachtlizenz. Lange hatte der Fleischer nach einem Namen für sein Unternehmen gesucht, der dieser Expansion von Waren und Dienstleistungen angemessen Rechnung tragen könnte. Letztlich hatte er, der den Großteil des Tages in der zum Garten hin gehenden Wurstküche verbrachte, aber eingesehen, dass hier sprachlich nichts zu machen war. Eine Erkenntnis, die ihm nicht zuletzt die Anschaffung eines neuen Firmenschildes erspart hatte.

»Sag mal, du kennst dich doch mit Tieren aus«, sagte Hubertus zu Elke, der für ihre gut dreißig Jahre noch sehr jugendlich wirkenden Fleischereifachverkäuferin. Mit ihren anderthalb Metern schaute sie gerade eben über die Auslage, durch deren makellos poliertes Glas bei all der guten Wurst auch ihre drallen Rundungen ins Auge fielen.

Wie jeden Tag, an dem Post ausgetragen wurde, stärkte sich Hubertus auch heute mit einem kleinen Eisbein für den Rücktransport des Dienstfahrrads in die zentrale Verteilstelle. Früher hatte er es über Nacht behalten dürfen, aber auch die Zeiten waren vorbei.

»Was denn für Tiere?«, fragte Elke, während sie Bohnen- und Kartoffelsalat mit einem weißen Plastiklöffel umhob, damit sich keine trockenen Stellen bildeten.

»Zum Beispiel Zebras«, sagte Hubertus, ohne von seinem Teller aufzusehen.

»Zebras?«

»Ja, du hast doch sozusagen beruflich mit Tieren zu tun.«

»Das sind die mit den Streifen, oder?«

»Genau«, sagte Hubertus. Stundenlang hatte er über Karls seltsame Frage nachdenken müssen.

»Kann man die essen?«, fragte Elke. »Also, ich erinnere mich an nichts aus der Ausbildung. Vielleicht weiß da der Chef mehr.«

»Nee, lass den mal«, winkte Hubertus ab, da er sich plötzlich an seine Verschwiegenheitspflicht als Briefträger erinnerte.

Elke aber kannte ihn nach mehr als einem Jahrzehnt mittäglicher Plaudereien viel zu gut, um nicht zu wittern, dass er ihr etwas verheimlichte.

»Was interessieren dich denn Zebras?«, fragte sie, nachdem die Salate wieder wie gerade erst frisch zubereitet aussahen.

»Gar nicht«, schmatzte er vor sich hin. »Sind ja weit weg – in Afrika.«

Ob nun bewusst oder unbewusst, gab Hubertus Elke mit dieser beiläufig formulierten Antwort den entscheidenden Wink, in welche Richtung sie weiterbohren musste. Und wirklich, sie ließ genau die Zeit verstreichen, die nötig war, um klarzustellen, dass sie das Thema wechselten, sie also von alleine auf das Folgende zu sprechen kam. Dann sah sie wieder zu ihm rüber.

»Sag mal, den Tommy Konrad hat man auch seit Jahren nicht gesehen, oder?«

»Wen jetzt?«

»Na Tommy, den Bruder vom Karl, der nach Afrika ist, um den Vater zu suchen.«

»Ach der«, sagte Hubertus und nuckelte zum Abschluss seines Mittagessens an der verbliebenen Schwarte.

»Hat seinen Bruder einfach sitzengelassen, als die Mutter so krank wurde«, ergänzte Elke. »Aber was soll er auch hier, so mit Abitur?«

»Schön ist was anderes, klar. Erst der Vater, dann der Bruder, und Karl muss bleiben. Kann aber sein, dass

Tommy geschrieben hat. Da war irgendwas heute. Eine Postkarte oder so. Mit Zebras drauf.«

»Mit Zebras? Ist ja ein Ding. Und das nach drei Jahren. Und was schreibt er?«

Was Elkes ganze Routine in Sachen Verhörtechnik, die sie betont halbinteressiert nachfragen ließ, nicht ganz überdecken konnte, war, dass Tommy Konrads Schicksal sie um ein Vielfaches stärker interessierte als der gewöhnliche Dorftratsch. Tommy war nicht nur der Einzige aus ihrem Grundschuljahrgang, der es aufs Gymnasium geschafft hatte, nein, er sah auch ganz gut aus und konnte schöne Augen machen, dass es sie jetzt noch wurmte, ihn damals nicht gekriegt zu haben. Und dann war ausgerechnet er nach Afrika. Wie alle Guten sich von hier verdrückten.

»Karl meint, ihm geht's gut da unten.«

»Meint er?«

»Mhm.«

»Na dann.«

»Er fragt sich nur, ob diese Zebras weiß mit schwarzen Streifen sind oder umgekehrt.«

Hubertus' Schulterzucken bestätigte Elke, dass auch er von der Reaktion des Bruders überrascht worden war. Mit einem kurzen Runzeln der fein gezupften Brauen signalisierte sie ihm, dass auch ihr Karls mit den Jahren zunehmende Kauzigkeit nicht entgangen war.

»Ich würde ja sagen Schwarz mit Weiß«, sagte sie schließlich. »So wie die Straße, also die mit Zebrastreifen.«

Hubertus nahm sich eine Minute, um Elkes Ansatz mit Karls Gedanken zu vergleichen. Auch ihre Argumentation war leicht angreifbar, da es die Streifen der Zebras bestimmt nicht erst nach den Zebrastreifen gegeben hatte. Angesichts ihres freundlichen Lächelns sah er dann aber keinen Anlass, ihr zu widersprechen.

»Das nenn ich mal ne logische Denke«, grinste er.

Zufrieden darüber, die schroffe morgendliche Abfuhr an Karl Konrads Tür durch diese feine mittägliche Unterhaltung wieder wettgemacht zu haben, zahlte Hubertus sein Eisbein und verabschiedete sich bis zum nächsten Mittag, für den Fall, dass man sich abends nicht im Adler sehen würde. Vor ihm lagen knapp zwölfeinhalb Kilometer auf dem Dienstfahrrad durch die Mittagshitze, zuzüglich der Fahrt zurück auf seinem eigenen Fahrrad. Es gab sicher Schlimmeres, aber ein Mittagsschlaf hätte ihm jetzt schon gefallen, nur käme er dann ganz sicher zu spät zur Fahrradabgabe. So gut Mittagessen und Mittagsschlaf theoretisch zusammenpassten, so wenig fanden sie nebeneinander Platz in seinem Zeitplan. Da musste man Prioritäten setzen. Der Gedanke an einen Mittagsschlaf ohne Mittagessen erschien Hubertus vollkommen unsinnig.

Karl Konrad hingegen hätte es seiner Mutter gleichtun und einen Großteil des Tages verschlafen können. Ihm wäre Derartiges allerdings nie in den Sinn gekommen. Gleich nach dem Abwasch hatte er sich darangemacht, den staubigen Gehweg vor dem Gartentor zu fegen. Auch die Straße war nicht asphaltiert. Hier standen Wochenendhäuser von immer seltener einfallenden Städtern. Links und rechts des Konradschen Grundstücks war die festgetretene Erde übersät von Flecken des gelblichen Blütenstaubs, der klimabedingt früher als sonst von den Bäumen herunterrieselte. Auf den gut sieben Metern, die Karl zu bearbeiten hatte, lag die Erde vom grobborstigen Besen fein strukturiert. Noch einmal machte er den ganzen Weg hin und zurück, wobei er den Besen hinter sich herzog, um sein Werk mit zwei parallel zur Straße verlaufenden Längsstreifen zu vollenden, die sich wiederum in zahllose Einzelstreifen gliederten. Abschließend betrachtete er das Ganze mit einem Ausdruck leichter Unzufriedenheit um die Mundwinkel, was nicht etwa daran lag, dass er schlecht gearbeitet hätte. Nein, auch die verdammten Streifen im Staub erinnerten ihn wieder an die Zebras. Selbst überrascht von der Heftigkeit seiner Reaktion, schlug er den Besen mehrmals auf den Gehweg, dass die Streifen nur so zerstoben, sich Inseln der Unordnung bildeten, die kaum noch von den Blütenstaubflecken zu unterscheiden waren. Dann wandte Karl sich plötzlich ab. Im Haus überzeugte er sich davon, dass seine Mutter schlief und das Glas Wasser gut erreichbar auf dem Sofatisch stand, und trat kurz darauf mit einer dunkelbraunen Umhängetasche ausgerüstet wieder auf die Straße. Ohne den Gehweg eines weiteren Blickes zu würdigen, ging er mit raumgreifenden Schritten in Richtung Hauptstraße, wandte sich dort nach rechts, versuchte auf den im Vorjahr neu gepflasterten Bürgersteigen so wenige Fugen wie möglich zu berühren und erreichte schließlich den zentralen Dorfplatz, in dessen Mitte die seit Jahrzehnten ungenutzte Kirche stand. Hier lag auch schon das Ziel seines kleinen Ausflugs, jene multifunktionale Fleischerei, in der Elke seit Hubertus' Abschied keinen einzigen Kunden mehr hatte bedienen dürfen.

»Die Bratwurst«, fragte Karl, kaum hatte er den Verkaufsraum betreten. »Ist die mit Majoran?«

»Bratwurst ist immer mit Majoran«, sagte sie.

Karl überlegte einen Moment, ob er sich zum Abend wirklich eine Wurst gönnen sollte. Er verschob die Entscheidung, um zunächst das Pfund Butter und den fehlenden Aufschnitt zu bestellen.

»Ist aber gut, die Bratwurst«, sagte Elke schließlich, nachdem sie jeweils drei Scheiben Jagdwurst, Fleischwurst und Salami sowie einen kleinen Block halbgrober Gurkensülze abgewogen und in Papier geschlagen hatte.

Natürlich wusste Elke, dass Karl wusste, wie die Bratwurst schmeckte. Seit zehn Jahren wurde sie nach unverändertem Rezept zubereitet, weshalb Karls Frage nach der Verwendung von Majoran nur ein weiteres Indiz für seine zunehmende Verwirrtheit war. Doch Elke sah gar keinen Grund, das Spiel nicht mitzuspielen. Sie wollte Karl ja unbedingt in ein Gespräch verwickeln.

»Deine Mutter hat die immer gemocht«, sagte sie. »Als sie noch selber kommen konnte.«

»Ach ja?«

»Dein Bruder auch, bevor er nach Afrika musste.«

»Was heißt denn hier müssen?«

Die deutliche Reaktion überraschte sogar eine auf investigative Verkaufsgespräche spezialisierte Frau wie Elke, wobei sie eine gewisse Freude angesichts dieses schnellen Erfolgs kaum verheimlichen konnte. Ohne Hubertus in irgendeiner Weise zu verraten, hatte sie gleich ins Schwarze getroffen. Über die Auslage hinweg starrte Karl sie einen Moment lang an, als vermute er genau den richtigen Hintersinn ihrer Frage. Das war doch wohl kein Zufall und so weiter. Schnell aber bekam sein schmales Gesicht mit den beiden Falten zwischen Nasenflügeln und Mundwinkeln wieder seine gewohnt undurchdringliche Gleichgültigkeit. Dass ausgerechnet Karl nicht von ihr wollte, was er natürlich auch nie kriegen würde. Wo selbst bei niedrigeren Temperaturen kaum einer hier die Augen von ihr lassen konnte.

»Ich zahle«, sagte er.

Elke kannte ihn gut genug, um zu wissen, dass sie heute nichts weiter von ihm erfahren würde.

»Zwei siebenundfuffzig«, las sie vom Bon ab, den die elektronische Kassenwaage ihr entgegenschob.

Karl zählte genau passend Münzen auf die Auslage, verstaute den kleinen Plastikbeutel in seiner Ledertasche und verließ grußlos den Laden. Elke stach mit einer Gabel in die zuoberst liegende Scheibe auf dem Fleischwurststapel, drehte diese geschickt ein und führte sie zum Mund. Wann hatte sie überhaupt angefangen, diese Wurst zu mögen, mit der man sie noch vor kurzem hätte jagen können? Wenn sie so weitermachte, musste sie bald neue Hosen kaufen. Kauend sah sie dem hageren Mann hinterher, der sich zügig vom Dorfzentrum entfernte. Die Sonne stand schon schräg. Karl Konrad warf einen bemerkenswert langen Schatten. Die Wurst schmeckte köstlich, das musste sie dem Fleischer lassen. Mit der konnte man sich gut einen Nachmittag vertreiben, an dem kein Kunde einen behelligte. Da hatte sie dann abends richtig Lust auf Bier und Quatschen unter Menschen.

»Du willst doch nicht zum Pack in die Spelunke gehen?«, hörte Elke ihren Chef auch an diesem Abend, als sie sich oben in ihrem Zimmer ausgehfertig machte.

Wieder einmal trat er ohne anzuklopfen ein. Sie stand vorm Spiegel und trug nicht allzu sparsam Lidschatten und Lippenstift auf, was sie tagsüber in der Fleischerei nicht durfte. Der Fleischer war schon im Anzug, einem Dreiteiler aus bestens gepflegter grauer Schurwolle, warum auch immer er das viel zu knappe Ding Abend für Abend anzog. Bei den herrschenden Temperaturen grenzte das an Wahnsinn, zumal es hier oben unterm Dach noch viel stickiger und heißer war. Mit ruhiger Hand zog Elke den Lippenstift nach, öffnete leicht den Mund, um ihren Chef zu ärgern. Ganz hinten im Spiegel sah sie die Matratze liegen, die ihr als Bett diente. Gleich daneben stand die Küchenzeile, ordentlich gescheuert und trotzdem unerträglich hässlich. Verglichen mit diesem Loch erschien sogar der Adler reizvoll wie die große weite Welt.

»Und das geht Sie was an?«, fragte sie.

»Ja, wen denn sonst, bitte?«

Er lächelte ungeschickt.

Die ersten Jahre nach dem Verschwinden seiner Frau hatte er sich noch redlich um Elke bemüht. Sie brauchte nach dem Tod der Mutter Ausbildung, Arbeit und Unterkunft, er jemanden für den Verkauf, der nicht komplett dumm war. In letzter Zeit aber schien er an Unredlicheres zu denken. Seit er von Elkes kurzem Intermezzo mit dem Fernradfahrer Wind bekommen hatte. Da hatte Elke die so ehrlich um sie werbenden Lokalmatadoren zutiefst verletzt, als sie im Adler mit dem knutschte, den seine Tour durch ganz Europa ausgerechnet hierhin führte, in dieses eine nie genutzte Fremdenzimmer gleich über dem Schankraum. Und dann hatte sie den unrasierten Sportler, der sie an Tommy Konrad denken ließ, später noch eingeladen, hier hoch über die Fleischerei auf einen Teller Wurstsalat. Und natürlich war es dabei nicht geblieben. In diesen Stunden mit dem Fernradfahrer hatte sie daran glauben wollen, dass Tommy gekommen war, um sie zu erlösen aus diesem Kaff, der Fleischerei, dem Leben, das so nicht bleiben konnte. Elke war zu klug, um am Morgen darauf traurig zu sein, als der Typ sich wieder auf sein Fahrrad schwang. Ärgerlich waren nur die seitdem regelmäßigen Ausfälle von Seiten des Fleischers, der sie in der Nacht gehört hatte.

»Außerdem sollen Sie anklopfen.«

»Na, komm schon, Kleines«, versuchte er sich als charmanter Stenz und trat noch näher an sie ran. »Warum denn draußen essen, wenn's zu Hause schmeckt? Ich dachte, du magst deine Arbeit hier.«

»Sie finden eh keine andere als mich«, sagte sie ganz ruhig. »Also für den Verkauf. Und jetzt raus hier!«

»Mensch, Mädchen«, wurde er weinerlich. »Das kann doch nicht so schlimm sein, bei der Hitze und wir beide hier und du so herrlich moppelig, das passt doch viel zu gut, um's nicht zu machen. Ich zahl dir auch was extra.«

»Raus jetzt! Versuchen Sie mal kalte Duschen!«

Sie war die letzte Frau im Dorf. Natürlich brauchte sie den Job und das Zimmer. Sonst hätte sie gar nichts außer dem komischen Gefühl im Bauch.

2.

Aus Sicht des Dorfes hätte man meinen können, dass der von Norden her angekündigte Regen diesen kleinen Flecken Erde knapp verfehlt hatte und einige Kilometer weiter hinter dem Wald niedergegangen war. Tatsächlich aber waren die feuchten Luftmassen einfach verschwunden, hatten sich in Nichts aufgelöst und wurden daraufhin natürlich auch von keinem der vielen Wetterdienste mehr erwähnt. Als hätte es all die verheißungsvollen Ankündigungen nie gegeben. Die Sonne schien einfach weiter, entzog dem Boden Tropfen um Tropfen das wenige verbleibende Wasser und brachte die Säfte der Männer umso stärker in Wallung. Ansonsten passierte kaum etwas, ja, vielleicht noch weniger als sonst.

Erst zwei Tage nach dem ungewöhnlichen Erscheinen des Postboten an der Konradschen Haustür fiel Karls Blick wieder auf die Postkarte von seinem Bruder. Weder hatte in der Zwischenzeit jemand angerufen, noch war es Zeit für den halbwöchentlichen Hausputz gewesen, der ihn erst jetzt das dunkelgrüne Telefon abstauben und die Zebras weiden sehen ließ. In diesem Sonnenuntergang. In Afrika. Karl Konrad war ein disziplinierter

Mensch, der gerne im Voraus wusste, was er von sich zu erwarten hatte. Zu unvorhersehbar war diese Welt um ihn herum. Deshalb konnte er jetzt nicht zufrieden sein. Die Zebras erinnerten ihn an seine unsinnig unkontrollierten Auftritte Hubertus und Elke gegenüber. Nur deshalb und nicht aus eigentlichem Interesse nahm er die Karte in die Hand und drehte sie um.

Liebe Mutter, lieber Kalli,

viele Grüße aus dem immer sonnigen Afrika! Hier ist es wirklich phantastisch. Ich lebe in einem tollen Haus mit Veranda und eigenem See. Überall sind Tiere. Zebras, Hippos, Strauße, Warzenschweine und so weiter. Ich habe auch zwei eigene Bedienstete, die widersprechen nie!

Ich hoffe, es geht euch gut,

euer Tommy

Karl betrachtete die beiden Zebras auf der Vorderseite, las dann ein zweites und drittes Mal die Zeilen, die angeblich sein Bruder geschrieben hatte. Auch wenn seine sich langsam ausbildende Weitsichtigkeit ihn die schnörkelige Handschrift nur schwer entziffern ließ, konnte es am Inhalt keinen Zweifel geben. Er begriff dennoch nicht recht, was die wenigen Sätze ihm sagen wollten. Da entdeckte er die vertikal an den Rand gequetschte Zeile rechts von der Adresse.

PS: Vielleicht schaffe ich es Weihnachten nach Hause.

Kerzengerade verharrte er im schummrigen Flur, die Karte direkt vor den Augen.

Als Karl seine Mutter im Wohnzimmer stöhnen hörte, hätte er nicht sagen können, wie lange er da gestanden hatte. Schnell machte er die paar Schritte zu ihr hin, die Karte in der Hand. Mutter Konrad lag wie jeden Tag auf dem Sofa, die dunkelbraune Wolldecke bis unter die Achseln hochgezogen, den nur noch spärlich grau behaarten Kopf auf einem großen Leinenkissen. Fragend blickte sie ihn an und streckte ihre Rechte langsam nach der Karte aus. Es war zu spät. Trotzdem zögerte Karl einen Moment, versuchte ihrem Blick, dem Bitten dieser braunen Augen standzuhalten. Er musste wegsehen und reichte ihr die Pappe. Kaum hatte sie die in der Hand, wandte er sich hastig ab, um das Radio anzustellen, und eilte dann zurück in den Flur. Zum Abschluss des Hausputzes hatte er den Kachelboden feucht zu wischen.

O süße Claudia, die Nacht im Sand mit dir war wunderbar …

Vom Badezimmer aus, wo er das schmutzige Putzwasser entsorgte, hörte Karl zwei Lieder später den halbstündlichen Wetterbericht. Keine Aussicht auf Regen. Ungewöhnlich hohe Temperaturen. Sommerlich. Er betrachtete das gurgelnd in den Ausguss schäumende Wasser, schüttelte kurz den Kopf, weil er meinte, ein Schluchzen zu hören. Er musste jetzt den Garten wässern. Noch nie hatte er das vor Mitte Mai gemacht, doch der Rasen war schwer wiederherzustellen, wenn er erst einmal zu viel Feuchtigkeit verloren hatte.

Karl ging gleich vorne aus dem Haus, wo sich rechts der Tür der Wasseranschluss befand. Den ordentlich über die Haltevorrichtung aus vergilbtem Plastik gelegten Gartenschlauch bedeckte eine dicke Schicht Blütenstaub. Zügig krempelte Karl die Ärmel seines großkarierten Hemdes hoch bis über die Ellenbogen und legte mit der Rechten eine Schlaufe Schlauch nach der anderen um seinen linken Unterarm. Auf dem Weg in den Garten ließ er den Schlauch dann auf die Betonplatten gleiten. An der Rasenkante angekommen, legte er die verbliebenen Schlauchschlingen vorsichtig ab und ging zurück ins Haus und in die Haushaltskammer. Hier wurde den Winter über der Rasensprenger verwahrt. Die von drei Aluminiumrohren verbundenen Füße aus Hartplastik lagen in der Originalverpackung.

Karl war noch ein Kind gewesen, als sein Vater ihm die ersten Lektionen in Sachen Bewässerung erteilt hatte. Diese Gegend verfüge nicht über ausreichende Wasserressourcen und jeder Tropfen sei wertvoll. Karl hatte neben dem Schreibtisch stehen dürfen, während sein Vater die optimale Bewässerung des Gartens errechnete. Dazu der Duft des selbstgeräucherten Fischs. Die Hand des Vaters in seinem Nacken. Das vor Jahrzehnten angelegte Dokument befand sich von einer Klarsichthülle geschützt neben dem Gerät in der Verpackung. Karl nahm das ganze Paket unter den Arm.

Zurück im Garten, blickte Karl durch das große Fenster ins Wohnzimmer. Ganz reglos lag die Mutter auf dem Sofa. Schnell wandte er sich wieder dem Bewässerungsplan zu, den er doch längst auswendig kannte. Anhand der vorgegebenen Orientierungspunkte suchte er die erste Position für den Rasensprenger. Sein Vater hatte immer gewusst, was zu tun war. Position und Zeit waren die alles entscheidenden Variablen, vorausgesetzt, die Zuflussgeschwindigkeit ließ sich kontrollieren, was beim beständigen Wasserdruck der öffentlichen Versorgung gegeben war. Position und Zeit. Karl platzierte das Gerät so exakt wie möglich. Dann zog er die letzten Meter Schlauch über den Rasen und stülpte das Ende über den vorgesehenen Pfropfen am Gerät. Zufrieden streckte er sich wieder in die Höhe und schritt zurück ums Haus zum Wasseranschluss. Vier Umdrehungen bis zum Anschlag. In fünfundzwanzig Minuten würde er das Gerät neu positionieren, so dass anschließend wieder genug Zeit wäre, um mit der Mutter zu Mittag zu essen. In der Zwischenzeit würde er alles vorbereiten.

Zwei Teller samt Besteck in den Händen, trat Karl ins Wohnzimmer. Durch das Fenster konnte er die feinen Wasserstrahlen in der Sonne funkeln sehen. Im Radio sang eine Frauenstimme. Das Gesicht der Mutter war schmerzverzerrt. Feucht von Tränen. Das hatte er von draußen nicht bemerkt. Dazu diese Musik.

Das Glück meiner Tage hat einen Namen …

Auf ihrer Brust lag die Postkarte. Was auch immer sie dachte, er hätte es verhindern müssen. So hatte er sie noch nie gesehen. Hilflos blickte Karl aus dem Fenster.

»Komm, Mama«, sagte er nach einer Weile. »Wir müssen essen.«

Die Karte verstaute er in seiner linken Hosentasche. Aus der rechten holte er sein Taschentuch hervor und tupfte das Wasser von der rissigen Haut. Nur an die Furchen im Augenwinkel traute er sich nicht heran. Sie schimmerten weiter feucht, als er ihren Körper anhob, sich gemeinsam mit ihr aufrichtete und sie an den Tisch führte. Karl servierte den aufgewärmten Eintopf, schöpfte der Mutter und sich selbst den Teller voll. Dann schaufelte er die grobgeschnittenen Gemüsestücke mit wilder Hast in sich hinein. Erst als sein Teller leer war, blickte er auf. Sie weinte immer noch.

»Du musst das essen, Mama.«

Er nahm sich nach, ganz ohne Hunger. Nur um sich zu beschäftigen, hob er weiter Gemüse an die schmalen Lippen, die sich gerade so weit öffneten wie nötig. Erst als er seinen zweiten Teller restlos geleert hatte, blickte er wieder aus dem Fenster. Um den Rasensprenger bildete sich schon eine kleine Pfütze.

»Verdammt!«, rief er.

Mutter Konrad, die gerade begonnen hatte, doch etwas zu essen, verschluckte sich. Ganz trocken waren plötzlich ihre Augen, ein heulendes Würgen entfuhr ihr, Karl konnte es nicht fassen. Da hustete sie schon und keuchte heftig. Etwas Grünes flog aus dem Mund hinaus auf die Tischdecke. Karl betrachtete das Stück Gemüse. Er starrte es an, als könnte es ihn beruhigen, ihn vergessen lassen, dass die Mutter geweint und er den Rasen überwässert hatte und auch noch anderes ganz anders lief, als es zu laufen hatte. Da streckte die Mutter ihre vom Eintopf leicht bekleckerte Hand aus und legte sie Karl auf den Unterarm.

»Pass doch auf«, sagte er. »Du machst das Hemd noch dreckig.«

Nachdem Karl das Wasser endlich abgestellt hatte, verbrachte er den Nachmittag damit, den dunkelgrün lackierten Zaun zur Straße hin vom Blütenstaub zu befreien und dabei die Gedanken an diese so schlecht gelungene erste Tageshälfte zu verdrängen. Mühsam schrubbte er sich mit einer alten Zahnbürste den Gehweg entlang, immer wieder kurz erfreut, wenn ein weiteres Stück Zaun feucht-sauber in der Sonne glänzte. Doch Karl war unruhig. Wie ein Tier vor einem Beben.

Die Gaststätte Adler lag, vom Konradschen Haus gesehen, kurz hinter dem Dorfzentrum. Karl musste also sowohl die Kirche als auch die um diese Zeit geschlossene Fleischerei passieren, als er am Abend auf ein Getränk einkehren wollte. Stahlblau ließ die Dämmerung den wolkenlosen Himmel strahlen. Nur ganz hinten am Horizont, wo sich in Karls Rücken die Landstraße in einem schon dunklen Wald verlor, schimmerte es noch leicht orange. Wäre Karl etwas früher aufgebrochen, er hätte einen Sonnenuntergang gesehen, der dem auf der Postkarte von seinem Bruder in nichts nachstand. War er aber nicht, weshalb er jetzt die Straße entlangschreiten konnte, ohne an das verdammte Stück Pappe in seiner Hosentasche erinnert zu werden. Seine halbwegs ausgeglichene Stimmung wurde allerdings noch vor Betreten der Kneipe getrübt, da er Hubertus' Fahrrad an der Hauswand lehnen sah. Die Vorfreude auf eine kalte Cola mit Zitronenscheibe war dahin. Hoffentlich hatte Hubertus genug Anstand, ihn nicht noch einmal so dumm anzusprechen.

Karl drückte die Tür hinter sich zu und ging grußlos zu seinem Platz ganz am Ende des Tresens. In Schulterhöhe standen Pokale im Regal, so dass er nicht ganz an die Wand heranrücken konnte.

»Cola«, sagte er zu Ray.

»Eis und Zitrone?«

Karl nickte.

Neben Hubertus saßen Elke und Manfred an einem der beiden großen Tische. Am anderen Ende des Tresens standen Oschi und sein namenloser Trinkkumpan, die hier ihr in der Fleischerei erworbenes Bier genießen durften, vorausgesetzt, sie bestellten hin und wieder einen Schnaps dazu.

»Bitte«, sagte Ray und stellte die Cola auf einen Bierdeckel.

Sofort bildete sich Kondenswasser am kalten Glas. Schon liefen die ersten Tropfen hinunter bis auf den Bierdeckel. Ray stand am Waschbecken und polierte Gläser, als wartete er darauf, dass etwas passierte. Die

Runde am Tisch schwieg. Die Trinker nuckelten an ihren Flaschen. Karl nahm sich Zeit. Verträumt betrachtete er seine Cola. Minutenlang. Als Karl endlich nach dem Glas griff, seine Fingerabdrücke sich deutlich in diesem feinen Film kondensierter Luftfeuchtigkeit abzeichneten, sahen sie alle so unverhohlen in seine Richtung, dass man glauben konnte, sie hätten ihm Gift in die Cola getan.

»Sag mal«, räusperte sich Ray und blickte auf von seinem vielfach polierten Glas. »Geht's dem Tommy tatsächlich so prächtig in Afrika?«

Mit einem Mal verschwand die Schönheit dieser goldbraunen Flüssigkeit, sah Karl nicht mehr die zarten Linien, die das Kondenswasser auf sein Glas zeichnete, nicht das Funkeln des Lichts in den einzelnen Tropfen. Stattdessen war Wasser auf dem Rasen, standen die Zebras auf der Weide, lag das Gemüse auf dem Tischtuch.

»Was habt ihr denn mit diesem Afrika?«, fragte er laut und stand von seinem Barhocker auf. »Als müsste man dafür Heimat und Familie verlassen! Was könnt ihr mich denn nicht damit in Ruhe lassen?«

Wütend sah er in die Runde. Dann knallte er das abgezählte Geld für die Cola auf den Tresen und verließ den Schankraum, ohne sich noch einmal umzublicken. Die Tür zog er hinter sich zu.

Ray blickte an der noch nahezu randvollen Cola vorbei auf die verbliebenen Gäste und zuckte mit den Schultern.

»Dem kannste nicht gleich mit der Tür ins Haus fallen, hab ich dir doch gesagt«, meinte Hubertus leicht verärgert.

»Bei mir ist der auch so plötzlich abgehauen letztens«, sagte Elke.

»Wie das jetzt? Du und der?«

»Schwachkopf!«

»Ich kann ihn schon verstehen. Einfach weg, der Vater und dann der Bruder, und er ganz alleine hier mit seiner Mutter.«

»Und deswegen muss er auch selber immer abhauen?«

»Wer ist denn nicht allein hier?«

»Also ne Mutter hab ich zumindest nicht.«

»Ist wohl genetisch. Fluchtreflex, gibt's auch bei Tieren. Hab ich auf Arbeit mal im Fernsehen gesehen.«

»Unsinn. Das macht ihm halt zu schaffen.«

»Der ist nur neidisch, weil der Tommy es zu was gebracht hat«, sagte Elke und blickte sehnsüchtig aus dem Fenster in die Dunkelheit.

»Dass ihr Weiber immer gleich psychologisch werdet.«

»Der ist jedenfalls bald reif für den Käfig. Der macht das nicht mehr lange.«

Darin waren sie sich letztlich bei aller Widersprüchlichkeit der im Weiteren vorgebrachten Thesen einig. Eine Überraschung wäre das nicht, wenn Karl hier eines Tages durchdrehen würde.

Der hatte unterdessen die Dorfstraße eilig hinter sich gebracht, wobei seine Wut einer zunehmenden Ratlosigkeit gewichen war. Zu Hause angekommen, setzte er sich mit einem Glas Milch an den Wohnzimmertisch und betrachtete das Mondlicht, das sich glitzernd in dem noch immer nicht versickerten Wasser brach. Schwarze Streifen zeichneten die herausragenden Halme in das schimmernde Weiß. Wie hypnotisiert saß er da. Seine dunkle Silhouette ragte hoch in den Raum hinein, bis sie ganz plötzlich noch weiter in die Höhe schoss, sich schnell zur Schrankwand hinbewegte und in die Knie ging. Quietschend schwang eine der unteren Türen auf. Karl wusste genau, was er suchte. Mit einem flachen rechteckigen Gegenstand in der Hand richtete er sich wieder auf und tastete nach dem Lichtschalter neben der Tür. Kurz schloss er die Augen, geblendet von der plötzlichen Helligkeit. Das gerahmte Foto zeigte eine Gruppe von Männern in leinenen Anzügen und Tropenhelmen, die umgeben von schwarzen Arbeitern stolz lächelnd in kargem Buschland posierten. Karl wusste, dass einer von ihnen sein Vater war, doch er hätte nicht mehr mit Sicherheit sagen können, welcher. Er blickte in den Garten. Aus seiner Kehle drang ein seltsamer Laut, leidend und wütend zugleich.

3.

Mit reduzierter Geschwindigkeit und elegantem Schwung passierte Karl die Schikane am Dorfausgang und gewann auf der folgenden Geraden stetig an Geschwindigkeit. Sein Gesicht ließ keinerlei Rückschlüsse darauf zu, wie er die schon eine Woche zurückliegenden Ereignisse im Zusammenhang mit der Postkarte seines Bruders verarbeitet hatte. In sich zusammengefaltet, um überhaupt auf seinem alten Mofa Platz zu finden, blickte er mit zusammengekniffenen Augen geradeaus. Die staubig brachliegenden Felder links und rechts der Straße würdigte er keines Blickes und nahm auch den nach einigen Kilometern erreichten Wald fast reglos hin. Nur die Augen musste er hier im Schatten nicht mehr so stark zusammenkneifen und wirkte so ein klein wenig entspannter. Karl hatte die Waldstrecke in etwa zur Hälfte hinter sich, als er plötzlich wieder stark die Stirn runzelte und von der Straße weg ins Halbdunkel des Unterholzes starrte. Kurz meinte er, zwei Männer zu sehen, dunkle Gestalten. Hubertus hatte von schwarzen Menschen gesprochen, die sich hier angeblich herumtrieben. Und wenn schon. Ging ihn das etwas an? Schnell verdrängte Karl den Gedanken, schüttelte den behelmten Kopf und wandte sich nach vorne. Er hatte Wichtigeres zu erledigen.

Als Karl nach einer knappen halben Stunde Fahrt das Einkaufszentrum erreichte, parkte er sein Gefährt nicht wie üblich vor dem Supermarkt, sondern ein Stück weiter auf dem Parkplatz des Baumarkts. Er stieg ab, führte die Kette durch die Speichen und verband die Enden mit dem kleinen Vorhängeschloss. Dann schritt er regelrecht beschwingt über den Platz. Karl trug sandfarbene Hosen mit Bügelfalte, dazu eines seiner großkarierten Hemden. So passierte er Informationsschalter und Eingangsschleusen, reckte seinen Kopf anschließend noch etwas höher in die Luft und blickte auf die von der Decke herabhängenden Schilder, die ihm sagten, wo was zu finden war.

»Kann ich helfen?«, fragte ihn aus einem der Gänge heraus ein Fachmarktangestellter.

»Was denn helfen?«

Karl ging einfach weiter. Ganz hinten hatte er es längst grün schimmern sehen.

Nach kurzem Herumirren in der Gartenbauabteilung fand er zwischen Palmen und bastenen Sichtschutzwänden den Gang mit dem bewässerungstechnischen Inventar. Auf knapp zehn Metern lagen und hingen Schläuche, Rasensprenger, Rohre und Rohrverbindungen. Das elektronische Zubehör für automatisierte Lösungen war hinter Glas verschlossen wie die teuren Getränke im Supermarkt. Auch so konnte Karl feststellen, dass die Preise seine Möglichkeiten um ein Vielfaches überstiegen.

»Kann ich helfen?«, hörte er schon wieder jemanden fragen.

Karl wandte sich noch einmal dem Regal zu, um sich zu vergewissern, dass er sich hinsichtlich der Preise nicht geirrt hatte. Die Anschaffung der Automatik ließ sich nicht finanzieren. Den Garten würde er weiter genau so bewässern, wie sein Vater es festgelegt hatte.

»Nein, danke«, sagte er.

»Würde ich Ihnen auch geraten haben«, meinte der Fachmarktangestellte. »Das Wetter und die Wasserpreise, da hat nur Krösus grünen Rasen. Da lässt der Staat uns ganz schön sitzen. Wird Zeit, dass wieder mal einer für Ordnung sorgt.«

»Ja«, sagte Karl. »Ordnung muss sein.«

»Sonst wächst hier bald gar nichts mehr, wie in Afrika.«

»Ja, sicher.«

»So weit lassen wir das nicht kommen. Da wird sich bald was ändern!«

Den letzten Satz wiederholte der Mann noch einmal und schlug sich dabei mit der Faust in die eigene Hand. Dann wandte er sich ab. Karl blieb zwischen den Schläuchen stehen, um nachzudenken über das gerade Gehörte. Der Angestellte schien sich seiner Sache sehr sicher. Was meinte er wohl damit, dass sich etwas ändern würde?

Zurück auf der Landstraße, zügelte Karl seine Lust am kühlenden Fahrtwind. So zuverlässig das Mofa auch war, galt es doch, den nicht mehr jungen Motor zu schonen. Die Worte des Fachmarktangestellten in Erinnerung, betrachtete er die strohgelben Felder und fragte sich, ob die Trockenheit hier wirklich eine Frage des Geldes und der Politik war. Ob so ein Staat da etwas machen musste? Was seinen eigenen Garten betraf, verwarf er den Gedanken schnell. Auch wenn die Wasserpreise weiter stiegen, müsste Karl lediglich auf die Cola im Adler verzichten, um das Geld wieder reinzuholen. Hochgerechnet auf die ganze trockene Weite, die sich links und rechts bis hin zum Horizont erstreckte, kam Karl allerdings auf ganz andere Beträge. Aber damit wollte er sich nicht beschäftigen, weshalb er glücklich war, endlich den Wald zu erreichen. Die Bäume holten sich ihr Wasser tief aus der Erde, ohne Hilfe der Menschen. Da musste man sich keine Sorgen machen. Allerdings hatte er im Adler davon reden hören, dass auch die Wälder in Gefahr seien. Tatsächlich hatte es immer wieder gebrannt in den vergangenen Jahren. Daran wollte er genauso wenig denken, zumal der Motor seines Mofas plötzlich röchelte.

»Was jetzt?«, fragte Karl überrascht in das immer heftigere Husten hinein.

Das Mofa rollte bald schon nur noch Schrittgeschwindigkeit, blieb dann ganz stehen, gehüllt in den ätzenden Gestank verbrannten Öls. Karl stieg ab und betrachtete sein Gefährt verwundert. Dass ein Ding, das jahrzehntelang ganz einfach funktioniert hatte, so plötzlich nicht mehr weiterwollte. Ob auch das an der Hitze lag?

Die nächste Überraschung, der Karl sich ausgesetzt sah, bestand darin, dass sich das Gefährt gar nicht so einfach schieben ließ, selbst auf der flachen und frisch asphaltierten Strecke. Noch nicht einmal die ersten fünfzig Meter zwischen zwei der schwarz und weiß gestreiften Fahrbahnbegrenzungen hatte er geschafft, als sein Hemd am Rücken schon durchnässt war, die ersten Tropfen ihm am Bein hinunterrannen. Zehn Pfähle weiter dachte Karl nur noch an die Streifen, das Schwarz und Weiß der Zebras. Natürlich wusste er, dass es keinen Zusammenhang gab zwischen Tiermusterung und Verkehrszeichen. Die Anstrengung brachte ihn einfach durcheinander. So hielt er auch die zwei Gestalten zunächst für Hirngespinste, die ihn nicht aufhalten sollten, da er nach Hause musste, wo die Mutter wartete. Zu lange durfte er sie nicht allein lassen, zumal bald Mittag war. Erst als es plötzlich leichter ging, war er bereit, sich ernsthaft zu beschäftigen mit diesen beiden Männern, die mit anfassten, ganz einfach lächelnd mit ihm mitliefen, als sei das ein Vergnügen. Das konnte so nicht weitergehen.

»Halt!«, rief Karl. »Was soll denn das jetzt?«

Nach kurzem wie wildem Stolpern und Schlenkern standen sie still am Fahrbahnrand. Es handelte sich um Männer dunkler Hautfarbe mit kurzrasierten Haaren. Der eine hager, etwa so groß wie Karl und etwas älter, der andere gedrungen, beinahe schon dick und sehr viel jünger. Glänzend stand der Schweiß auf ihren Stirnen.

»Brauchen Sie keine Hilfe?«, fragte der Dicke.

»Was denn für Hilfe? Wer sind Sie überhaupt?«

»Hilfe beim Vorankommen. Wegen des Motorschadens.«

»Was wissen Sie denn davon?«

»Wir haben Sie beobachtet.«

»Ich bin Alfred«, sagte der Dicke und reichte ihm seine dunkle Hand, die innen überraschend heller war.

»Ich heiße Ephraim«, sagte der andere und streckte seinerseits die Hand aus.

Karl musste sich entscheiden, nach welcher Hand er greifen wollte.

»Und wer sagt, dass ich Hilfe brauche?«, fragte er und wandte sich seinem Mofa zu.

»Eben«, sagte der Lange und machte Anstalten, sich abzuwenden.

»Wir helfen trotzdem«, sagte der, der sich als Alfred vorgestellt hatte.

Karl zögerte, sah dann aber die Mutter vor sich, die ihn längst erwartete. Also bückte auch er sich, um am Lenker anzufassen. Auf drei holten sie Schwung und liefen los. Nach wenigen Schritten waren sie gut in Fahrt, eilten schweigend bis zum Ende des Waldes und weiter die Landstraße entlang, jetzt in der sengenden Sonne. Karl fand, dass die beiden etwas eigentümlich rochen, was beim Zustand ihrer Kleidung verwunderte, da diese dunkelblauen Hemden auffällig gepflegt waren. Mehr nahm er auf den vielen Metern gar nicht wahr. Er akzeptierte ihre Unterstützung als so selbstverständlich, dass er fast wütend wurde, als die beiden kurz vor der Schikane einfach in die Felder sprangen und verschwanden, während er damit zu kämpfen hatte, das Mofa im Gleichgewicht zu halten. Nicht einmal verabschiedet hatten sie sich.

Erst ein Motorschaden, dann die zwei Gestalten, und das bei dieser Hitze. Die Luft flimmerte über der Straße, als habe sich das Wetter in der Jahreszeit vertan. Konnte er seinen Sinnen noch vertrauen? Die schwarzweißen Pfähle, die Sonne, die Geschichte von Hubertus und, ja, die Postkarte, da konnte man schon ganz von selbst auf komische Gedanken kommen, wenn man nicht aufpasste. Den Streifenwagen sah Karl erst, als er gleich neben ihm hielt. Das Fenster auf der Fahrerseite senkte sich und hüllte Karl in eine Wolke so wohlgekühlter Luft, dass er eine Erkältung fürchten musste.

»Mahlzeit«, sagte ein Polizist.

»Ja?«, fragte Karl.

»Motor?«

»Ja.«

»Noch weit?«

»Gleich da.«

»Na dann«, sagte der Polizist, musterte Karl aber doch noch einen Augenblick. »Sie haben hier nicht zwei Dunkelhäutige gesehen, oder?«

»Dunkelhäutige?«

»Na Schwatte. Schwatte Neger. Afrikaner. Sind den Kollegen an der Grenze durchgegangen.«

»Hier gibt's nur weiße Menschen«, sagte Karl.

»Genau«, sagte der Polizist. »Und das soll auch so bleiben. Sonst sieht's hier bald aus wie da unten.«

Dann hob sich summend die Scheibe. Wortlos grüßte der Polizist durchs Glas hindurch und fuhr weiter in Richtung Wald. Erst als der Wagen nicht mehr zu sehen war, dachte Karl wieder an seine beiden Helfer, die für echte Afrikaner aber viel zu gutes Deutsch gesprochen hatten. Gar keinen Sinn ergab das. Karl war froh, als er endlich das heimische Gartentor erreicht hatte und sich um solche Dinge nicht mehr sorgen musste.

Schon vom Flur aus konnte er riechen, dass seine Mutter sich vollgemacht hatte. Er war zu spät zurückgekommen. Umso hastiger lief er ins Wohnzimmer. Sie lag auf dem Boden. Schnell stellte er sie auf die Beine und führte sie ins Bad, um sie auszuziehen und abzuduschen. Dann trocknete er sie ab, schlang eine frische Windel um die Hüfte und zog die weite Hose darüber.

»Mittag gibt's heut bisschen später«, sagte er. »Ist wegen Motorschaden.«

Am Nachmittag hatte Karl mit einiger Mühe die im Wald verlorene Zeit wieder aufgeholt, die Einkäufe verstaut, gekocht, gedeckt, gegessen und gespült, so dass er Punkt drei Uhr mit einem Eimer Seifenwasser und der Zahnbürste zurück am Gartenzaun war. Seinem Plan zufolge musste er die sechs Meter von der straßenseitig linken Grundstücksecke am Nachbargarten entlang bis nach hinten schaffen. Das Vergnügen war nicht ganz das gleiche wie beim letzten Arbeitsgang, da dieser Teil des

Zaunes vollständig im Schatten lag. Kein Glänzen also der geputzten Stellen in der Sonne. Dennoch sah Karl, dass es voranging. Der Dreck eines ganzen Winters, der so plötzlich aufgehört und dieser Hitze Platz gemacht hatte, die ihn ganz durcheinanderbrachte. Wie an einen unsinnigen Traum erinnerte er sich an den Vormittag. Dass er auf die Idee gekommen war, sich nach automatischen Bewässerungssystemen zu erkundigen, wo hier doch alles eindeutig geregelt war. Der Plan steckte in der Klarsichthülle. Er durfte sich nicht ablenken lassen. Nicht auszudenken, was der Vater sagen würde, wenn er davon wüsste. Der Vater, der ihm gezeigt hatte, wie man ein Grundstück pflegte, zu jeder Jahreszeit mit angemessenen Aktionen. Der an ganz besonderen Tagen morgens schon den Räucherofen heizte und den frischen Fisch hineinhängte, dass es so köstlich duftete. Zum Angeln war er nachts immer alleine losgefahren. Das war wohl nichts für Kinder.

Kein Wort vom Vater hatte auf der Postkarte gestanden. Überhaupt kein Wort seit über zwanzig Jahren. Was hatte er da nur zu tun in Afrika? Einmal noch war er zurückgekommen, da ging Karl zur Schule. Das Bild der Männer mit den Arbeitern hatte er mitgebracht. Von großen Veränderungen hatte er gesprochen, von Systemen, die wechselten, aber alle doch Wasser bräuchten, weshalb er schnell zurückmüsse, das sei jetzt seine Pflicht. Karl verstand nichts davon. Er sah nur die kranke Mutter weinend mit Tommy auf dem Arm. Sie solle aushalten, er würde sie bald nachholen, nach Afrika. Zum ersten Mal in all den Jahren fragte sich Karl, warum sein Vater sich nicht hier um die Bewässerung gekümmert hatte, warum jetzt hier die Felder trocken und in Afrika die Seen mit den Tieren, schwarze Diener, alles prächtig. Warum holte er sie nicht zu sich? Warum schrieb er nichts auf Tommys Karte? Warum war er nicht da, wo er gebraucht wurde? Stattdessen kamen diese Männer über die Grenze in den Wald, wohin auch immer die jetzt weiter geflohen waren. Was wollten sie hier, wenn da alles prächtig war? Das konnte doch nicht sein, dass so ein Vater runtermachen musste zwecks Installation und Wartung der Bewässerungssysteme und die von da nach hier kamen. Karl verstand all diese Bewegung auf der Welt nicht, wo es doch überall genug zu tun gab und auch in Afrika die Mütter mit den Kindern Männer und Väter brauchten.

Karl hatte die Hälfte seines Tagespensums Zaun geschafft, als er sich eingestand, dass er hier nicht nur schrubbte, sondern auch dachte. Als sei es nicht die Welt um ihn herum, die Unsinn trieb. Plötzlich schien es ihm, als müsste er nur nachdenken, um zu verstehen, was geschah, seit diese Postkarte zu ihm ins Haus gekommen war. Weidende Zebras, Sonnenuntergang, wulstige Knicke im Karton, den er aus seiner Hosentasche holte. Das musste doch zu klären sein! Er spürte viel zu deutlich, dass etwas nicht stimmte. Den Blick fest auf die Postkarte gerichtet, strengte Karl sich regelrecht körperlich an, um dahinterzukommen, was ihm denn so missfiel an dieser Trockenheit, der Hitze, den Erinnerungen an den Vater, am Zustand der Mutter und des Rasens sowie an den Erlebnissen des Morgens. Doch in ihm drin war ein Gefühl, das sich nicht denken ließ.

Später, gegen Ende des gemeinsamen Abendbrotes, bat Karl seine Mutter, sich etwas früher in ihr Bett bringen zu lassen. Er müsse noch mal weg.

»Dauert nicht lange«, sagte er. »Falls du noch etwas brauchst nachher. Dann bin ich wieder da.«

Als Karl seine abendlichen Pflichten etwas eiliger als sonst erledigt hatte, war es draußen noch taghell. Zufrieden trat er aus der Haustür. Über dem großkarierten Hemd trug er einen Blouson des Vaters, dessen Bündchen ihm fast an den Ellenbogen saßen. Er sprang die zwei Stufen hinunter, schritt durchs Gartentor und wandte sich rechts die Straße entlang. Noch schneller marschierte er auf der Hauptstraße weg vom Dorf in Richtung Wald. Bevor er den aber erreicht hatte, schlug Karl sich rechts in die Felder, wich vorsichtig Kaninchenlöchern und Maulwurfshügeln aus, hielt geradeaus zu auf eine kleine Gruppe Bäume. Die Sonne stand schon knapp über den Baumwipfeln. Die letzten Meter rannte Karl, bis er vollkommen außer Atem stehen blieb. Hastig fingerte er die Postkarte aus seiner Hosentasche und hielt sie so, dass er zugleich die Wirklichkeit dahinter sehen konnte. Die Spitzen der verdorrten Gräser strahlten feuerrot. Die Bäume warfen ihre Schatten bis zu seinen Füßen, und da, ja, da traten zwei Tiere zwischen die Bäume, die im Gegenlicht ganz schwarz erschienen. Karl hätte nicht sagen können, was das für Tiere waren.

»Ich wusste es«, murmelte er, und um seinen schmalen Mund zuckte es leicht, als wollte etwas in ihm lächeln. »Hier ist doch wie in Afrika.«

4.

»Und ich bleibe trotzdem dabei«, sagte der alte Heinze und nippte an seinem Bier, wobei ein Großteil der Krone an seiner Oberlippe haften blieb. »Die Karte haben diese beiden Neger mitgebracht. Von wegen Zufall!«

Heinze stand für Recht und Ordnung entlang der Dorfstraße, zumindest seiner eigenen Einschätzung nach. Dank einer zu seinen Gunsten fehlerhaften Rentenberechnung meinte der ältere Herr mit dem braungrauen Filzhut, sich eine gewisse Arroganz leisten zu können. Gemeinsam mit dem Fleischer bildete er gewissermaßen die Oberschicht. Nur ließ Heinze sich zumindest gelegentlich zu einem Besuch im Adler herab.

»Aber wenn ich doch sage, dass ich sie morgens selbst sortiert habe!«, entrüstete sich Hubertus.

»Papperlapapp, ist doch klar, dass du das sagen musst.«

»Ich denke, die haben die einfach hier eingeworfen«, meinte Elke. »Der Tommy hat sie ihnen mitgegeben.«

»Ach ja?«, fragte Heinze überheblich grinsend. »Du denkst also? Lass das mal nicht deinen Chef wissen. Und wie ist das mit der Frankierung?«

»Die war afrikanisch, eindeutig, jedenfalls nicht deutsch«, berichtete Hubertus.

»Ihr habt doch keine Ahnung«, schaltete sich Manfred ein, der sich dank einer unbefristeten Anstellung in einem Elektrogroßmarkt an der Autobahn traute, seinerseits vor Elke zu markieren. »Das ist doch alles viel zu einfach.«

»Zu einfach?«, fragte Ray, dem das Gehabe seines Konkurrenten überhaupt nicht passte.

»Ihr könnt das nicht verstehen, weil ihr nicht wisst, was ich tagtäglich sehe, was da gegenüber aus dem Hühnchengrill rauskommt.«

»Aus dem Hühnchengrill?«

»Er meint die Sonnenbank und will witzig sein«, sagte Ray.

»Ist er aber nicht«, stichelte der alte Heinze. »Der Möchtegern.«

»Jedenfalls gibt's da Leute, die würden glatt als Schwatte durchgehen, so schwarz sind die, wenn die fertig sind.«

»Gesund ist das aber nicht«, sagte Elke.

»Sagt ja auch keiner«, lächelte Manfred sie an. »Jedenfalls ist das doch viel zu klar, dass man nach Jahren oder auch Jahrzehnten in der Sonne Afrikas auch nicht mehr weiß ist. Der Schwärzegrad steigt ja proportionell zur Sonnungsdauer.«

»Proportional heißt das.«

»Die denkt schon wieder mit«, schüttelte Heinze seinen Kopf.

»Jedenfalls sind das die beiden Konrads«, sagte Manfred.

Als hätte er ihnen ohne jeden Zweifel die Lösung des Problems geliefert, blickte er stolz in die Runde, sicher, dass Elke ihm nicht mehr lange widerstehen würde. So richtig schien der Funke nicht überzuspringen.

»Das da im Wald, das ist der Vater Konrad mit dem Tommy«, fühlte Manfred sich nach einem viel zu langen Schweigen gezwungen zu ergänzen.

Die Wirkung der Erkenntnis blieb auch weiterhin aus. Langsam etwas verunsichert blickte Manfred noch einmal um sich. Ray grinste triumphierend hinter seinem Tresen, ja, mit Elke tauschte er sogar vielsagende Blicke. Hatten sie denn einfach nicht verstanden?

»Mann, Leute, die sind schwarz geworden!«, rief er.

»Jetzt lass mal gut sein«, meinte Heinze. »Vielleicht guckst du ein bisschen zu viel Fernsehen auf der Arbeit, oder?«

»Mann, Manfred«, sagte Ray. »So ein Müll, darauf geb ich ne Runde.«

Auch wenn Ray diesen Punkt für sich hatte entscheiden können, war allen Anwesenden klar, dass Elke seit dem Auftauchen der Postkarte für jeden Einzelnen von ihnen noch unerreichbarer geworden war. Es war zu offensichtlich, dass im Wettkampf um die Gunst der letzten im Dorf verbliebenen Frau in heiratsfähigem Alter ausgerechnet der Tausende von Kilometern weit entfernte Tommy Konrad mühelos den Sieg davontrug. Tröstlich war allein, dass der von seinem Glück nichts wusste. Da musste man dem bösen Zahn der Zeit vertrauen, der Elke eines Tages vor dem Spiegel begreifen lassen würde, dass ein normaler echter Mann noch immer besser war als die Idee von einem Abenteurer. Jedenfalls nahmen sie alle gerne das von Ray gereichte Gläschen Hochprozentigen.

»Na, dann mal auf die Frauen!«, grinste Ray.

»Was denn für Frauen?«, fragte Heinze. »Als gäbe es hier Frauen!«

»Dafür gibt's Neger!«, nuschelte Oschi.

»Was machen die denn jetzt schon wieder?«, fragte Elke. »Außerdem sagt man das nicht mehr.«

»Die sind im Wald«, lallte Oschi weiter, angespornt durch Schnaps und ungewohnte Aufmerksamkeit. »Ich hab's gesehen, mit den Augen.«

»Womit denn sonst, du Nase? Mit den Ohren oder was?«

»Gestern war das. Ich bin wie immer ums Dorf gelaufen, um zu gucken, ob der Regen kommt, weil regnen muss es doch mal wieder. Da hab ich sie gesehen, am Waldrand, mit eigenen Augen.«

»Mit welchen denn sonst?«

»Klugscheißer.«

»Du warst halt besoffen.«

»Nein, ich hab nur Bier getrunken, vielleicht zwei gegen den Durst bei der Hitze. Da war der Himmel blau ...«

»Wie du!«

»Jetzt lass ihn halt mal reden!«

»Ganz ohne jede Wolke, nur die Neger auf dem Hügel gleich am Waldrand.«

»Wie im Fernsehen.«

»Und wenn schon«, meinte Ray, dem es gar nicht recht war, dass hier von seinem Punktgewinn abgelenkt wurde. »Dann sollen sie doch im Wald bleiben.«

»Die Neger?«, fragte Heinze forsch. »Du willst diese Verbrecher einfach so im Wald lassen, wo unsere Kinder spielen?«

»Was denn für Kinder? Wo gibt's denn hier noch Kinder?«

»Was habt ihr denn jetzt mit Kindern?«

»Frauen, Kinder, Neger, ist doch alles Scheiße«, meldete sich Oschis Trinkkumpan. »Ich würd jetzt gern mal trinken.«

»Dann zahl halt selbst, dann musste auch nicht warten.«

»Das muss gemeldet werden! Deshalb war sie doch hier, die Polizei.«

»Na, das würd mir Spaß machen«, meinte Elke. »Du mit dem Oschi in die Stadt auf die Wache.«

»Dir würd noch was ganz anderes Spaß machen«, schoss Heinze.

»Aber bitte«, sagte Hubertus.

»Jedenfalls ist das subversiv, was hier geredet wird! Da kann ja jeder kommen und in unserem Wald wohnen!«

»Wem der gehört, weiß man doch gar nicht.«

»Irgendwem wird er schon gehören. Gehört doch alles irgendwem, wo nicht mehr alles im Besitz von allen ist.«

»Wer hat dir das denn beigebracht?«

»Ohne die Mithilfe der Bevölkerung ist die Landessicherheit kaum gewährleistet«, redete sich Heinze weiter in Rage.

»Erst soll keiner raus, dann keiner rein, das ist doch alles bescheuert«, meinte Elke.

»Hör du mir auf mit raus und rein!«

»Jetzt werd nicht eklig!«

»Herr Heinze!«

»Ich werd in jedem Falle Meldung machen, und du bist mein Zeuge!«

»Mann, lass jetzt mal den Oschi.«

»Ich hab's erst auch nicht geglaubt, weil ich ja nur geguckt hab wegen der Wolken und dem Regen, aber die waren da, weil ich ja näher ran bin, auf dem Boden wie damals bei der Truppe, hier, die Hose ist noch dreckig. Die standen da, und später kam noch einer, und das war Karl, der stand auch da und ist dann weg.«

»Der Konrad?«, fragte Elke.

»Ich sag doch, die machen ein Familientreffen, der Vater mit den beiden Söhnen.«

»Jetzt fängt der schon wieder an mit seiner Sonnenbank.«

»Das muss man überprüfen! Wer denen hilft, ist kriminell!«

»Können wir dann mal trinken?«

»Aber worauf denn?«

»Warum nicht auf den Regen? Wir brauchen hier einfach mal wieder Regen.«

»Und was heißt Regen rückwärts, bitte?«

»Ihr seid doch alle voll bescheuert.«

»Bei der Hitze ja kein Wunder.«

»Und Karl macht mit den Schwatten rum?«

»Schwachsinn!«

»Ruhe, verdammt!«, rief Ray. »Sonst mach ich letzte Runde.«

»Ach nee, jetzt schon?«

»Nur wegen der ...«

»Halt's Maul und trink!«

»Na also.«

»Geht doch.«

»Prost!«

5.

Schnell verblasste die Erinnerung in der unerbittlich scheinenden Sonne. Tommy Konrads Postkarte, die Flüchtlinge im Wald, der Streifenwagen. Kaum zwei Wochen später war es schon wieder ein Ereignis, dass Karl frühmorgens auf den Dorfplatz schritt, um auf den Bus zu warten. Der hielt hier dreimal täglich, morgens, mittags und am späten Nachmittag. Die Abendroute endete feiertags und in den Schulferien einige Dörfer weiter in Richtung Stadt. Schüler gab es hier draußen allerdings schon lange nicht mehr.

Elke konnte Karl überhaupt nur deshalb sehen, weil sie zu dieser Tageszeit noch nicht dazu gezwungen war, das Schaufenster mit den erst vor wenigen Tagen angebrachten schwarzen Stoffbahnen abzudunkeln. Morgens lag die Fleischerei im Schatten. Vom späten Vormittag an aber knallte die Sonne genau auf das Schaufenster. Dann saß Elke vom Stoff geschützt im Dunkeln, das hieß im Neonlicht, schläfrig vom angestrengten Brummen des überforderten Kühlsystems. Deshalb freute sie sich umso mehr über die kleine Abwechslung, machte die paar Schritte bis zur Tür und ließ die Türglocke klingeln.

»In die Stadt?«, fragte sie.

»Meine Sache«, sagte Karl, verärgert, dass man ihn schon wieder nicht in Ruhe ließ, kaum musste er mal unter Menschen.

Zehn Tage hatte er damit verbracht, den Frühlingsputz erfolgreich zu beenden und den Motor des Mofas zu reparieren. Schon am letzten Samstag war er wieder durch den Wald und in den Supermarkt gefahren. Zehn Tage, in denen sein Kopf trotz aller Arbeit das Denken schlicht nicht hatte lassen können. Karl wurde sie nicht los, diese gar nicht geraden Denkgebilde, die zu überhaupt nichts führten. Vielmehr drehte sich das ganze Innere des Kopfes immerzu um dieses Afrika. Die Postkarte, die beiden Männer im Wald, die er auch Samstag wieder ganz weit weg gesehen hatte, auch wenn das Unsinn war. Karl war es nicht gewohnt, sich mit Dingen zu beschäftigen, die er nicht in die Hand nehmen konnte, die irgendwo irgendwie waren, ohne dass man wusste, wo und wie genau. Warzenschweine, Elefanten, Zebras, schwarze Menschen, der Bruder an seinem See und der Vater mit Räucherfischgeruch, das musste einfach weg oder auch her. In jedem Falle wollte er begreifen. Und deshalb stand er an diesem Morgen in der prallen Sonne und beobachtete das Flirren der Hitze, die für Afrika ja typisch war, wenn man denn glauben wollte, was die Leute sagten.

»Aufs Amt?«, setzte Elke nach und brachte ihn so dazu, sich doch noch zu ihr umzudrehen.

Sogar im Schatten leuchteten ihre Haare, strahlten

ihre Zähne weiß. Er sah schnell wieder weg, weil so etwas ihn gar nichts anzugehen hatte.

»Nein«, sagte er und sah erleichtert seinen Bus kommen, der nur noch die Schikane passieren und das Dorf durchqueren musste.

»Na, dann mal gute Fahrt«, sagte Elke.

Kurz darauf nahm Karl mit einem Schritt die beiden Stufen hoch in den Bus. Er löste seinen Fahrschein und verstaute ihn gleich in der Hosentasche. Dann nahm er Platz, auf der Schattenseite und in Fahrtrichtung.

Der Mutter hatte er ihr Essen gleich ans Sofa zu dem Wasserglas gestellt. Eine andere Lösung gab es nicht, da Supermarkt und Baumarkt nicht hatten, was er brauchte. Er machte das nicht zum Vergnügen. Deshalb konnte er es kaum erwarten, endlich in die Stadt zu kommen. Ungeduldig betrachtete er die schlecht geputzte Fensterscheibe, entfernte mit dem Fingernagel eine Schmiererei. Nicht einmal das Zirkuszelt nahm er so richtig wahr, das kurz vor der Stadtgrenze stark heruntergekommen auf dem Festplatz stand.

Endlich hielt der Bus an der Endstation. Zischend öffneten sich die Türen. Mit Schwung nahm Karl die Stufen. Die herumhetzenden Menschen ließen ihn erst einmal ganz starr werden, den Kopf nach oben recken, um sich umzusehen. Er hatte jetzt zwei Stunden, bis der Bus zurückfuhr, um zu finden, was er suchte. Zum Glück erinnerte er sich von früheren Besuchen her grob an die Ordnung der Innenstadt. Er wartete, bis eine Gruppe Frauen ihn passiert hatte, und überquerte dann zielstrebig die Straße. Die Einkaufszone lag gleich vor ihm, glatt gepflastert, voller Menschen.

Karl nahm Tempo auf. Zügig schritt er geradeaus. So schnell, dass er vom Kopf bis zu den Socken schon nassgeschwitzt war, als er endlich durch die noch viel wärmer blasende Lüftung am Kaufhauseingang trat. Kurz hielt er inne, um sich zurechtzufinden. Erfolglos. Er musste sich überwinden und an den Tresen treten, über dem in großen Buchstaben Information versprochen wurde. Der zuständige Angestellte sah ihn freundlich an, bis Karl nach einer Weile ausdruckslosen Starrens seitlich in die Ledertasche griff und seinen Bilderrahmen hervorholte.

»Haben Sie das?«, fragte Karl und tippte auf die Helme.

»Darf ich?«, fragte der Angesprochene und griff nach dem Bild. »Das sieht ja mal abenteuerlich aus.«

»Und? Haben Sie das?«

»Könnte Outdoor sein. Warten Sie mal kurz.«

Schon war der Mann mit seinem Bild verschwunden. Karl blieb einfach stehen, immer angestrengter von der stickigen Luft, dem unerträglichen Gestank der ihn umgebenden Parfumabteilung und den viel zu vielen Menschen.

»Versuchen Sie es mal bei Outdoor, wie ich schon sagte«, hörte er da zum Glück den Mann, der plötzlich wieder hinter seinem Tresen stand und ihm das Bild entgegenstreckte. »Die Treppe hoch ins vierte Geschoss und da gleich links vom Sport.«

Auf der Rolltreppe nahm Karl immer zwei Stufen auf

einmal, bis er ganz außer Atem endlich oben angekommen war. Die Angestellten waren alle in Verkaufsgespräche vertieft. Nervös betrachtete er die glänzenden Schlafsäcke, Zelte, Campingkocher, sah bunte Jacken, als wolle man sich hier verkleiden. Dann kamen Schuhe, die wirkten wie Maschinen, vor allem einer, den sie aufgeschnitten hinter Glas platziert hatten. Unglaublich, was alles in so einem Schuh steckte, wie kompliziert die Dinge waren.

»Wo soll's denn hingehen?«, hörte er jemanden fragen und sah eine kleine und sehr sportliche Frau neben sich.

»Ja wie, wohin denn?«, fragte Karl zurück.

»Asien oder Afrika? Antarktis? Anatolien?«

»Gar nicht. Was sollte ich denn da?«

»Also Ferien in der Heimat. Trekking, Hiking, Nordic Walking?«

Karl verstand nicht, was sie von ihm wollte. Er zeigte ihr das Bild, das er noch immer in der Hand hielt.

»Also Safari? Ist ja klasse!«

»Ich brauche so was«, sagte Karl und zeigte auf die Helme.

»Tropenhelme«, sagte sie. »Vollkommen überholt. Da fällt viel weniger vom Himmel, als man denkt. Außerdem viel zu unflexibel und desaströse Atmungseigenschaften. Kommen Sie mal mit.«

Ehe er etwas sagen konnte, preschte sie schon voraus. Trotz seiner sehr viel längeren Beine hatte er Mühe, Schritt zu halten. Am Ende erreichten sie aber in etwa gleichzeitig die hintere Ecke des Verkaufsbereichs. Eine ganze Wand mit nichts als Hüten. Karl folgte mit den Augen einer Reihe nach der anderen, entdeckte aber keine Kopfbedeckung, die der gesuchten auch nur ähnlich war.

»Schauen Sie mal«, rief ihm die Verkäuferin zu und wollte ihm einen der Hüte reichen.

»Ich brauche so was«, sagte Karl noch einmal und zeigte auf das Bild.

»Mhm«, sagte sie. »Dann vielleicht doch eher Verkleidung, beim Spielzeug zwei Stock tiefer.«

Und Karl hetzte los in Richtung Treppe, jetzt langsam wütend, da man ihn hier nicht ernst zu nehmen schien.

Unten angekommen, stand er wieder in einer vollkommen anderen Welt. Die quiekte und fiepte und piepte, dass man ganz durcheinanderkam. Überall buntes Plastik, flimmernde Bildschirme, dazwischen die Kinder, schreiend und rennend. Ein Alptraum. Zum Glück wurde Karl schnell als Kunde erkannt und endlich als solcher behandelt.

»Für wen soll's denn sein?«, fragte die ältere Dame sehr freundlich.

»Ich brauche das hier«, sagte er und zeigte auf sein Bild. »Für mich.«

Sie musterte ihn skeptisch.

»Das könnte eng werden, aber kommen Sie mal mit.«

So landete Karl am Ziel seiner Reise, zwischen Affenkostümen und Cowboypistolen, Indianerzelten und Raumtransportern, Pappnasen, Ritterschwertern, Maschinenpistolen und Feenkleidern. Hier parkten Bagger und Traktoren, baumelten Hängematten und Lianen, wackelten Schaukelpferde, hüpften Gummikühe, lachten Enten und sangen Papageien. Und plötzlich fühlte er sich wohl, vergaß kurz sogar, warum er hier war. Lächelnd hielt die Verkäuferin einen Tropenhelm aus Hartplastik in ihren Händen, bis Karl begriff und in die Knie ging.

»Größer gibt's die leider nicht«, sagte sie. »Könnte aber passen.«

»Autsch!«, sagte Karl.

»Jetzt stellen Sie sich nicht an. Schließlich geht es auf Safari!«

Er richtete sich auf, ignorierte das schmerzhafte Drücken des Helmes, der sich im Stirnbereich besonders tief in seine Haut grub, und schaute in den Spiegel an der Wand. Und da sah er sich plötzlich lächeln, wenn auch nur ganz leicht.

»Passt!«, sagte er.

»Zahlen geht unten schneller«, riet ihm die Dame noch, als er schon wieder losstürmte. »Und Vorsicht vor den wilden Tieren!«

Kaum eine Stunde hatte Karl für seinen Einkauf gebraucht. Zurück in der Fußgängerzone, wusste er nicht recht, was er mit der verbleibenden Zeit anfangen sollte. Das ganze Treiben war ihm zwar nicht mehr so unangenehm wie vorhin, reizte ihn aber auch nicht. Immer wieder schaute er an sich hinunter auf die Tüte in seiner Hand, als ginge er mit einem Kind spazieren. Hätte sich jemand die Zeit genommen, ihn zu betrachten, er wäre verwundert gewesen, so glücklich schien der große Mann, auf dessen Stirn die Sonne glänzte.

Karl wandte sich nach links und ging gemessenen Schrittes in Richtung Busbahnhof. Allein der Hunger ließ ihn hin und wieder aufblicken, die Auslagen der Imbisse betrachten, deren Düfte ihn verführten. Dann dachte er an seine Mutter. Wie unsinnig, ein Essen unterwegs! Was sollte er jetzt so ein Brötchen oder eine Wurst vertilgen, wo zu Hause sein Teller abgedeckt im Kühlschrank stand? Nein, er ging einfach weiter bis zum großen Platz, auf dessen Stirnseite er eine Bank gleich an der Haltestelle fand. Er setzte sich in die pralle Sonne, zögerte einen Augenblick und griff endlich in die Tüte. Kurz betrachtete er den Helm und drückte ihn sich dann nicht ganz so fest auf den Kopf. Er hielt auch so, und fast sofort herrschte auf der Kopfhaut und im oberen Gesichtsbereich eine ganz angenehme Kühle.

Karl saß schon eine Weile mit geschlossenen Augen gleich unter dem Schild, das die Route des Busses anzeigte, als zwei Damen mittleren Alters ihn bemerkten.

»Jetzt guck dir den an!«, sagte die eine, die einen kleinen weißen Hund an der Leine führte. »Wie so ein Tierforscher im Fernsehen.«

»Da draußen in der Wildnis kann er den gebrauchen.«

»Dass da überhaupt noch ein Bus hinfährt, wo überall gespart wird.«

»Bald wohnt da keiner mehr, dann ist das auch vorbei.«

»An sich ja schade.«

»Ja«, sagte die mit dem Hund. »Dann haben immerhin die Tiere ihre Ruhe.«

Als der Bus, gut vier Stunden nachdem Karl das Dorf verlassen hatte, wieder vor der Fleischerei zum Stehen kam, ließ es sich Elke natürlich nicht nehmen, an den verdunkelnden Stoffbahnen vorbei auf den Platz zu blicken. Kurz dachte sie, sich von der Sonne geblendet zu täuschen. Dann aber war sie sicher, dass da Karl Konrad ausstieg und den Bus abfahren ließ, um gleich darauf durchs Dorf zu schreiten. Etwas strahlte weiß auf seinem Kopf, der noch viel höher in den Himmel ragte als gewohnt, als habe Karl sich selbst gekrönt mit was auch immer.

»Jetzt ist er wirklich durchgeknallt, der Arme«, sagte sie und zog sich zurück ins kühle Licht der Neonröhren, um ihren Feierabend zu erwarten.

Es dauerte keine zehn Minuten, da ertappte Elke ihre Hand mit der Gabel unterwegs zur Wurstauslage. Besonders der Fleischwurststapel hatte es ihr angetan, der Hand und irgendwie auch Elke selbst, der jetzt das Wasser schon im Mund zusammenlief, obwohl sie so etwas doch eigentlich nicht machte. Nicht auszudenken, was der Fleischer ihr erzählen würde, wenn er sie dabei ertappte! Fristlose Kündigung, und dann? Erschrocken fuhr sie zusammen, riss die Gabel weg von all der Wurst. Das Telefon schrillte auf seine altmodische Art, dass es ihr in den Ohren schmerzte. Kein Grund, sich aufzuregen.

»Die Fleischerei, guten Tag«, meldete sie sich.

»Hallo?«, fragte eine Stimme mit starkem Akzent.

»Ja, was gibt's denn?«

»Ja«, sagte die Stimme, dann hörte man das Rascheln eines Zettels, der geglättet wurde. »Haben Sie – Befugnis zur Nutztierentsorgung?«

»Was?«

»Haben Sie Befugnis zur Nutztierentsorgung?«, las die Stimme da schon flüssiger.

»Was denn fürn Nutztier?«, fragte Elke.

»Zirkustier. Zebra und so.«

»Wie bitte? Ist das ein Scherz?«

»Warum denn Scherz? Was meinen Sie?«

»Sie wissen, dass wir hier die Fleischerei sind, oder?«

»Schlachterei auch, steht in Telefonbuch.«

»Schlachterei? Wirklich? Das wär mir neu«, sagte Elke, der dieser seltsame Anrufer langsam verwirrend glaubwürdig erschien. »Also, da müsst ich jetzt den Chef fragen.«

»Ja, gut.«

»Der ist aber nicht da.«

»Nicht da?«

»Ja, hier nicht. Der ist in der Wurst.«

»Ist in der Wurst?«

»Nein, also ja. So sagt man nur. Er macht gerade Wurst, Bratwurst. Können wir Sie erreichen?«

»Kleiner Festplatz«, sagte der Mann.

»Der vor der Stadt? Und Telefon?«

»Ja, richtig«, sagte er und nannte seine Zahlenfolge.

»Sagen Sie dem Chef, wichtig ist, warten Sie, Nutztierentsorgungszertifikat, ja?«

»Ich will Ihnen keine Hoffnung machen, auch wenn wir so einiges im Angebot haben, aber Sie hören bestimmt von uns.«

»Danke, vielen Dank«, sagte der Mann und legte auf.

Elke überlegte, ob sie Karl mit seinem Helm nicht zu den Zebras schicken sollte, nur hatte der mit Schlachten sicher nichts zu schaffen. Ja, der wollte ihr gar nicht aus dem Kopf und auch nicht aus dem Bauch, der jetzt schon wieder seltsam drückte. Bei allem Irresein heckte Karl sicher etwas aus. Das würde sie herausbekommen, wusste Elke und sah schon wieder ihre Hand im Neonlicht der Fleischauslage.

6.

Auch Karls rätselhafte Selbstkrönung hielt sich nur ein paar Tage als Gesprächsthema am Tresen des Adlers. So schnell verloren die verbliebenen Dorfbewohner das Interesse in dieser selbst die Gedanken lähmenden Frühsommerhitze. Wenn überhaupt kam es zu Diskussionen politischen Inhalts, um Elke zu beeindrucken. Karl sollte machen, solange er konnte. Der Irre! Erblickte man Karl wieder einmal, wie er mit seltsam strahlendem Kopf über die in der Hitze flimmernden Felder schritt, zuckte man träge mit den Schultern, hoffend, dass man nicht selbst noch einem ähnlichen Wahnsinn anheimfiele.

Karl konnte das nur recht sein. So blieb er ungestört bei seiner Unternehmung. Was den Außenstehenden nämlich verborgen bleiben musste, war, dass er in seinem vor der Sonne gut geschützten Schädel weiter stetig nachdachte. Langsam, aber sicher formte sich aus all den um Afrika kreisenden Gedanken der Wille, sich nicht länger verrückt machen zu lassen. So klar dieser Gedanke aber auch war, so undeutlich lag sein Ziel in der Zukunft. Zwar hatte Karl an jenem denkwürdigen Abend im Sonnenuntergang ein erstes Gespür für das bekommen, was er suchte, noch war er aber weit davon entfernt, genau zu wissen, was zu tun war.

Nach einem weiteren ereignislosen Mittagessen mit der Mutter machte er sich wieder einmal auf den Weg. In seine Ledertasche packte er die zerbeulte Aluminiumflasche voll frischem Leitungswasser, das trotz aller Dürre mit gleichbleibendem Druck aus dem Hahn schoss. Die Mutter deckte er, der Hitze Rechnung tragend, mit einem leichten Laken zu.

»Ich muss dann mal«, sagte er. »Zum Abendbrot bin ich zurück.«

Karl trat aus dem Haus, durchs Gartentor und auf den gar nicht mehr gepflegten Gehweg. Er wandte sich nach rechts in Richtung Hauptstraße. Von dort ging er dann schnell aus dem Dorf hinaus und schließlich herunter von der Landstraße tief in die unbestellten Felder. So groß war das Vergnügen, sich einfach einen Punkt am Horizont zu suchen und draufloszulaufen, dass er immer wieder völlig vergaß, warum er all das machte. Hier war alles einfach. Unten das golden verbrannte Gras, oben der blaue Himmel und dazwischen ohne jede Ordnung vereinzelt Gestrüpp und kleine Bäume. Nur wenn er ganz nach links sah, lag da kühl und dunkel der Wald, den er bis jetzt nicht in sein Suchgebiet mit einbezogen hatte.

Als Karl sein erstes Tagesziel, eine kleine Baumgruppe auf der Kuppe eines der wenigen Hügel in der Umgebung, erreicht hatte, hielt er inne, löste die Schnalle seiner Ledertasche und trank vorsichtig aus seiner Flasche.

Erst hier draußen wurde einem der wahre Wert des Wassers bewusst. Hier würde niemand den Boden mehr als nötig wässern. Auch nicht versehentlich. In einiger Entfernung, ein Stück weit rechts des Waldes, sah Karl auch heute wieder diese Tiere in der vor Hitze flimmernden Luft in Richtung Wald gehen. Auch sie mussten ja schließlich trinken, und wo, wenn nicht im Wald, sollten sie Wasser finden? Der Gedanke war so klar und einfach, dass Karl sich fast verschluckte. Dann aber blickte er ganz zufrieden und bestimmt über das weite Land. Warum sollte nicht auch er einmal nachsehen, was da im Schatten vor sich ging?

Karl lief und lief und brauchte viel zu lange, um auch nur in die Nähe des Waldes zu kommen. Im klaren Sonnenschein hatte die Entfernung kürzer gewirkt, als sie wirklich war. Er musste ja den Rückweg noch mit einberechnen, um rechtzeitig zum Abendbrot zurück zu sein. Jetzt konnte er aber auch nicht mehr umkehren. Außerdem hatte er Lust auf eine kurze Rast im schattigen Gehölz. Anschließend würde er viel schneller laufen können. Also sputete er sich, warf die langen Beine noch weiter als gewohnt nach vorne, mit leichter Mühe, Kopf und Oberkörper hinterherzubringen.

Es war schon eine ulkige Erscheinung, dieses schlaksige Exemplar Mensch, das geradewegs in Richtung Wald gelaufen kam und, kaum am Stamm des ersten Baumes angekommen, einfach niederging und einschlief. Ephraim und Alfred beobachteten Karl aus dem Schutz des Unterholzes heraus, so wie sie das ganze Herumlaufen dieses Mannes in der letzten Zeit verfolgt hatten. Deswegen wussten sie auch längst, dass es sich um den Mann mit dem kaputten Motor handelte. Seit ihrer Begegnung hatten sie sich nicht mehr in die Nähe des Dorfs und der Landstraße getraut. Zu ängstlich waren sie, nachdem sie das eine Mal nur knapp der Polizei entkommen waren.

»Sieh mal, ein Hut gleich dem von Meister Mertens«, flüsterte Alfred.

»Er ruhe in Frieden«, sagte Ephraim.

»Ist er denn tot?«

»Nicht er, ich meinte Meister Mertens«, sagte Ephraim, leicht verärgert über die Begriffsstutzigkeit seines jungen Partners.

»Nein«, widersprach der. »Der Meister hatte einen echten Tropenhelm, historisch sozusagen. Den hatte sein Vater schon getragen und sein Großvater vor Ewigkeiten, als er die Großväter bekriegte. Der aber ist aus Plastik.«

»Woher willst du das wissen?«

»Das hat er mir erzählt.«

»Wann hat er das erzählt?«

»Vor Jahren, im Busch, als die Giraffe vom Blitz getötet wurde.«

»Der verdammte Blitz.«

»Ja, er sei verdammt.«

»Sie ruhe in Frieden.«

»Ja, sie bitte auch.«

Kurz betrachteten sie den Schlafenden schweigend.

»Also hat er dir das gar nicht erzählt.«

»Was hat er mir nicht erzählt?«

»Dass sein Helm aus Plastik ist. Das kannst du gar nicht wissen. Du spekulierst schon wieder, dabei müssen wir uns an die Fakten halten.«

Alfred blickte zu seinem Freund auf mit einem Ausdruck deutlicher Genervtheit. Was sollte diese ja fast schon dumm altherrenhafte Besserwisserei? Sosehr sie voneinander abhängig waren, seit sie auf Rat ihres verstorbenen Ziehvaters und Arbeitgebers im südlichen Afrika die große Reise nach Deutschland angetreten hatten, lief es nicht ohne Spannungen. Wie sollte es auch? Seit Wochen kauerten sie hier in diesem Wald, umgeben von verdorrten Feldern ohne jede Aussicht auf dieses Land, in dem alles so gut sein sollte. Alfred war von Anfang an skeptisch gewesen, da er die Worte des schon ziemlich alten Meisters nicht immer für voll nahm. Was sollte der denn wissen von etwas, das er noch nie gesehen hatte? Selbst sein Vater hatte seine sogenannte Heimat nie gesehen, mit der ihn einzig die Sprache verband. Nur hatte es zu Hause nicht mehr viel für sie gegeben nach dem Tod des kinderlosen Meisters, dessen Farm verloren war an irgendeinen Mächtigen, der wusste, wie bestochen wurde. Selbst mit ihren Fremdsprachenkenntnissen war nichts zu machen gewesen, wobei die ihnen hier bislang auch nicht geholfen hatten. Durch einen verdammten Fluss hatten sie zuletzt gemusst und es so immerhin in den Wald geschafft. Verdammter Wald! Von dem hatte der Meister immer mehr erzählt, je irrer er am Ende wurde. Allein dafür lohne sich die Reise, hatte er gesagt, um einmal kühle Luft in einem deutschen Wald zu atmen! *O Täler weit, o Höhen, o schöner, grüner Wald; du meiner Lust und Wehen, andächt'ger Aufenthalt! Da draußen stets betrogen, saust die geschäft'ge Welt; schlag noch einmal die Bogen, um mich, du grünes Zelt* … Da war er längst nicht mehr bei Sinnen gewesen, meinte Alfred, doch Ephraim nahm jedes Wort als sogenannten Fakt. Tja, und jetzt klappte ausgerechnet der Mann gleich vor ihren Füßen zusammen, der schon einmal keine Hilfe hatte annehmen wollen und somit auch für sie wohl keine große Hilfe wäre.

»Nun komm, Efie, wir sollten zumindest nachsehen, ob er noch atmet.«

»Er wollte schon letztes Mal keine Hilfe.«

»Er hat sie aber doch angenommen.«

»Damit er uns nichts schuldig ist, hat er die abgelehnt. Sie sind geschickt mit den Fakten, die Deutschen.«

»Faktisch haben wir ihm aber geholfen.«

»Gegen seinen Willen.«

Alfred verdrehte die Augen. Kurz dachte er daran, dass er vielleicht doch Touristen durch das Buschland hätte führen und irgendwelche Geschichten über Flussgeister und Tierdämonen erzählen sollen, anstatt jetzt hier im deutschen Wald zu diskutieren.

»Ich gehe trotzdem nachsehen«, sagte er schließlich. »Ich bin schließlich kein Unmensch.«

»Du nennst mich Untermensch?!«

»Unmensch, habe ich gesagt, und das weißt du genau.«

Ohne sich auf weitere rhetorische Verzögerungsmanöver seines Partners einzulassen, sprang Alfred, so leise es seine allen Strapazen zum Trotz noch zahlreichen Pfunde zuließen, aus dem Unterholz heraus und pirschte sich an den reglosen Karl Konrad heran. Der lange Deutsche atmete. Ganz ruhig, den Rücken kerzengerade an den Stamm des Baumes gelehnt, die Beine rechtwinklig nach vorn gestreckt. Nur der Kopf neigte sich so zur Seite, dass der Helm nur so gerade noch von einem Ohr gehalten wurde. Vorsichtig streckte Alfred seine Rechte aus, krümmte den Zeigefinger und klopfte zweimal leise auf die Kopfbedeckung.

»Plastik«, flüsterte er. »Eindeutig.«

Der Angeklopfte regte sich ganz leicht, der Kopf kippte zur anderen Seite. Vorsichtig ging Alfred in die Knie und riss einen vertrockneten Grashalm aus der Erde, den er gleich darauf in Richtung dieser nicht gerade kleinen Nase führte.

»Du bist hier der Unmensch«, hörte er Ephraim in seinem Rücken zischen. »Lass ihn doch schlafen!«

Doch Alfred hatte viel zu viel Vergnügen daran, endlich einmal etwas Amüsantes zu erleben nach all den Wochen im Gestrüpp, den nächtlichen Ausflügen zu den Mülltonnen des Supermarktes, dieser ganzen unseligen Reise. Das Folgende hatte er aber nicht erwartet: Mit einem Niesen, das weit über die verdorrten Felder schallte, schnellte Karl Konrad in die Höhe, stieß mit dem vom Tropenhelm geschützten Schädel gegen einen Ast des Baumes, torkelte, stand schließlich stramm und starrte Alfred mit strahlend blauen Augen wie wahnsinnig an.

»Was denn?«, bellte Karl. »Was denn? Warum Schnupfen bei der Hitze? Hilfe!«

Von Urinstinkten getrieben, rannte er los, nur weg. Er war in der Wildnis. Der Feind direkt hinter ihm. Er schlug einen Haken. Erst nach fast hundert Metern kam er zu sich und wusste plötzlich, wo er war und wo er diesen Mann schon gesehen hatte. Da blieb er stehen, um sich umzusehen.

»Was soll denn das?«, rief er wütend. »Was wollen Sie schon wieder von mir?«

Alfred stand noch immer leicht gebückt und mit dem Grashalm in der Hand vor dem Baum, an dem die braune Ledertasche lehnte. Von Ephraim war nichts zu sehen. Der war längst wieder im Wald verschwunden. Alfred konnte nicht unzufrieden sein mit dem Resultat seiner kleinen Unternehmung.

»Sie haben tief geschlafen«, rief er zurück.

»Was heißt denn geschlafen?«, schrie Karl zurück. »Kurz ausgeruht, sonst nichts, und kommen Sie nicht näher.«

Alfred schickte sich an, Karl die Ledertasche hinterherzutragen.

»Dann kommen Sie zu mir. Wenn wir so schreien, kommt gleich wieder die Polizei.«

»Warum die Polizei?«

»Ja, das könnten Sie uns ja mal erklären. Schließlich sind Sie hier einheimisch!«

Unterdessen hatte auch Ephraim sich wieder aus dem Schutz der Bäume herausgewagt. Nachdem Karl sich selbst daran erinnert hatte, dass die zwei Männer ihm zuletzt tatsächlich geholfen hatten, machte er sich auf den Weg zurück an den Waldrand. Er hatte das ganze Gerede um die Schwarzen, die da an der Grenze sonst noch was verbrochen haben sollten, nicht verstanden. Wenn man so eine Grenze schützte, hieß das doch wohl, dass man davon ausging, dass sie jemand überqueren wollte. Und das war den beiden anscheinend gelungen, was man dann ja nicht ihnen vorwerfen konnte, sondern nur denjenigen, die diese Grenze bewachten. Wie auch immer, jedenfalls war Karl schon viel zu weit in Sachen Afrika, als dass er sich die beiden jetzt nicht aus der Nähe hätte ansehen wollen. Erst einmal musste er ihnen erklären, warum sie in der Gegend nicht so ganz willkommen waren.

»Sie sagen immer wieder, dass sie hier keine afrikanischen Verhältnisse wollen.«

»Und was soll das bedeuten?«, fragte Ephraim.

»Ich weiß nicht, aber mir würde das schon gefallen.«

»Ja, aber was genau? Inwiefern sind diese Verhältnisse denn afrikanisch, wenn wir hier sind?«

Kurz sah Karl die beiden an, als müsste ihnen selbst klar sein, wie dumm diese Frage aus ihrem Mund klang, da sie hier vor ihm standen. Am Rande dieses Waldes mit dem Blick auf die ausgedorrten Felder. Über allem ungestörte Stille. Plötzlich erkannte Karl, was zu tun war, um die Ordnung wiederherzustellen. Endlich hatte er den zum Gefühl passenden Gedanken gefunden, der ihm sagte, was er machen musste. Er sah, was sein würde. Als die beiden ihn weiter nur fragend anstarrten, griff er in seine Hosentasche und zeigte ihnen die Postkarte.

»So«, sagte er. »So ist Afrika.«

»So?«

»Ja, uns fehlen nur noch das Haus und der See.«

»Das Haus und der See?«

»Sie sind die Bediensteten!«

Schon bei ihrer letzten Begegnung war Alfred und Ephraim nicht entgangen, dass Karl ein etwas sonderbarer Mensch war. Ephraim war darüber gar nicht glücklich, da er noch immer davon ausging, früher oder später dieses Land zu finden, von dem der Meister geschwärmt hatte, wo alles vernünftig zuging, sachlich, immer nur im Dienst der Fakten. Da wusste man am Morgen, was der Abend bringen würde, wenn man sich nur korrekt verhielt. Da funktionierten Menschen wie Maschinen. Dementsprechend entsetzt war er, als er in Alfred Augen schon wieder dieses seiner Ansicht nach viel zu afrikanische Leuchten sah, als hätten sie nicht schon genug Probleme, und tatsächlich.

»Sie haben Arbeit für uns?«, fragte Alfred, so als wäre das hier eine Straßenkreuzung irgendwo in Afrika, wo man mal eben angeheuert wurde.

»Ja«, sagte Karl. »Es gibt noch einiges zu tun.«

»Das ist doch wohl zum Hähne büschen!«, rief Ephraim ärgerlich und wollte sich schon in die Büsche schlagen.

»Hanebüchen heißt das«, korrigierte Alfred.

»Sie dürfen nur nicht widersprechen«, sagte Karl streng und hielt ihnen die Postkarte noch einmal hin. »Hier, lesen Sie.«

»Unmöglich!«, sagte Ephraim und spuckte aus.

»Jetzt reiß dich mal zusammen, Efie«, meinte Alfred, den das Ganze amüsierte. »Wir können es immerhin versuchen.«

So ging es dann noch eine ganze Weile hin und her, bis sie im Dunkeln standen und sich noch immer nicht einig waren. Da aber dachte Karl an seine Mutter, an das Abendbrot zu Hause. Viel zu lange war er unterwegs.

»Morgen, drei Uhr, hier!«, rief er und wandte sich grußlos ab, um mit riesigen Schritten über die Felder zu eilen.

»Auf keinen Fall!«, schrie ihm Ephraim hinterher.

»Wir freuen uns!«, lachte Alfred.

Da hörte Karl sie schon nicht mehr, so plötzlich hatte die Angst um die Mutter ihn gepackt. Konzentriert musste er laufen in der Dunkelheit, um nicht zu stolpern oder gar zu fallen. Bald nahm er den Helm vom Kopf, den er bloß nicht verlieren durfte, eilte weiter, heftig keuchend, hin- und hergerissen zwischen Entdeckerglück und Sohnessorge. Endlich erreichte er den glatten Grund der Landstraße. Er folgte der Fahrbahn nach links im Gymnastikschritt, sprang über die Schikane und lief rechts in die Seitenstraße bis zum Gartentor. Stockfinster lag das Haus da in der Nacht. Kein Laut bis auf sein Keuchen, das Kratzen des Schlüssels im Schloss. Den Helm wieder auf dem Kopf, trat er in den Flur. Er hörte sie stöhnen. Schnell machte er Licht und sah die Mutter auf dem Boden liegen. Der Teppich unter ihr war nass. Ihre Augen strahlten irr. Er wollte gerade in die Knie gehen, um sie aufzurichten, als er aus ihrem leisen Stöhnen zum ersten Mal seit Monaten ein Wort heraushörte.

»Erich«, seufzte sie und lächelte, wie sie seit Jahren nicht gelächelt hatte. »Erich.«

Erst da sah Karl in dem gusseisern verzierten Spiegel an der Flurwand diesen Helm auf seinem Kopf und meinte selbst, einen der Männer von dem Bild vor sich zu haben. Schnell riss er das Ding herunter, schleuderte es in die Küche und half endlich der Mutter.

»Nein, Mama, ich bin nur Karl«, sagte er leise. »Komm jetzt, gleich gibt es Abendessen.«

Mühsam hievte er sie hoch, trug sie ins Badezimmer, um sie auszuziehen, in der Badewanne all das von ihr abzuwaschen und sie ausnahmsweise vor dem Abendbrot schon für die Nacht zu kleiden. Sie schluchzte die ganze Zeit und immer lauter.

»Ist gut, Mama, ich hab mich halt verspätet«, sagte er trotzig und doch voller Ärger über sich. Dass er ihr so etwas antat.

Nicht nur Karl Konrad haderte in dieser Sommernacht mit seinem Schicksal, da sich die Sonne eine kurze Pause gönnte, um tags darauf das Thermometer noch ein Stück weiter in Richtung Himmel zu treiben. Nicht nur er war unglücklich. Das ganze Dorf dachte daran, dass es doch eines Tages wieder bessergehen müsse. Elke lag wach in ihrem viel zu schmalen Bett, in Gedanken bei einem Tommy, den sie sich vorstellte, ein bisschen unrasiert und braungebrannt mit wilden Tieren. Wie konnte sie sich da auf einen dieser Deppen einlassen? Manfred, Ray, der Fleischer und sogar der alte Heinze dachten derweil nur an sie, an Elke, während die Tageshitze untenherum sehr schmerzhaft weiterbrannte. Und auch die nicht unmittelbar der Dorfgemeinschaft Zugehörigen, die beiden, die es zufällig hierherverschlagen hatte, die Tausende von Kilometern hinter sich gelassen hatten, um in dieses Land zu kommen, auch die waren zumindest leicht verärgert.

»Diese Giraffe ist doch rein faktisch gesehen vollkommen verrückt!«, zischte Ephraim und feuerte die Verpackung zweier noch nicht ganz verfaulter Avocados zurück in den Müllcontainer.

»Als wären wir das nicht!«, sagte Alfred, der im Halbdunkel des Supermarktparkplatzes skeptisch das mit glänzendem Metall verklammerte Ende einer Fleischwurst betrachtete. »Unser Leben riskieren, um dann im Müll herumzuwühlen!«

»Jetzt fang nicht wieder damit an.«

»Damit hat es aber angefangen, wenn ich dich erinnern darf. Aber egal, so kommen wir nicht weiter. Was haben wir schon zu verlieren?«

»Wir müssen uns anstrengen, hat der Meister gesagt, dann kann man es hier zu allem bringen.«

»Das sind doch keine Fakten, sondern Floskeln«,

sagte Alfred schmatzend, dem die Wurst jetzt ganz gut schmeckte.

»Natürlich sind das Fakten, dass uns ein Wahnsinniger versklaven will!«

»Mir ist er sehr viel lieber als die anderen.«

»Wen haben wir denn schon gesehen?«

»Eben, und bitte iss ein Stück, sonst kippst du mir noch um. Zurück können wir leider nicht.«

»Wer will denn auch zurück? Wir müssen endlich loslegen mit unserem neuen Leben!«

»Das ist doch alles Theorie«, winkte Alfred ab. »Ich werde jedenfalls mitmachen. Mir erscheint das immer noch besser, als tatenlos im Wald zu sitzen.«

»Du bist so schrecklich rückständig«, schüttelte Ephraim den Kopf. »Du hast keine Vision von morgen. Du bist ja immer nur zufrieden.«

»Wohin deine Visionen uns gebracht haben, da habe ich bestimmt nicht hingewollt.«

7.

Ganz ruhig lagen die Nebelschlieren parallel über dem im Morgengrauen noch farblosen Rasen. Nur am Himmel über den Bäumen zeigte sich ein erstes leichtes Blau, ganz kühl noch, als wüsste es nichts von der Sonne, die bald kommen würde, um allen Nebel zu vertreiben. Als wollte es die Menschen narren.

Karl saß noch immer am Esstisch, kerzengerade und mit schmerzendem Rücken, wie in Schockstarre. Er hatte resigniert, sich abgefunden mit dem Schicksal eines Wasserträgers, da seine Mutter nur ihn hatte. Was gab es da denn groß zu träumen? Seine Finger waren so blutleer, dass er sie gar nicht mehr spürte, und auch von seinen Füßen wusste er nichts mehr, so wie ein Baum, der nicht ans Ende seiner Wurzeln dachte, die sich weit weg verzweigten. Nur dass Karls Füße unterm Esstisch gar nichts fanden, was ihm Kraft gegeben hätte. So betrachtete er den Nebel über dem von der Nacht noch feuchten Rasen und meinte, dass er damit doch zufrieden sein konnte. Was brauchte er Afrika? Als könnte er den Vater und den Bruder nicht einfach vergessen, um sich auf seine Pflicht zu konzentrieren! Allein das Denken ans Vergessen war genau das Gegenteil davon. Das aber konnte Karl nicht wissen in seiner kalten Morgenstarre. Stattdessen nutzte er die allererste Energie, sich sachlich zu entschließen, wieder zu funktionieren. Er erinnerte sich an seine Füße, beugte und streckte die Zehen, bis es auch in den Waden kribbelte. Die tauben Hände rieb er aneinander, minutenlang, bis etwas Wärme in die Finger strömte. Mit fast hochmütigem Trotz sah er erneut durchs Fenster in den Garten, dessen Grau sich langsam färbte, und in die Welt, die irgendwo dahinter lag. So stand er schließlich auf, ging in die Küche, wo der Tropenhelm ihn auf die erste Probe stellte. Das Plastikding flog in die Haushaltskammer, und das mit einer Wucht, die Karl kurz selbst verwirrte. Die Kammertür schloss er dann vorsichtiger. Er lauschte, ob er die Mutter nicht geweckt hatte, und setzte endlich Wasser für den Kaffee auf. Erst als der Tisch gedeckt war, holte er auch die Mutter.

»Es tut mir leid wegen gestern«, sagte er, ohne aufzusehen von dem Käsebrot, das er mit Gabel und Messer in mundgerechte Happen teilte. »Kommt nicht wieder vor.«

Sie hob die Hand, streckte sie aus in Richtung seines Unterarms, was er nicht sah. Der Käse war ihm auf dem Brot verrutscht. Er musste die Butter früher aus dem Kühlschrank nehmen. Die Kälte schadete den Hafteigenschaften.

»Ich war ein bisschen durcheinander«, ergänzte er, nachdem das Brot komplett zerteilt und aufgegessen war.

Karl war zufrieden mit sich und seiner Rückkehr in

die alten Bahnen, die ihn nach Verrichtung aller Haushaltspflichten in den Garten führten. Dank fachgemäß bewältigter Bewässerung strahlte der Rasen im Sonnenschein. Ein Glück, dass er daran bei all dem Herumwandern gedacht hatte! Ärgerlich war nur, dass in der heißen Feuchtigkeit auch Unkraut üppig wucherte. Das wollte er entfernen, die kleine Schaufel in der Hand, er selbst auf den Knien. Zwischen Hosenstoff und Rasen lag in Plastik eingeschweißt das Fernsehmagazin des Postdienstleisters. Ja, das war mal eine Idee gewesen, dieses den Briefkasten verstopfende Ungetüm aus dem Müll zu holen, dessen Lieferung laut Briefträger Hubertus unvermeidlich war.

Mit kontrolliertem Schwung ließ Karl die Schaufel in die Erde fahren. Dabei zog er das Unkraut so zur Seite, dass die Graswurzel unberührt blieb. Ohne Nachsetzen erledigte er ein Büschel nach dem anderen. Immer weiter rückte Karl vor, schön parallel zum Nachbargrundstück. Immer weiter. Wenn er jetzt nachgedacht hätte, er hätte wirklich denken können, dass er nicht mehr dachte, an dieses Afrika und all das Drumherum, nur wäre das wieder gedacht gewesen. Aber nein, es ging ihm gut. Er war bei sich und musste auch nicht denken, um zu wissen, dass schließlich Zeit fürs Mittagessen war. Das fühlte er. Schnell und doch ohne Eile brachte er den Rasensprenger in Position, polierte mit dem Taschentuch die Verbindungsstangen und ging ums Haus zum Wasserhahn. In vier Umdrehungen auf Anschlag.

Erst nach dem Mittagessen, als Karl den Rasensprenger umplatziert hatte und zum Abwasch in der Küche stand, spürte er die durchwachte Nacht und die gebückt verbrachten Morgenstunden in den Knochen. Das kannte er nicht. Sosehr er sich auch zusammenriss, der Wunsch nach einer kleinen Pause war zu groß, als dass er ihn einfach hätte ignorieren können. Aus dem Wohnzimmer klang eines der Lieder.

Du du du, du sollst mich nie nie nie, niemals verlassen …

Vorsichtig ließ Karl den zweiten Teller ins heiße Wasser gleiten, fuhr in kreisförmigen Bewegungen mit der Küchenbürste über das Porzellan, von dem sich die noch lange nicht getrockneten Essensreste problemlos lösten. Vertieft in dieses Kreisen, bewegte er den Mund. Ganz leise sang er mit, das Lied im Radio, das schon beim ersten Hören unvergesslich blieb.

Du du du, du sollst mich nie nie nie, niemals vergessen …

Noch als der letzte Takt verklungen und wieder vom Wetter die Rede war, summte Karl vor sich hin. Die Temperaturen stiegen weiter. Anfällige Personen sollten auf sich achten. Die Sonne meiden. Viel Wasser trinken. Sich Ruhezeiten gönnen. Auch die Waldbrandgefahr fand Erwähnung. Der mögliche Ernteausfall im Herbst. Nach Meinung sachkundiger Köpfe dem Klimawandel zuzuschreiben. Und damit dem Menschen. Darüber wurde diskutiert. Kurz erwachte Karl aus seiner kleinen Meditation und fragte sich, was das jetzt wieder zu bedeuten hatte? Als sei das überhaupt von Interesse, warum es heiß und trocken war wie hier noch nie zuvor! So ein Gerede, wo es reichte, den Rasen ordentlich zu wässern.

Nach Erledigung der Küchenarbeit wandte Karl sich nicht wie gewöhnlich nach rechts in Richtung Wohnzimmer, sondern kurz links zur Haustür und dann schnell wieder rechts. Er verharrte auf der Schwelle zu seinem Schlafzimmer, als staune er über sich selbst. Dann machte er die drei Schritte neben das Bett, zog Hemd und Hose aus, faltete sie auf den Stuhl und legte sich selbst einfach aufs Laken. Als sei das etwas ganz Normales, starrte er an die Holzvertäfelung der Decke, verfolgte mit den Augen diese Bahnen, eine nach der anderen, so regelmäßig schön, bis er die ganze Welt um sich herum vergessen hatte.

Da lagen diese knapp zwei Meter Mensch, die blasse Haut mit kleinen schwarzen Härchen überzogen, der Hals so lang, dass es viel Kraft erfordern musste, das alles aufrecht durch die Welt zu tragen. Warum ließ man ihn nicht zufrieden vor sich hin leben, was doch schon mehr war, als so mancher andere hatte? Mehr als ein Manfred, der in seinem Elektronikfachmarkt an der Autobahn auf Provisionen aus Verkäufen großer Flachbildschirme hoffte. Mehr als eine Elke, die im Neonlicht der Fleischerei von Dingen träumte, die untenherum ganz unruhig machten. Mehr als ein Hubertus, der sich abmühte auf seinem Fahrrad, wo der Lohn doch kaum viel mehr war als die Unterstützung, die er eh bekommen würde. Nur geht es in der Welt nicht darum, jeden zufrieden vor sich hin leben zu lassen, weshalb Karl ganz unsanft aufschreckte, als es schon wieder klopfte. So traumlos sein Schlaf gewesen war, so schnell war er wach. Das konnte doch nicht sein, dass jetzt Hubertus wieder irgendetwas für ihn hatte! Hastig stieg er aus dem Bett und stürmte in den Flur, achtete nicht einmal darauf, durchs Milchglas den Störenfried zu orten. Er riss die Haustür einfach auf und hätte fast laut losgeschrien, wenn er nicht plötzlich so viel hätte denken müssen, um das jetzt wieder zu verstehen.

»Sie meinten, dass Sie unsere Hilfe brauchten«, versuchte Alfred, dem dürren Mann in Unterhemd in seiner offensichtlichen Verwirrung zu helfen.

Ephraim wartete in sicherer Entfernung hinter dem Gartentor. Er hielt gar nichts von diesem waghalsigen Ausflug am helllichten Tag. Nur hatte Alfred nicht ganz unrecht gehabt, als er meinte, dass dem Eingeborenen bei der laut Meister Mertens absoluten Pünktlichkeit der Menschen hier etwas passiert sein müsse. Ja, Alfred hatte es verstanden, seine ziellose Geschäftigkeit als Menschlichkeit darzustellen. Und womöglich lag Alfred auch nicht ganz falsch damit, dass sie diese Möglichkeit nicht ungenutzt verstreichen lassen durften, da sie nun mal gesehen hatten, wohin der Verrückte damals mit dem nicht mehr funktionierenden Gefährt gegangen war. Deshalb waren sie hier, vor dieser Hütte. Und dazu diese verschreckte Giraffe in Unterwäsche!

»Was denn für Hilfe schon wieder?«, fragte Karl.

»Wegen Afrika«, lächelte Alfred. »Sie suchten Personal.«

»Jetzt seien Sie doch leise!«, zischte Karl.

Langsam wurde ihm das Ausmaß der Katastrophe bewusst. Zwei von der Polizei gesuchte Männer hier vor seinem Haus.

»Kein Problem«, flüsterte Alfred. »Wir widersprechen nie.«

»Und jetzt kommen Sie von der Straße weg, aber leise!«

Ephraim wollte nicht glauben, dass er in diese Hütte reinsollte. Alfred stand schon im Türrahmen und winkte ihm, doch endlich nachzukommen. Was hatten sie denn hier bitte verloren? Andererseits wollte Ephraim auch nicht so auf der Straße stehen, geschweige denn allein zurück in ihren Wald. Also gab er sich den nötigen Ruck, versuchte an die Kraft und Vernunft der Jugend zu glauben und machte sich auf zu dieser ersten Erkundung einheimischer Lebensformen. Als Erstes bemerkte er noch vor Betreten des Hauses die eigentümliche Musik.

Mit erstem Alpenglüh'n woll'n wir gen Süden zich'n ...

Kaum wollte Ephraim den Klängen in den hinteren Teil der Hütte folgen, als er von rechts am Arm gepackt und in eine Küche gezogen wurde.

»Pssst!«, machte Alfred.

Ephraim schüttelte die Hand des Partners ab. Der

hatte ihm hier gar nichts zu befehlen. Man würde sich wohl umsehen dürfen!

Alfred lächelte unbeeindruckt. Ephraim studierte mit wachsendem Interesse diese winzig kleine Küche, in der man zu dritt kaum stehen konnte, ohne sich zu stoßen. In Karls Kopf herrschte unterdessen Panik. Hier lief doch schon wieder alles aus der Bahn, die er gerade erst gefunden hatte! Wenn sie nicht so nah um ihn herumgestanden wären, er hätte diese ganzen letzten Wochen als Traum abtun können, doch schien das alles viel zu wirklich. Da musste man mit umgehen.

»Sie bleiben hier«, flüsterte er schließlich. »Ich ziehe mich an. Dann bringe ich Sie zurück. Sie haben hier nichts verloren.«

»Gut«, sagte Alfred und stieß Ephraim mit dem Ellenbogen in die Seite.

»Ja«, sagte der wie von selbst. »Natürlich.«

Karl hielt einen Moment lang inne, als glaube er noch immer nicht daran, dass da zwei Männer mit ihm in der Küche standen und nicht widersprachen.

»Und vergessen Sie Ihren Helm nicht«, fügte Alfred noch hinzu. »Den brauchen Sie in Afrika.«

Während Karl in die Ordnung seines Schlafzimmers floh, um sich anzuziehen und dann endlich raus auf die Straße zu kommen mit den beiden Männern, schwitzte Hubertus wenige hundert Meter Luftlinie entfernt auf seinem Privatfahrrad. Vollkommen unüblich näherte er sich seinem Dorf von der Konradschen Seite her. Nach

Schichtende hatte er sich den seit Tagen in ihm schlummernden Wunsch erfüllt und den Weg zum Baumarkt auf sich genommen, um einen Ventilator zu erwerben. Anstelle der erhofften Abkühlung ließ der ihn jetzt fast kollabieren auf den letzten Metern Landstraße vor der Schikane. Vor der finalen Ortsdurchquerung gönnte Hubertus sich eine Pause. Man konnte ja nicht wissen, wer einem da begegnen würde. Bei all dem Spott, den er auch so schon zu ertragen hatte, galt es, die Würde seines Amtes nicht vollends zu zerstören.

Bewegungslos stand Hubertus im Schatten des ersten Baumes der Konradschen Straße, jetzt langsam wieder vorfreudig auf seinen Ventilator blickend. Eine Hitze war das, die war ja nicht normal, da musste man mal gegen angehen! Mit neuem Mut brachte er sich wieder in Position auf seinem Sattel, wobei er die Schweißnässe der Unterhose schön kühl an seinen Hinterbacken spürte. Dann lehnte er sich so weit zurück wie möglich, um den Oberkörper anschließend nach vorn zu werfen und in Schwung zu kommen. Mittendrin in der Bewegung aber blickte er aus dem Augenwinkel in die Seitenstraße und sah Dinge, die er nicht glauben konnte. Ein Kerl, so hager, dass es nur Karl sein konnte, auf dem Kopf das Ungetüm von einem Tropenhelm, und hinter ihm zwei Männer, die eindeutig schwarze Köpfe hatten! All das riss Hubertus' Aufmerksamkeit so plötzlich vom linear nach vorne ausgerichteten Manöver weg, dass die Kontrolle glatt verlorenging. Noch nie war ihm Derartiges passiert! Und das am Dorfeingang, wenn ihn nur keiner sah! Verzweifelt griff Hubertus nach der Lenkstange, doch anstatt Halt zu finden, zog er das ganze Fahrrad mit auf seine Flugbahn, die von unerbittlicher Schwerkraft nach unten gebogen schließlich schmerzhaft auf der Straße endete. Da lag er und sah in den von Sonnenstreifen durchschnittenen Schatten unter den alten Bäumen, dachte zugleich an seinen Ventilator, dem doch nichts passiert sein durfte, und an seine rechte Schulter, die ganz schmerzhaft pochte. Niemand war zu sehen auf den ganzen Metern Staub der Seitenstraße. Nichts war zu hören außer dem Spott der Grillen. Nichts.

Hubertus kam mühsam auf die Knie, wandte sich kopfschüttelnd ab und betrachtete die glänzende Verpackung seines Ventilators, die dem Anschein nach unversehrt auf dem Asphalt lag. Stöhnend stand er auf. Leidend und zugleich erleichtert, dass niemand auszumachen war, der ihn gesehen haben könnte, ließ er die rechte Schulter kreisen, als teste er die Kurbel seines Fahrrads, nur dass die nicht so schmerzen konnte. Immerhin bewegte sich alles, wie es sollte. Es gab bestimmt keinen Grund, sich zum ersten Mal seit fünfundzwanzig Jahren krankzumelden.

Karl wusste nur zu gut, dass ein Hubertus sich brennend für jedes Dorfgeschehen interessierte und nichts auch nur im Ansatz Mitteilenswertes für sich behalten würde. Was hatte er um diese Zeit hier überhaupt verloren? Karl beruhigte sich langsam, da war der Postbote mit seinem Fahrrad schon längst im Dorfzentrum verschwunden.

Sie kauerten hinter einem Busch im Vorgarten des Nachbarhauses.

»Ein Flusspferd sollte nicht auf einem Fahrrad fahren«, bemerkte Alfred.

»Spar dir deine Sprüche«, zischte Ephraim.

»Er kann uns nicht gesehen haben.«

»Und deshalb ist er umgefallen?«

»Als bräuchte er dazu einen Grund.«

»Jetzt bitte endlich Ruhe, ja?!«, unterbrach Karl die Diskussion der beiden. »Sie bringen alles durcheinander.«

»Wir?«, rief Ephraim, mit einem Mal nicht mehr ängstlich, sondern ehrlich entrüstet.

»Sie gehören hier nicht hin!«

»Ohne dem widersprechen zu wollen, muss ich doch sagen, dass das gestern noch anders klang.«

»Was denn gestern? Das geht doch nicht!«

»Sie haben uns aus dem Wald gelockt!«, kam Ephraim gar nicht zur Ruhe. »Wir hatten es da gut. Sie tragen die Schuld! Sie sind doch immer hilfsbedürftig!«

»Sie deuteten sogar an, dass wir sehr gut hierherpassten im Sinne afrikanischer Verhältnisse.«

Unterdessen hatten sie sich erhoben. Der Busch verdeckte nur noch ihre Beine. Nach diesem letzten Vorwurf blickte Karl starr auf die beiden Männer. Sie gaben einfach keine Ruhe! Er sollte hilfsbedürftig sein? Er, der das alles ohne jede Hilfe und seit Jahrzehnten schaffte? Er sollte ausgerechnet afrikanische Gehilfen brauchen, ja wozu auch immer?

»Mit ein bisschen Mühe kriegen wir das schon hin«, sagte Alfred freundlich lächelnd nach einer Weile. »Oder, Efie?«

»Jawohl«, sagte der, weil das dann doch nicht ging, so einfach nicht zu dem zu stehen, was gestern noch abgemacht gewesen war. Da musste man schon bei den Fakten bleiben. »Alles wie in Afrika. Ich fühl mich richtig heimisch.«

»Also?«, fragte Alfred und sah hoch zu Karl, dessen Kopf trotz aller Kühlung unter dem der Haushaltskammer entrissenen Tropenhelm heiß gelaufen war vor lauter Nachdenken darüber, wie er da wieder rauskam.

»Also was?«, versuchte er, Zeit zu gewinnen.

»Brauchen Sie noch zwei Männer für Afrika?«

»Die niemals widersprechen?«

Karl blickte nach rechts zu seinem kleinen Haus, das eingezwängt zwischen den Nachbargrundstücken lag, davor der ungepflegte Gehweg. Dann sah er links die Straße hinunter zur Hauptstraße, die durch die Felder führte, wenn man ihr folgte, und von der man einfach ab und in die Ferne laufen konnte, zu den Bäumen auf der Hügelkuppe und dann immer weiter, ganz egal, was man dort suchte. Was gab es da groß nachzudenken? So unsinnig das auch erschien.

»Na dann«, sagte er und rückte seinen Helm zurecht. »Mir nach, und diesmal unauffällig!«

8.

Zwar kühlte so ein Ventilator die Luft nicht im eigentlichen Sinne, allein ihre Bewegung verschaffte aber ein Maß an Linderung, das Hubertus umso unbewegter auf seinem Sofa liegen ließ. Hin und wieder nur suchte er eine etwas bequemere Position, wobei sich ein so eigenartiges Grunzen tief aus seinem Bauch die Luftröhre hochwand, dass man ihn wirklich für ein müde lachendes Flusspferd hätte halten können. Der weißlackierte Ventilator stand gleich neben ihm auf dem Couchtisch und bestrich ihn regelmäßig hin- und herfahrend von den Füßen bis zum Scheitel. Das Summen trug ein Übriges zur nachmittäglich erschöpften Schläfrigkeit des Briefträgers bei, die nur deshalb keinem eigentlichen Schlaf wich, weil er jetzt wieder an das denken musste, was ihn hatte stürzen lassen. Vorsichtig öffnete er die Augen und blinzelte aus dem einzigen Fenster seiner Erdgeschosswohnung auf die Dorfstraße. Noch schien die Sonne. Wenn er sich aufraffte, könnte er es vor Geschäftsschluss schaffen in die Fleischerei. Hubertus' Interesse am möglicherweise Gesehenen resultierte nicht etwa aus einfacher Neugierde, nein, es war seine

Einsamkeit, die ihn sehnsüchtig an ein Gespräch mit Elke denken ließ. Denn auch wenn Hubertus niemals so offensiv wie Manfred oder Ray auf sie zuzugehen wagen würde, war er doch alles andere als unempfänglich für die Reize dieser hier im Dorf so einzigartig jungen Weiblichkeit. Sonst sah er doch nur Alte, wenn er Einschreiben oder Päckchen in eines der wenigen bewohnten Häuser bringen durfte. Von der Zimmertür aus blickte Hubertus zurück auf den Ventilator, zögerte, schon wieder schwitzend, ob er nicht einfach wieder aufs Sofa sollte, machte sich dann aber gemächlich auf den Weg.

Von einem Bein aufs andere schwankend, schleppte sich Hubertus voran, wo möglich im Schatten der höchstens zweistöckigen Häuser, bis er endlich den sich um die Kirche windenden Dorfplatz erreichte. Die Fleischerei samt zusätzlichen Geschäftsbereichen hatte sich zu dieser Tageszeit längst vor der heißen Sonne hinter den Stoffbahnen verborgen. Kurz betrachtete Hubertus sein Spiegelbild im verdunkelten Schaufenster und strich sich über das stoppelige Haar. Erst dann nahm er die zwei Stufen hoch zur Tür, die kaum gedrückt auch gleich die Glocke klingeln ließ.

»Und bitte zumachen!«, hörte er Elkes Stimme aus dem Dunkeln.

»Mahlzeit«, sagte Hubertus und schob sich rückwärts gegen die Eingangstür. »Strom weg?«

»Kurz Geduld, bitte. Der Chef meint, die Lampen heizen zusätzlich.«

Zuckend erwachte jetzt zumindest die Neonröhre in der Auslage, zeigte schemenhaft die junge Frau.

»Ist doch eh Kaltlicht«, sagte Hubertus.

»Licht ist Licht, meint der Chef. Gibt ja auch kein kaltes Feuer. Reicht das?«

»Was jetzt?«

»Das Licht. Wenn du Zeitschriften gucken willst, mach ich mehr an.«

»Ach das«, sagte er, den die Intimität des Halbdunkels ein wenig aufregte. »Nee danke, lass mal.«

»Zum Quatschen kann ich's auch wieder ganz ausmachen.«

»Von mir aus gerne.«

Er brauchte einen Moment, um zu begreifen. Sie lächelte, weil er drauf reingefallen war, und schüttelte ganz mütterlich den blonden Kopf.

»Und das als Postbote«, sagte sie. »Also wirklich, was diese Hitze mit euch Kerlen macht, da könnte man fast Angst bekommen. Da will man ja keinem im Dunkeln begegnen.«

Von so viel offen angedeuteter Erotik war Hubertus gehörig überfordert. Kaum sah er sich mehr in der Lage, seine Geschichte angemessen zu erzählen. Er musste sich beeilen.

»Gibt auch im Hellen komische Dinge.«

»Komische Dinge?«

»Ja, der Karl schon wieder.«

»Was denn? Hat er seinen Hut verloren?«

Als wollte sie ihm signalisieren, dass Karl Konrad hier

nicht mehr zum Thema taugte, hantierte Elke mit ihrer Gabel an den Wurststapeln herum. Das hatte sie doch früher nicht gemacht!

»Die beiden Neger«, sagte er dann ganz plötzlich. »Der hatte diese Neger bei sich.«

Da hörte sie tatsächlich auf mit ihrem Rumgefummel und sah ihn an. Bewegungslos für einen langen Augenblick.

»Das heißt schon lange Schwarze«, sagte sie. »Neger und Mohren sind historisch.«

»Ist doch egal, wie die heißen. Jedenfalls ist Karl unterwegs mit denen, gleich vor seinem Haus.«

Da endlich legte sie die Gabel ab zwischen den Wurstscheiben.

»Das muss die Hitze sein, Hubi«, lächelte sie nachsichtig. »Da sieht man manchmal Dinge.«

»Was denn für Dinge?«

»Na Dinge halt, Fata Morganas, so wie ihr jetzt alle denkt, ich wäre eine tolle Nummer, dabei ist das nur das Wetter. Da darf man seinen Sinnen nicht ganz trauen.«

»Aber ich hab sie doch gesehen!«

»Eben das ist es ja. Man sieht das wirklich, mit den Sinnen, also in diesem Fall den Augen, es können aber auch die Ohren sein, du weißt schon, Stimmen hören und so weiter. Jedenfalls muss man dann denken, ob das so sinnlich Wahrgenommene sein kann oder nicht. Und Kalli mit zwei Schwarzen ist doch einfach Unsinn. Oder denkst du auch, dass der Vater und der Tommy von der Sonne verbrannt zurückgekommen sind?«

»Quatsch!«, sagte Hubertus verzweifelt, weil er hier so unerwartet in die Defensive geriet. »Das ist doch wirklich Unsinn.«

»Na siehste«, sagte sie. »Und sag bloß nichts davon im Adler, sonst hast du da nichts mehr zu lachen.«

Hubertus war nicht restlos überzeugt, aber er konnte sich nicht vorstellen, dass diese Frau ihm etwas vormachte.

»Und du meinst echt, man sieht ganz wirklich Dinge, die gar nicht wirklich sind?«, fragte er schließlich. »Also auch nicht woanders?«

Wieder lächelte sie, wandte sich ab und machte das Licht aus.

»Was siehste denn jetzt?«

»Nichts.«

»Guck mal genau hin.«

»Schwarz?«

»Genauer.«

»Schwarz … und Punkte. Kreise.«

»Siehste«, sagte sie. »Und die sind auch nicht da, obwohl sie da sind.«

Hubertus starrte schweigend ins Dunkel des Verkaufsraums, fand endlich Halt an der rot leuchtenden Betriebslampe der Kassenwaage.

»Du meinst, die Schwarzen sind wie diese Kreise?«

»So ungefähr. Das ist gar nicht unlogisch, weil man manchmal auch Sachen sieht, die eigentlich in einem drin sind. Wenn ich jetzt genau hingucke, sehe ich da zum Beispiel einen Wellensittich, weil ich ja keinen mehr hab, seit Hilli abgehauen ist. Und du denkst halt noch an die beiden, die über die Grenze gemacht haben, und an die Postkarte vom Tommy, und deswegen siehst du die Schwarzen mit dem Karl.«

»Klingt logisch«, sagte er, auch wenn ihm nicht ganz klar war, wieso man ausgerechnet in der Helligkeit der Mittagssonne vergleichbar getäuscht werden sollte wie in der absoluten Dunkelheit der Fleischerei.

»Na dann«, sagte sie. »Mach dir nicht so viele Gedanken, ja? Wir sehen uns später im Adler, oder hast du was anderes vor?«

»Was soll ich denn vorhaben?«

Erst in der Tür der Fleischerei erinnerte er sich daran, dass ihn zu Hause sein Ventilator erwartete.

Gut einen Kilometer weiter Richtung Wald ging Karl Konrad mit seinen beiden Begleitern ein gutes Stück abseits der Landstraße durch die vertrockneten Felder, schweigend zum Knirschen der Stoppeln unter den Sohlen. Ein außenstehender Beobachter, den es hier draußen natürlich nicht gab, hätte keinen Zweifel daran gehabt, dass Karl diese kleine Karawane zielstrebig führte durch die scheinbar unbegrenzte Weite des Landes, die klare Luft, deren mittägliches Flimmern sich langsam beruhigte und so auch die weit entfernten Dinge wieder klar erscheinen ließ. Tatsächlich ging Karl nur der Form halber voran, worauf Alfred bestanden hatte. Als Bedienstete hätten sie ganz vorne nichts verloren, argumentierte er, auch wenn er selbst das Ziel der Expedition vorgegeben hatte. In den Wald mussten sie und noch ein Stück weiter, wenn auch nicht so weit, dass Karl es nicht problemlos zurück zu seiner Mutter schaffen würde, sobald die Sonne unterging. Das war seine Bedingung gewesen. Bis dahin hatten sie noch Zeit. Erst jetzt, da sie sich den ersten Bäumen näherten, wurde Karl bewusst, dass er noch nie durch diesen Wald gegangen war.

Nachdem sie das offene Feld hinter sich gelassen hatten, mussten sie sich bald schon durchs Unterholz schlagen, das hier aufgrund nicht geklärter forstwirtschaftlicher Besitz- und Zuständigkeitsverhältnisse seit Jahren sich selbst überlassen und dementsprechend schwer zu durchdringen war. Abgebrochene Äste und niedergetretene Farne zeigten Karl, dass seine Begleiter bereits Vorarbeit geleistet hatten. Und doch wurde es immer dunkler und enger, war der Pfad immer schwieriger auszumachen, bis Karl schließlich nicht mehr weiterwusste und stoppte.

»Halt!«, rief er und spürte gleich darauf schmerzhaft Alfreds Kopf zwischen seinen Schulterblättern. »Das heißt stehen bleiben!«

»Autsch!«, rief Alfred, dem Ephraim in die Hacken getreten war. »Was ist denn los?«

»So geht das nicht!«, sagte Karl. »Das führt zu nichts.«

»Das sagte ich von Anfang an«, meldete sich Ephraim.

»Wohin soll ich denn führen, wenn ich nicht weiß, wohin ich führen soll?«

»Immer dem Weg nach.«

»Ja, aber welcher Weg? Das ist hier doch der reinste Urwald!«

»Richtig«, sagte Alfred. »Wie in Afrika.«

»So ein Unsinn«, meinte Ephraim. »Keine Affen, keine Schlangen, gar nichts.«

»Als würdest ausgerechnet du die jetzt vermissen!«

»Was heißt denn vermissen! Ich sage nur, dass dies ein deutscher Forst ist und kein afrikanischer Urwald. Hier hat alles seine Ordnung.«

»Eine schöne Ordnung! Aber jetzt müssen wir weiter.«

Nach einer kurzen Diskussion darüber, ob ein Bediensteter als Ortskundiger nicht doch eine Expedition leiten könne, setzte sich schließlich Alfred an die Spitze des Zuges, den er eine weitere halbe Stunde lang immer tiefer ins Dickicht führte. Bis Karl es mit der Angst zu tun bekam. Was fiel ihm ein, mit zwei ihm unbekannten und von der Polizei gesuchten Männern in den Wald zu gehen, anstatt sich um seine Mutter zu kümmern? Ja, hier in dieser Dunkelheit konnte man gar nicht wissen, ob es nicht längst Zeit war, schnell zurückzulaufen, damit sie nicht schon wieder auf dem Teppich lag, ganz vollgemacht und hungrig. Was tat er hier, nur weil die beiden Männer es so wollten? Für seine Mutter war es doch das Gleiche, ob er im Wald oder in Afrika verschwand! Er war ja gar nicht besser als Vater und Bruder! So dachte Karl mit jedem Schritt unglücklicher vor sich hin, als er über Alfreds Kopf hinweg zwischen den Bäumen etwas schimmern sah. Lichtschleier in der feuchten Luft des Waldes, funkelnde Flecken und oben ein Blau, das nur Himmel sein konnte. Da hörte er schnell auf zu grübeln und eilte mit großen Schritten an seinem Führer vorbei, bemerkte gar nicht die Äste, die ihm ins Gesicht schlugen, die Dornen, die ihm die Haut zerschnitten, so sehr zog es ihn an diesen Ort, den er nicht hätte denken können. Auch wenn er sich das so nicht erlauben wollte, es war doch stärker. Wild zuckte es in seinen sonst immer unbewegten Wangen, als er durch den letzten Vorhang aus Hängepflanzen brach und sah, was da war. Dieser See, diese Lichtung, dahinter ein Hügel goldglänzend, darüber der Himmel, so blau und so weit. Da stand Karl Konrad und starrte hinaus auf das glitzernde Wasser. Schnell griff er in die Hosentasche, holte die Karte vom Bruder hervor und räusperte sich.

»Ja«, sagte er dann, als er Alfred und Ephraim hinter sich aus dem Busch treten hörte.

»Gefällt es Ihnen?«

»Ja … ja, so habe ich mir das vorgestellt.«

»Na sehen Sie«, meinte Alfred. »Mit ein bisschen gutem Willen …«

»Ja«, sagte Karl.

»Das ist ein Tümpel am Rande eines deutschen Waldes«, meinte Ephraim.

»Du bist ein Miesepeter.«

»Ich halte mich an die Fakten.«

»Firlefaktentanz! Das hat der Meister nie gemeint.«

»Entschuldigen Sie«, unterbrach Karl ihre Diskussion. »Sie sprechen wirklich sehr gut Deutsch. Das ist bemerkenswert.«

»Ja und?«, fragte Ephraim. »Warum denn bitte sehr auch nicht? Warum soll man in Afrika kein Deutsch sprechen?«

»Jetzt reiß dich zusammen, du grantiger alter Mann«, ging Alfred dazwischen. »Kommen Sie, Herr Konrad. Mir scheint, es ist Zeit für Kaffee und Kuchen.«

Noch einmal hielt Karl inne und betrachtete diese beiden Gestalten mit ihren Turnschuhen, Jeanshosen und immer noch auffällig gepflegten blauen Arbeitshemden, aus denen ganz schwarz die Hände und Hälse herausragten, die bart- und haarlosen Köpfe mit den leuchtenden Augen. Was sollte er da weiter Fragen stellen, wenn alles so gut passte? Wenn diese neue Ordnung nur anders als die alte war?

Nach einer weiteren kurzen Diskussion der beiden, die im Wesentlichen um die Frage kreiste, inwiefern eine englische Teatime mit einem deutschen Kaffeekranz zu vergleichen sei, machten sie sich endlich auf den Weg. Nur wenige Meter weiter lag in einem Gebüsch verborgen ihr in Anbetracht der Umstände recht üppiges Gepäck in einem hölzernen Unterstand. Die Wände bestanden aus ineinandergeflochtenen Zweigen, über die sie gleich mehrere Plastikplanen gespannt hatten.

»Willkommen in Afrika!«, grinste Alfred und ging gleich in die Knie, um ein Feuer zu entfachen, auf das er einen kleinen Topf mit Wasser stellte.

»Wir haben gar keinen Kaffee«, sagte Ephraim. »Ein Kaffeekranz ohne Kaffee ist paradox absurd.«

»Das ist Ansichtssache«, meinte Alfred und warf mit Schwung ein ganzes Büschel frischer Blätter ins Wasser. Umständlich befreite er ein Stück Sandkuchen aus seiner Zellophanhülle, um es auf einem Karton anzurichten. »Letztlich sind das nur Begriffe.«

»Ja«, sagte Karl, dessen leuchtender Blick bei einem Reiher verharrte, der den Hals fast parallel zum Wasser nach Beute Ausschau hielt. »Hier ist Afrika. Hier bauen wir mein tolles Haus.«

Da waren sich Alfred und Ephraim in ihrer Überraschung zumindest für einen Moment lang wieder einig und starrten skeptisch diesen Strich von einem Rücken an, hinter dem die Abendsonne den Hügel tiefrot färbte.

»Ihr tolles Haus?«, fragte Ephraim schließlich vorsichtig.

»Ja, so steht es geschrieben«, sagte Karl und hielt ihnen schon wieder die Postkarte hin.

Ich lebe in einem tollen Haus mit Veranda und eigenem See.

»Ohne in irgendeiner Weise widersprechen zu wollen …«, setzte Ephraim an.

»Dann lass es doch«, ging Alfred dazwischen.

»Ja, aber …«

»Bitte, Efie, wir werden doch wohl ein Haus bauen können!«

»Aber Ihre Frau …«

»Was denn?«

»Ihre Frau Mutter.«

»Verdammt!«, rief Karl so laut, dass drei in ihrer Nähe ruhende Enten erschrocken quakend aufflogen.

»Morgen um drei? Am Waldrand?«, fragte Alfred schnell.

»Ja, verdammt!«

»Oder sollen wir Sie wieder abholen?«

»Unterstehen Sie sich!«, rief Karl und stolperte auch schon ins Unterholz in Richtung Landstraße.

Zurück zu Hause, fand Karl alles in allerbester Ordnung vor. Die Mutter schien zufrieden. Er öffnete das große Fenster, da sich die Luft im Bungalow staute und es abends draußen doch ein wenig kühler wurde. Der Rasensprenger stand verloren auf der verdorrten Wiese. Schnell verdrängte Karl den Gedanken an die saftigen Ufer des Sees hinterm Wald. Er musste sich ums Abendessen kümmern. Vorgeschnittenes Brot gelangte aus knisternder Folie in den Korb aus hartem Plastik, der trotz der Berührung vollkommen still blieb. So unterschiedlich reagierte das im Grunde doch gleiche Material. Es hing davon ab, was man aus den Dingen machte, die an sich ja weder so noch so sein mussten. Quark, Butter und Scheiblettenkäse waren letztlich auch nur Milch. Von Leberwurst, Bierschinken und Salami ganz zu schweigen, die er so auf dem Servierteller platzierte, dass sie sich gerade nicht berührten. Nachdem er die

Teller akkurat tischbündig gedeckt hatte, half er der Mutter hoch vom Sofa und hinüber auf den Stuhl, der auf den Garten blickte. Schweigend saßen sie sich gegenüber, bis sie ihr Brot gegessen hatten.

Als Karl alle seine Pflichten erledigt hatte, lag der Garten schon im Dunkeln. Alles war, wie es zu sein hatte, da alles andere nicht zu sehen war. Noch einmal ging er in die Küche, um sich ein Glas Milch zu holen und die Zeit zu kontrollieren. Dann stellte er das Radio an und saß ganz ruhig auf seinem Stuhl. Er lauschte dem Stimmen der Instrumente, dem Räuspern und Husten, den vereinzelten Schritten im Saal. Mit diesen Geräuschen verschwand auch die Welt aus Karls Kopf. Still war es da endlich. Ein Nichts.

Was kam, war ganz ohne Bedeutung, gehorchte Regeln, die er nicht verstehen musste, weil er auch so ganz fröhlich wurde. Munter lief die Klarinette auf und ab, hüpfte hin und her auf dem so sicher bestrichenen Boden. Bis sie mitsamt Orchester zu einer ersten Pause verstummte und wieder etwas Welt recht störend klapperte. Auch das verging dann aber schnell. Sanft wiegten ihn die folgenden Takte, streichelten die Töne seine verwirrte Seele, ließ die Melodie seine Gedanken schlummern, sich von den Eskapaden des Tages erholen. Leicht zuckte es in seinen Wangen, da sich jetzt erst die Spannung löste, er wieder sicher war, bei seiner Mutter, für die zu sorgen Aufgabe genug. Was sollte er an sanft geschwungene Hügel und Wasser in der Sonne denken? An schwarz und weiß gestreifte Tiere, die frei über versteppte Ländereien galoppierten? An Entengruppen, die in stiller Formation den See durchquerten? An stolze Vögel auf einsam stehenden Bäumen? An ein Haus, eine Veranda, eine zarte Frauenhand in seiner, was bitte? Was fiel dem Kopf nur ein, jetzt so etwas zu denken? All den Tönen Bilder zuzuordnen, die nur störten hier im Wohnzimmer? Karl schaffte es nicht, sich ernsthaft zu wehren, das Radio womöglich auszustellen, aus dem die Takte klangen, die ihn sehen ließen. Und da fühlte er, dass es gut war, dass diese Welt ja nicht für immer alles bleiben konnte.

9.

Auffällig ungepflegt lag der Gehweg vor dem Konradschen Haus. Mit seiner noch immer schmerzenden Schulter stand Hubertus wieder einmal vor dem Gartentor, um das in Folie eingeschweißte Fernsehprogramm einzuwerfen. Auch auf dem Konradschen Grundstück geschahen seltsame Dinge. Der Bungalow stand nur noch unvollständig zwischen den derzeit unbewohnten Nachbarhäusern. Wo zuletzt noch eine Haustür gehangen hatte, durch die man von außen in den schummrigen Flur hatte blicken können, war jetzt nur platt getretene Erde, ja, die komplette Vorderseite des Bungalows fehlte. Hubertus dachte an Elkes Worte über die Dinge, die man sah, auch wenn sie gar nicht da waren. Hier aber konnte es keinen Zweifel geben. Da fehlten Dinge, die einfach da zu sein hatten! Rechts hingen unverstellt die Küchenschränke an der Wand, links schloss die Tür zum Wohnzimmer an, der dann noch weiter links die Kacheln und der Spiegel eines Badezimmers folgten. Irgendjemand war dabei, den Konradschen Bungalow abzureißen, ohne dass man im Dorf etwas davon wusste. So weit war es gekommen! Ohne jede Mahnung, die er per Einschreiben hätte überbringen müssen, ohne jede Vorwarnung nahm man den Menschen ihr letztes Hab und Gut, so wie man ihn per neuer Dienstvorschrift dazu zwingen wollte, seine Tour im Kraftfahrzeug zu erledigen, wo er noch nicht einmal den Führerschein gemacht hatte!

Hubertus öffnete die Gartentür und schritt über die Betonplatten auf die nicht mehr vorhandene Haustür zu. Vorsichtig trat er über die Schwelle, machte die fünf Schritte bis zur Wohnzimmertür und fühlte sich auch an der frischen Luft wie ein Eindringling. Beging er nun Hausfriedensbruch oder nicht? Überschritt er womöglich seine Befugnisse als Briefträger? Er zuckte mit seiner intakten Schulter. Er würde sowieso schon bald nicht mehr gebraucht mit seinem Fahrrad. Entschlossen und doch vorsichtig klopfte er an. Und lauschte. Immerhin war leise Musik zu hören.

Am Strand von Sansibar strahlte dein blondes Haar …

Hubertus klopfte noch einmal, jetzt etwas fester, drückte dann mit hämmerndem Herzen die Klinke vorsichtig hinunter und öffnete die Tür einen Spaltbreit. Auf einem Sofa lag eine alte Frau. Das musste Frau Konrad sein, die er seit Jahren nicht gesehen hatte.

»Hallo!«, sagte er so ruhig wie möglich. »Guten Tag, Frau Konrad.«

Etwas mutiger geworden, trat er in den Raum, der vollgestellt war mit den unsinnigsten Möbelstücken. Gleich zwei Betten standen nebeneinander vor dem breiten Fenster zum vertrockneten Garten. Zwei Nachttische, ein Esstisch, Küchenmöbel und Stühle füllten ordentlich gestapelt den Rest des Raumes bis auf die Wand, an die das Sofa gerückt war. Da lag Frau Konrad und starrte ihn mit glänzenden Augen an.

»Ja, was ist denn hier los? Wo ist Ihr Sohn?«, rief Hubertus. »Das ist ja ganz schrecklich, Frau Konrad!«

Mit Mühe hob sie die Hand und deutete eine Bewegung an, als wollte sie ihn zu sich winken. Hubertus beugte sich zu ihr hinunter. Anscheinend wollte sie ihm etwas sagen.

»Aaaaaaaaaaaaah«, hauchte sie.

»Haben Sie Schmerzen? Soll ich den Arzt holen?«

Sie aber schien zu lächeln und bewegte den Kopf ganz leicht von links nach rechts.

»Aaaaaaaaaiiii aaaaaaaaaaah«, krächzte sie diesmal etwas kräftiger.

»Müssen Sie auf die Toilette?«, fragte Hubertus, ganz panisch, da ihm einfiel, dass das Badezimmer mit dem vorderen Teil des Hauses verschwunden war.

Verzweifelt starrte er sie an. Ihre so ruhige Zufriedenheit verwirrte ihn zusätzlich. Hubertus sah sich noch einmal um, als könnte ihm das Wohnzimmer dabei behilflich sein, die alte Frau zu verstehen. Als er aus dem Fenster auf den vernachlässigten Rasen blickte, kam ihm tatsächlich ein Gedanke. Das konnte doch nicht sein!

»Afrika? Meinen Sie, in Afrika?«, fragte er. »Ist jetzt auch Karl nach Afrika?«

Und sie lächelte ganz eindeutig, zeigte ihre beiden

im Oberkiefer verbliebenen Zähne und versuchte zu nicken. Hubertus war schockiert.

»Sie warten hier«, sagte er. »Ich hole Hilfe.«

Und schon stürzte er los, zu schnell, um zu bemerken, dass sie versuchte ihn zurückzuhalten. Mit der Kraft der Empörung schwang Hubertus sich auf sein Dienstfahrrad, warf sein ganzes Gewicht in die Pedale und war an der Hauptstraße angekommen schon so schnell, dass er um ein Haar aus der Kurve geflogen wäre. Auch in der jetzt auf ihn herniederstechenden Mittagssonne schonte er sich nicht. Nur Augenblicke später ging er in die Bremsen, gleich vor der Fleischerei, deren Schaufenster mittlerweile von innen mit Aluminiumfolie beklebt war und Hubertus dementsprechend blendete. Er sprang vom Fahrrad und stürmte blinzelnd die Stufen hoch in die Dunkelheit des Verkaufsraums.

»Tür zu!«, rief Elke, kaum hatte er die aufgestoßen.

In seiner aufgeregten Empörung schmetterte Hubertus die ebenfalls mit Aluminiumfolie beklebte Glastür zu, dass das ganze Schaufenster nur so wackelte.

»Elke!«, rief Hubertus, vor dessen Augen jetzt die Kreise nur so tanzten. »Der Karl, die Konrads, das Haus!«

»Was ist denn los?«

»Das Haus wird geklaut! Karl ist nach Afrika! Die Mutter ganz alleine!«

»Jetzt aber mal ruhig, Hubi!«, sagte sie und ließ die Neonröhre in der Auslage flackern, damit er mit seiner Panik nicht im Dunkeln stand.

Elke machte sich Sorgen um Hubertus. Seit seinem

Sturz und der wenig später folgenden Aufforderung zum Wechsel des Dienstgefährts hatte er seine ganze Ruhe verloren, bewegte sich diese Masse an Fleisch viel zu hektisch, und das bei dieser Hitze. Ja, die Verwandlung des Briefträgers war so plötzlich gewesen, dass sie nicht unbemerkt bleiben konnte. Ganz anders als Elkes Veränderung. Dieses langsame Zunehmen an Pfunden, das nicht ursächlich auf ihre plötzliche Lust auf Fleischwurst zurückzuführen war, auch wenn es damit zusammenhing. Seit einer Woche wusste sie, dass der Fernradfahrer in seinem hauteng anliegenden Trikot nicht abgereist war, ohne ihr etwas dazulassen. Letztlich störte sie das nicht. So würde immerhin etwas passieren, und auch der Umstand, dass die Wurst jetzt schmeckte, machte sie zufrieden.

»Willst du nicht erst mal essen?«, fragte sie und schob sich selbst eine Scheibe Fleischwurst in die Backe.

»Wie kann ich denn jetzt essen? Sag mir das mal, Elke, wie denn? Wo die dem Karl und seiner kranken Mutter das Haus wegnehmen, und der nach Afrika davon ist, und ich doch gar kein Führerschein hab und meine Schulter immer noch kaputt ist wegen den Negern!«

»Jetzt lass doch mal die Schwarzen aus dem Spiel«, sagte sie und reichte ihm eine lange Wiener über die Auslage. »Nimm schon, Hubi, zur Beruhigung.«

Da stand dieser Berg von einem Mann im kalten Licht der Neonröhre und stopfte sich mit zitternder Hand die Wurst in den Mund, als sei das keine fein pürierte Restfleischmasse, sondern Wasser und er seit Wochen in der Wüste unterwegs. Dass man auch ohne Passagier im Bauch dermaßen hungrig sein konnte! Zwecks Selbstversorgung stach Elke mit der Gabel noch einmal in den Fleischwurststapel und reichte Hubertus eine zweite Wiener. Als auch der Teil des Paares in Hubertus verschwunden war, schenkte sie ihm noch ihr schönstes Lächeln, das unbewusst schon wieder mütterlich geriet, und ließ ihn nach und nach erzählen, was da los war bei den Konrads.

»Und du bist sicher, dass du nicht wieder irgendwelche Sachen siehst bei dieser Hitze?«

»Aber das ist es doch gerade! Ich sehe keine Sachen!«, rief er so aufgeregt, dass ein Schweißtropfen auf das halbschräge Glas der Auslage tropfte und langsam hinunterrann. »Da fehlt ein Stück vom Haus, und drinnen liegt die Mutter ganz allein!«

Elke zögerte, als sei ihr bewusst, wie weitreichend die Konsequenzen ihres nun folgenden Handelns sein könnten. Noch vor Wochen hätte sie Hubertus mit seiner ganzen Aufregung allein gelassen, so bemüht war sie, nicht zu viel Nähe zuzulassen, da sie ja wegwollte von hier. Sie horchte in sich hinein, fragte ihren sonst immer so zuverlässigen Kopf nach seiner Meinung, fand aber nur in ihrem Bauch dieses Gefühl, dass hier etwas zu tun war.

»Da sollten wir uns drum kümmern«, sagte sie. »Der Chef ist unterwegs, und um die Zeit denkt eh keiner ans Einkaufen.«

Also machte Elke das Licht in der Auslage aus und trat in Hubertus' Schatten aus der Fleischerei heraus. Als sie sich umdrehte, um die Tür abzuschließen, hörte sie das scheppernde Klingeln des Telefons. Wenn es wieder dieser Mann war, der seine Zebras schlachten lassen wollte, würde er sich etwas gedulden müssen. Noch hatte sie den Chef nicht gefragt. Im Damensitz machte sie es sich auf dem Gepäckträger bequem, während Hubertus sein Dienstfahrrad so schnell wie möglich in Schwung brachte. Immer höher summte der Asphalt unter dem Gummi der Reifen.

Der Fleischerei gleich gegenüber stand von Elke und Hubertus unbemerkt ein ganz in Schwarz gekleideter junger Mann im Schatten des ungenutzten Gotteshauses. Elmar Wudtgereid hatte einiges erwartet, als die Landeskirche ihm mit seinem kaum ausreichenden Examen eine Vikariatsstelle anbot. Dass man ihn aber gleich in die Wüste schickte, überraschte ihn dann doch. Er war mit dem mittäglichen Bus aus der Stadt gekommen und hatte schon befürchtet, im falschen Dorf ausgestiegen zu sein. Erst als er in der heruntergekommenen Gaststätte das auf seinen Namen reservierte Fremdenzimmer vorgefunden hatte, war seinem hoffnungsvollen Zweifel die Grundlage entzogen. Soeben hatte er auch den Schlüssel zum Kirchenportal am vereinbarten Platz unter dem Blumenkübel gefunden, in dem nur noch verdorrte Stängel hingen. Nach dem Wirt des Adlers waren dieser massige Postbote und die kleine Blondine auf seinem Gepäckträger die ersten Menschen, die er seit seiner Ankunft zu sehen bekam. Aber auch die waren schon wieder hinter der Kirche verschwunden. Der Jungvikar blieb skeptisch. Ein spinnerter Theologe könnte sich hier mit sich selbst beschäftigen, er aber glaubte an den Geist der Kirche, an die Gemeinschaft der Gläubigen, weshalb er im Studium nicht allzu oft dazu gekommen war, die alten Sprachen zu studieren. Und jetzt dieses nicht nur von Gott verlassene Wüstendorf.

Der Jungvikar versuchte die Situation christlich zu nehmen. Irgendeinen Sinn hatte sicherlich auch diese Prüfung, bei der er immerhin keine Fragen beantworten musste. Schwungvoll steckte er den Schlüssel ins Schloss. Quietschend schwang die Tür auf und ließ die Kirchenkühle um ihn strömen, dass er tatsächlich an ein Wunder glaubte, so erhaben waren die Schauder, die der plötzlich kalte Schweiß ihm über den Rücken trieb. Die Kirche lag im Dunkeln. Nur wenige Lichtstrahlen drangen durch die Ritzen zwischen den vor die Fenster geschlagenen Brettern, zogen weiße Streifen in den alles bedeckenden Staub. Durch das hinter ihm offen stehende Hauptportal fiel eine sich stetig verbreiternde Lichtbahn in das Kirchenschiff, das mit Ausnahme eines anscheinend aus Beton gegossenen Altars leer war. Komplett leer. Nicht eine Kirchenbank, von Bildern ganz zu schweigen. Ungläubig schritt er über den brüchig gefliesten Boden. Ohne große Hoffnung blickte er sich nach der Empore um und sah eine von den Orgelpfeifen hinterlassene Leerstelle. Immer langsamer ging er weiter, bis er den Altar erreichte. Noch nicht einmal ein Kreuz gab es.

Was diese schreckliche Situation für den Jungvikar erträglich machte, war die herrliche Kühle des Raumes. Darauf immerhin war Verlass. Da ließ es sich gar nicht so unbequem an den Altar gelehnt sitzen, zwischen den Lippen eine schmale Selbstgedrehte. So war er kurz davor einzuschlafen, als ein Geräusch in die Kirche drang. Schnell sprang er auf und eilte durch das Kirchenschiff. Draußen sah er wieder das gelbe Fahrrad schwanken, auf dessen Frontgepäckträger als zusätzlicher Passagier jetzt eine Alte saß. Ihr Kopf hing ergeben in den Armen des Dicken, hinter dem immer noch die blonde Schönheit saß. Der Jungvikar begriff sofort. Wenn er hier etwas bewirken wollte, musste er sich an jeden Menschen klammern, den er finden konnte. Mit dieser Kirche würde er sonst keine großen Sprünge machen. Hastig zog er den Portalflügel hinter sich zu, schloss regelrecht aufgeregt ab, beruhigte sich dann aber wieder, als er das Fahrrad nur ein paar Meter weiter halten sah. Lachend kommandierte die Blonde den Dicken. Der hatte alle Mühe, seine Fracht heil abzuladen, weshalb der Jungvikar sich beeilte.

»Kommen Sie!«, rief er, da hatte er die drei noch nicht erreicht. »Ich helfe Ihnen.«

»Dann kommen Sie mal lieber!«, meinte Elke vom Gepäckträger herunter.

»Wer sind denn Sie?«, keuchte Hubertus vollkommen überfordert. »Schon wieder so ein Schwarzer!«

»Bleib ruhig, Hubi! Der ist ganz wirklich und nur schwarz verkleidet.«

Dann lachte sie ungläubig auf, als der Jungvikar ihr mit etwas übertrieben festem Griff ans Hinterteil zu Boden half, anstatt sich um die alte Frau zu kümmern.

»Finger weg da!«, rief auch gleich Hubertus, dem die Unverschämtheit dieses Unbekannten nicht verborgen geblieben war.

»Jetzt mal genug mit den Hormonen, Männer, und zu Hilfe der Dame am anderen Ende!«

Tatsächlich hatten sie für einen Moment lang Mutter Konrad ganz vergessen, die von den letzten eingeschweißten Heften abzurutschen drohte. Schnell griffen sie ihr unter die Arme und hoben sie vom Fahrrad. Die Dame schaute nur verwirrt.

»Und jetzt rein und raus aus der Hitze!«, gab Elke weiter das Kommando und lotste die drei in den verdunkelten Verkaufsraum.

Mutter Konrad platzierten sie in einem der beiden weißen Plastikstühle, deren dritter vor Monaten schon Hubertus' Gewicht erlegen war. Elke wies dem unbekannten Helfer den zweiten Stuhl, dann trat sie hinter ihre Theke.

»Darf es denn was zu trinken sein, bevor Sie uns erklären, was Sie hier verloren haben?«

»Gern auch ein Eisbein jetzt«, sagte Hubertus, irgendwie beruhigt durch die Rettung der alten Frau aus dem unvollständigen Bungalow.

»Für mich ein Wasser«, sagte der Jungvikar. »Und etwas Licht vielleicht.«

Da flackerte zumindest die Neonröhre in der Auslage. Dieser Verkaufsraum war so ziemlich das absolute Gegenteil von der Kirche gegenüber. Jede Ecke wurde hier genutzt, um was auch immer auszustellen. Kein Stück Wand, das nicht einem Regal Platz geboten hätte. Da bemerkte der Jungvikar die ihn gespannt musternden Augen und erzählte ihnen endlich, wer und was er war.

»Wie was?«, fragte Hubertus.

»Wie Karl«, meinte Elke.

»Vikar«, erklärte er. »Pfarrer in der Ausbildung.«

»Schön, dass manche noch blöder sind als ich«, sagte Elke schmatzend. »Also bei der Berufswahl, mein ich.«

»Und was wird da so ausgebildet?«, fragte Hubertus.

»Vor allem Glaube und Gemeinschaft.«

Mit einem klaren Klingen rief die Mikrowelle Elke zum aufgewärmten Eisbein, das sie Hubertus samt Besteck servierte.

»Gibt's hier beides nicht«, sagte der und entfernte die Schwarte, die er sich wie immer bis zuletzt aufheben wollte.

»Das sah vorhin aber ganz anders aus, auf Ihrem Fahrrad.«

»Das liegt an der Hitze. Da kann man die Frau doch schlecht allein lassen, nur weil auch Karl jetzt abgehauen ist.«

Ohne die religiöse Situation des Dorfes weiter zu erörtern, weihten Elke und Hubertus den letztlich nicht unsympathischen Jungvikar in die Konradsche Familiensituation ein, von der dieser sich durch wiederholtes Nachfragen ein recht vollständiges Bild machte. Für ein verlassenes Dorf schien hier doch eine Menge los zu sein, und dazu diese junge Frau, der bei all der Langeweile sicher nicht nur seelisch beizustehen war.

Als Hubertus aufbrach, um sein Dienstfahrrad stark verspätet bei der zentralen Verteilstelle abzugeben, war der Jungvikar schon etwas aufgeregt, endlich allein mit Elke zu sein. Die Alte störte ihn da nicht. Er wusste, dass er mit seinem wilden Bartwuchs und der stattlichen Figur auch hier im Halbdunkel seine Wirkung nicht verfehlte. Nur dass sie sicherlich nicht gleich so wollen würde, wie er sich das vorstellte. Zu Wollen oder Nichtwollen kam es dann aber überhaupt nicht, denn nur wenige Minuten später stürmte ein ganz anderer Mann wegen einer ganz anderen Frau in den Laden. Mit einem lauten Knall schlug die Tür gegen die Wand, wurde der Raum plötzlich in gleißendes Sonnenlicht getaucht, in das eine bei all der Helligkeit nur schemenhaft erkennbare Gestalt von eindrucksvoller Größe trat.

»Wo ist meine Mutter?«, donnerte ein Bass, den Elke so noch nie gehört hatte und der ihr bis unter die Gürtellinie fuhr.

Panisch und zugleich begeistert drückte sie die Schalter aller Lichter, die aus dem Mann im Gegenlicht erst flackernd, dann ganz klar Karl Konrad machten. Ein neuer Mensch war der geworden. Bartstoppeln schmückten sein sonnengegerbtes Gesicht. Wild wucherten die krausen Haare unter dem Tropenhelm. Anmutig schwangen sich die Muskeln seiner braungebrannten Unterarme aus dem hochgekrempelten Karohemd hervor.

»Was soll das?«, bellte Karl.

»Hubertus hat sie gefunden«, sagte Elke aufgeregt.

»Was heißt gefunden? Wer hat sie denn verloren?«

»Er meinte, sie war ganz alleine.«

»Ja und? Ist er das nicht? Was mischt er sich andauernd ein?«

»Komm, Karl, er hat's nur gut gemeint. Brauchst du heute Aufschnitt?«

»Verdammter Aufschnitt!«, rief Karl und nahm seine Mutter hoch in die Arme. »Ihr könnt uns gut in Ruhe lassen!«

Dann eilte er auch schon zur Tür, drehte sich seitwärts, um mit der Mutter nicht am Rahmen hängenzubleiben. Noch einmal sah Elke ihn im Profil, in diesem Sonnengegenlicht, das alles noch viel größer machte. Die stolze Nase und das Kinn, das Karl wie einen Rammbock in die Welt schob. Die Augen zugekniffen und die beiden Falten links und rechts der Nase.

»Jetzt lauf doch nicht wieder weg!«, rief sie ihm hinterher, aber da war Karl schon aus der Tür verschwunden.

»Na, so ein Spinner«, sagte der Jungvikar.

»Was wissen Sie denn schon?«, fragte Elke und machte den Großteil der Lichter wieder aus. »Machen Sie lieber die Tür zu. Es wird warm.«

»Haben wir uns nicht geduzt?«

»Zahlen musst auch du.«

»Aber klar«, lächelte er unverdrossen. »Vielleicht kann ich dich mal einladen. Ich wohne gleich über der Kneipe.«

»Da leisten dir die Ratten genug Gesellschaft.«

Während der Jungvikar noch ein bisschen weiter versuchte, verlorenes Terrain zurückzuerobern, passierte Hubertus auf seinem Privatfahrrad die Schikane am Dorfeingang. Sein Zuhause ließ er rechter Hand liegen und fuhr gleich weiter ins Dorfzentrum, wo er schon wieder Dinge sah, die so nicht sein konnten. Er hatte den gesamten Rückweg von der zentralen Verteilstelle Zeit gehabt, darüber nachzudenken, was er jetzt anfangen sollte mit seinem Leben, da sie ihn tatsächlich rausgeworfen hatten. Vielleicht war das zu viel gewesen, nur dass er sich doch so nicht täuschen konnte!

»Karl!«, rief er ganz verwirrt. »Bist du gar nicht in Afrika?«

»Was soll das?«, schrie der über den Dorfplatz. »Was soll ich denn in Afrika? Ihr seid doch alle irre!«

»Aber dein Haus?«

»Und was geht dich das an? Da hängt ein Briefkasten! Das muss dir doch wohl reichen!«

Und dann wandte er sich einfach ab mit seiner Mutter auf dem Arm.

»Soll ich euch denn nicht fahren?«, rief Hubertus hinterher.

Karl aber reagierte nicht, ging einfach weiter der tiefstehenden Sonne entgegen, um die Kirche herum und weiter auf der Hauptstraße.

»Entscheidend ist der Glaube«, hörte Hubertus den Jungvikar und spürte auf seiner schweißnassen Schulter eine Hand, die gleich wieder zurückgezogen wurde. »Du hast in gutem Glauben gehandelt.«

»So ein Arschloch«, sagte Hubertus gepresst, mit Tränen in den Augen. »So ein undankbares Arschloch.«

Er nahm sein Fahrrad und schob es die Hauptstraße entlang nach Hause.

10.

Elke lag wach auf ihrer Matratze. Mit lästig drückendem Unterbauch lauschte sie dem Schnarchen des Fleischers im Nebenzimmer. Immer wieder setzte es aus, um nach endlosen Sekunden weiterzuröhren. Sie wusste dann nicht recht, ob sie erleichtert oder enttäuscht war. Sie wusste überhaupt nicht mehr so viel, seit sie diesen ganz veränderten Karl Konrad gesehen hatte. Das konnten nur ihre Hormone sein, dass dieser Schwachkopf ihr jetzt plötzlich noch viel toller als der schmucke kleine Bruder vorkam. Und auch die Tatsache, dass sie für einen Augenblick den Kirchenmann nicht gänzlich abgeneigt betrachtet hatte, zeigte, auf was für Abwegen sie selbst herumirrte. Seit Tagen scharwenzelte der um sie herum, verbrachte Stunden in der Fleischerei, um sie auszufragen über diese seine Gemeinde, wie er den Rest des Dorfes nannte, und über sie selbst, als ginge ihn das etwas an. Was für ein Unfug, hier einen Pfarrer oder was auch immer herzuschicken! Als könnte so einer noch helfen! Was konnte der schon, außer beharrlich sein, die Kirche jeden Morgen aufschließen und bei ihr im Licht der Auslage mit Glotzaugen herumhängen? Und dazu die Hitze, die immer schlimmer wurde, sie gar nicht mehr schlafen ließ in ihrem Zustand, den sie mit jedem Tag mehr bedauerte. Wie leicht es wäre abzuhauen, hätte der Fernradfahrer nicht so gut getroffen! Aber so war das jetzt. Noch ein paar Wochen, dann würde sie aufgeben müssen. Nicht Manfred oder Ray, sondern dem Fleischer selbst würde sie erliegen und ins Nebenzimmer wechseln. Den Platz an seiner Seite wollte er ihr frei halten, wiederholte er tagtäglich, als wäre das seine Entscheidung! Es war seine Entscheidung. Ganz souverän ließ er sie in Ruhe, als wüsste er, dass sie bald keine Wahl mehr hätte. Und er hatte recht. Als ganz normale Angestellte würde er sie sicher nicht behalten, mit Kind und ohne Mann. Irgendjemand würde sich schon finden, der sich hinter die Theke stellen ließ. Niemand war so wichtig, dass man ihn mit etwas Mühe nicht doch ersetzen könnte. Sie fühlte, dass sie nicht mehr konnte, immer hart und lustig zwischen all den Kerlen. Selbst Hubertus fing schon an zu sabbern, was dann schon wieder komisch war. Schnell drehte sie sich auf den Bauch, vergrub das Gesicht im Kissen, damit der Fleischer bloß nicht hörte, wie sie kicherte, ein bisschen irre. Nein, das war hier wirklich gar kein Ort für einen neuen kleinen Menschen. Die Welt hier war zu alt. Tommy hatte begriffen, dass man sich lösen musste, dass es einen Ausweg gab. Und da fühlte Elke sich glücklich grinsen, weil alles so einfach war. Sie musste weg von hier wie er! Sie musste wissen, wo genau er war, dann würde sie ihn finden! Geld hatte sie ein wenig. Natürlich war das nur ein Nachtgedanke, der alles um genau so viel schöner wirken ließ, wie es vorher schlimmer gewesen war. Aber Elke genoss es. Zu deutlich spürte sie, dass etwas geschehen musste, als dass sie einfach hätte liegen bleiben können.

»So, mein Kleiner«, murmelte sie, strich noch einmal über den spannenden Bauch und rollte sich zur Seite, um aufzustehen. Kaum kniete sie neben der Matratze auf dem Boden und tastete nach ihrer Hose, als ihr Unterleib endlich ein Einsehen hatte. Elke erschrak. Es dröhnte so laut, dass sie fürchtete, den Fleischer aufzuwecken. Der schnarchte ruhig und regelmäßig weiter durch die Wand.

Die Straßenlaternen standen nutzlos dunkel im Schein der Sterne. Kein künstliches Licht war zu sehen, weder kalt noch warm. Überhaupt kein Leben. Nur dass man sich jetzt vorstellen konnte, dass hier tagsüber Menschen unterwegs waren, den Dorfplatz bevölkerten, sich unnütze Neuigkeiten zuriefen von Tür zu Tür, so wie es früher gewesen war. So schön war dieses Früher aber nicht, dass Elke sich mit langen Träumereien aufgehalten hätte. Überzeugt von der Notwendigkeit ihres nächtlichen Ausflugs, ließ sie die Kirche hinter sich und ging die Hauptstraße entlang, vorbei an all den leerstehenden Häusern und an den wenigen, in denen noch einer von den Alten seinen Tod erwartete. Eine verlassene Goldgräberstadt, nur dass das Gold hier Weizen gewesen war, das Korn, das die Menschen zumindest halbwegs ernährt hatte, bis die Betriebe abgewickelt worden waren. Zu gering waren die Erträge bei ausbleibenden

Niederschlägen und steigenden Temperaturen. Nach ein paar verzweifelten Versuchen mit fremdländischen Getreidesorten hatten sie aufgegeben. Mittlerweile war sogar das Gras so dürr, dass es die Tiere nur noch notdürftig ernährte. Das gute Fleisch kam längst von anderswo.

An der Abzweigung zur Konradschen Straße angekommen, blickte Elke sich noch einmal um. Die ersten Sterne verblassten hinter dem Kirchturm in der Dämmerung. Mit jedem Schritt kam ihr das Unternehmen unsinniger vor, als wachte sie jetzt erst richtig auf, woran sie dann aber doch zweifelte, als sie schon fast am Ziel der Reise angelangt dieses Schnaufen hörte und dann das Ungetüm auf sie zukommen sah. Meterhoch reckte es sich in die Höhe, schwankte dieser unförmige Haufen hin und her, störte knarrend und quietschend die Stille der Nacht. Zu überrascht, um Angst zu haben, sprang Elke hinter einen Baum. Da sah sie links und rechts des Haufens strahlend weiß zwei Augen und gebleckte Zähne.

»Überladen«, hörte sie eine Stimme keuchen. »Wir sind vollkommen überladen und viel zu spät.«

»Jetzt sei endlich ruhig und schieb!«, zischte eine andere Stimme.

»Und die Giraffe drückt sich wieder.«

»Du solltest nicht schlecht von ihm reden. Du weißt genau, dass er die Strümpfe für die Mutter suchen muss.«

»Immer muss er irgendwas suchen, anstatt zu helfen!«

»Dafür bezahlt er uns, und er hat Rückenschmerzen.«

»Immer hat er Rückenschmerzen!«

Elke folgte dem Ungeheuer mit einigen Metern Abstand bis zur Hauptstraße. Kaum trat es aus dem Schatten der Bäume heraus, erkannte sie Karl Konrads Mofa samt Anhänger, auf dem sich Balken und Bretter nur so stapelten. Mit Mühe und Not hielten die beiden Männer links und rechts des Ungetüms das Gleichgewicht. Wenn sie nicht so gut Deutsch gesprochen hätten, wäre Elke sicher gewesen, dass es sich um zwei im afrikanischen Sinne schwarze Männer handelte. Als hätte Hubertus sich doch nicht geirrt. Was waren das für Dinge, die hier vor sich gingen, gerade, wo sie endlich wegwollte? Das ging sie alles nichts mehr an. Endlich erinnerte sie sich an den eigentlichen Sinn ihres Ausflugs, der sie zu Karl persönlich führen musste, der ihr sagen sollte, wo genau Tommy da in Afrika seit Jahren auf sie wartete. Schon wollte sie sich abwenden von den jetzt mit Mühe die Schikane passierenden Männern mit dem Lastgefährt, als plötzlich ein gänzlich anderer Geist, lang und kerzengerade und mit cremeweiß schimmerndem Kopf, an ihr vorbeiflog, dass ihr das Herz zu schlagen aufhörte, bis jemand in ihr drin mit kurzem Tritt das Klopfen wieder anwarf.

»Schnell!«, rief der Geist mit Karl Konrads Stimme. »Es wird ja schon hell!«

»Weil wir viel zu spät sind.«

»Ist doch gleich, warum.«

»Ich sagte nur, dass ich es gesagt habe.«

»Du hast gar nichts zu sagen.«

»Das sagt ja jetzt der Richtige! Ohne mich wärst du noch im Busch.«

»Los jetzt, verdammt!«

Und wirklich nahmen sie zusätzlich Geschwindigkeit auf, dass Elke Mühe hatte zu folgen, ohne aufzufallen. Denn so viel hatte sie bei aller nächtlichen Verwirrtheit begriffen. Da war Karl Konrad selbst unterwegs. Da musste sie jetzt hinterher, um sich nach Tommy zu erkundigen.

Ein weiterer Blick zurück aufs Dorf zeigte Elke den Kirchturm tiefschwarz vor dem schon leicht rötlich schimmernden Horizont. Etwas Zeit hatte sie noch, bis der Fleischer aufstehen und sie zum Kaffee nötigen wollen würde. Es gab keinen Grund, sich das hier entgehen zu lassen. Zumal sie sich an Säufer Oschis Worte erinnerte, der hier etwas gesehen hatte. Deshalb war sie nur leicht überrascht, als diese halb stöhnende, halb streitende Prozession kurz darauf unvermittelt abbog von der Landstraße und direkt in den Wald hineinzog. Immer wieder hielten sie an, um hinter sich Äste und Stämme quer zu legen, ihre Spuren zu verwischen. Elke blieb weiter auf Distanz. Mit dieser Last konnten sie kaum entkommen.

Hier und da zeigte sich zwischen den Kronen der Bäume schon ein silbernes Schimmern. Elke dachte an den Fleischer, der in seiner Wurstküche auch heute wieder räuchern und noch abends dementsprechend stinken würde. Nur war der weit weg, was sie begreifen ließ, dass es hier aus einem anderen Grund ganz ähnlich roch.

Der zunehmenden Helligkeit entsprechend noch vorsichtiger, lugte sie hinter einem Stamm hervor und sah weiter vorne auch am Boden Licht. Der See harrte ganz ruhig der Dinge, die sich an seinem Ufer taten. Farblos ragte eine Art Terrasse übers Wasser, auf der sich schattenschwarz die Männer hin und her bewegten. Ein kleines Feuer brannte links, zum Teil verdeckt von einem Gegenstand, der Elke leicht an einen Bungalow erinnerte.

»Vorsicht!«, schrie plötzlich einer der Männer.

Ehe Elke begreifen konnte, was genau sie da trieben, sah sie einen der Schatten schwanken und verschwinden. Das folgende Platschen ließ keinen Zweifel daran, dass jemand ins Wasser gefallen war.

»Du Unmensch!«, rief kurz darauf schon prustend eine andere Stimme. »Das war ein vorsätzlicher Anschlag!«

»Ich habe dir gesagt, du sollst aufpassen! Und jetzt raus und her mit dem Balken!«

»Das ist doch alles vollkommen unorganisiert! So kann man kein Haus bauen!«

»Was heißt denn hier Haus, Efie? Wir bauen ein Land. Einen Kontinent!«

»Ruhe jetzt!«, war Karl Konrad wesentlich leiser zu vernehmen. »Sie wecken gleich noch meine Mutter. Kommen Sie raus und nehmen Sie meinen Bademantel!«

Unterdessen war es so hell geworden, dass Elke die drei Männer klar unterscheiden konnte. Karl Konrad mit seinem Tropenhelm stand weit vorne auf der sicherlich zwei Meter über den See ragenden Plattform. Hinter ihm saß ein eher untersetzter Mann und ließ die Beine baumeln. Der Dritte watete groß und dürr durchs Wasser ans Ufer und verschwand in der Hütte. Kurz darauf trat er in einem strahlend weißen Bademantel an das kleine Lagerfeuer.

»Und dann soll ich auch noch den Kaffee machen«, schimpfte er vor sich hin.

»Nun ist aber gut, Efie!«

»Irgendetwas fehlt noch«, sagte Karl gerade so laut zu sich selbst, dass auch Elke es in ihrem Versteck verstehen konnte.

»Was soll denn jetzt noch fehlen? Die letzten Wände noch, dann haben Sie Ihr komisches Haus am See.«

»Lassen Sie sich nur Zeit. Wir sind da, um zu helfen, wo wir können.«

So rätselhaft diese frühmorgendlichen Streitereien auch wirkten, war Elke doch verzückt vom Anblick der Idylle, dem ersten warmen Licht, zartrosa und orange, im kühl hellblauen Wasser, auf das der Steg noch schwarz hinausging. Und dazu das Lagerfeuer.

Was Elke nicht wissen konnte, da sie die Konradsche Straße nicht bis zum Schluss erkundet hatte, war, dass dort, wo einstmals das kleine Haus stand, Leere herrschte. Nur noch der Rasensprenger lag umgekippt auf der verdorrten Wiese sowie die eine oder andere Kiste, die Karl und seine Männer später würden holen müssen. Was das Baumaterial anging, hatten sie aber ganze Arbeit geleistet. Wände, Böden und Decken hatten als Einzelteile den Weg an den See gefunden. Sogar die Fenster waren weitestgehend unversehrt vom Rand des Dorfes weggewandert, um hier neu verbaut zu werden, in Wänden, die zum Teil von Bäumen gestützt, zum Teil von ganz allein standen. Zwar offenbarte jedes Quäntchen zusätzlichen Tageslichts, das seinen Weg durchs Unterholz zur Hütte fand, weitere Mängel an deren eigenwilliger Konstruktion, im Großen und Ganzen aber war das eine ordentliche Hütte, die ganz für sich allein am See stand. Insofern war Ephraims ärgerliche Verwunderung über Karl Konrads fortdauernde Unzufriedenheit gut nachvollziehbar, zumal nach einer durchwachten Nacht und einem unfreiwilligen Sprung ins kühle Wasser.

»Wir müssen uns dann langsam um die Tiere kümmern«, sagte Karl weiterhin ruhig und wie zu sich. »Die fehlen hier natürlich noch.«

»Ich will zurück«, jammerte Ephraim.

»Wohin denn zurück?«, fragte Alfred. »Jetzt auf einmal.«

»Ich will zurück nach Afrika. Der Mann ist doch komplett verrückt!«

»Was für ein Afrika?«, rief Karl vom Steg herüber. »Was soll da sein, was hier nicht ist, wenn wir erst mal die Tiere haben? Hier ist ja Afrika!«

»Es nimmt kein Ende. Es ist schrecklich.«

»Kopf hoch, Efie!«

Doch Ephraim war ernsthaft verzweifelt und erstmals bereit zuzugeben, dass Meister Mertens sich geirrt und sie ins Verderben geschickt hatte. Womöglich hätte er seine wenigen Sachen gepackt und wäre einfach zurück durch den Fluss geschwommen. Nur kann das alles keiner wissen, da Elke, die dem Streit schon lange nicht mehr folgte, sich in einem Traum wähnte, so übermüdet war sie. So unwirklich schien ihr, was sie sah. Wie von selbst machte sie den Schritt aus dem Gebüsch hinaus aufs frisch gerodete Land, gerade als es der erste Sonnenstrahl über den Hügel schaffte und ihr Haar golden entflammte, ihre weiße Bluse aufscheinen ließ, unter der sich ihr immer üppigerer Busen erhaben wölbte.

»Hilfe!«, schrie Alfred. »Ein Geist!«

»Das kann gar nicht sein!«, rief Ephraim und sprang schnell hinter die Hütte. »So etwas gibt es nicht!«

»Elke!«, rief Karl. »Was machst du hier?«

Die Angerufene machte noch ein paar Schritte der Sonne entgegen, strauchelnd, als wüsste sie selbst nicht, wie ihr geschah.

»Ich muss hier weg, Karl«, stammelte sie. »Da dachte ich, ich suche mal Tommy.«

»Tommy? Der ist in Afrika.«

»In Afrika?«

»Das weißt du doch.«

»Und wo genau kann ich ihn finden?«

»Was weiß denn ich? Was willst du überhaupt von Tommy?«

Da stand die Schönheit wie erstarrt, die Augen ganz verloren.

»Und was ist das hier?«, fragte sie.

»Was das hier?«

»Das Haus, der Steg, die Tiere, von denen du geredet hast?«

»Und was geht dich das an? Außerdem ist das kein Steg, sondern eine Veranda!«

»Das hier ist Afrika«, meldete sich Alfred, fasziniert von dieser unerwarteten Erscheinung.

»Dann hatte Hubi also recht? Du bist in Afrika?«, fragte Elke, die den Fängen ihres morgendlichen Halbschlafs langsam entkam. »Also gewissermaßen?«

»Von wegen Afrika! Gewissermaßen!«, meldete sich Ephraim, der vorsichtig um die Hütte blickte.

»Jetzt fang du nicht schon wieder an!«

»Auf jeden Fall hast du hier nichts verloren«, sagte Karl ganz kühl. »Das geht euch alles überhaupt nichts an.«

Elke betrachtete die ganze irre Szenerie noch einmal. Das war nun gerade nicht das, was sie in ihrem Zustand brauchte. Ein Wahnsinniger mit zwei Afrikanern in einem Bretterverschlag im Wald. Nur stieg die Sonne jetzt so hoch, dass sie den Tropenhelm von hinten traf, der Karl eine strahlende Mähne ums Haupt zauberte. So etwas hatte sie noch nie gesehen. Wie schon zuletzt, als er in der Tür der Fleischerei gestanden hatte, musste sie ihn anstarren, fühlte sie, dass sie nicht wegkonnte, und wusste doch zugleich, was für ein Unsinn das war, da sie sich um ein Kind zu kümmern hatte.

»Die Tiere«, setzte sie noch einmal an, dem Treiben schon halb abgewandt. »Könnten das Zebras sein?«

»Was weißt denn du davon?«, rief Karl leicht verunsichert.

»Ja, Zebras könnten wir gebrauchen«, sagte Alfred. »Zebras gehen in Afrika fast immer.«

»Jetzt halten Sie den Mund! Hier habe ich das Sagen!«

»Ha! Da zeigt sich die Fratze des Übermenschen!«, rief Ephraim.

»Einen kleinen Knall habt ihr aber schon, oder?«, fragte Elke.

»Was erwarten Sie, junge Frau, wenn man in ein paar Wochen einen ganzen Kontinent zu bauen hat?«, lächelte Alfred entschuldigend und ohne auf Karls Maßregelung zu achten. »Aber vielleicht möchten Sie einen Kaffee mit uns trinken und uns von Ihren Zebras erzählen?«

»Ich dulde keinerlei Widerspruch«, rief Karl noch einmal erbost, ehe er mit großen Schritten über die Veranda eilte. »Sie hat hier nichts verloren!«

»Sie sollten sich lieber um Ihre Mutter kümmern«, meinte Ephraim mit einem Hauch von Spott. »Die ruft nämlich nach Ihnen, und darauf einzugehen gehört sicherlich nicht zu meinem Aufgabenbereich.«

»Was heißt hier Aufgabenbereich, Sie Affe?«, rief Karl und stürmte an ihnen vorbei in die Hütte.

»Er hat mich Affe genannt«, sagte Ephraim und starrte Karl ungläubig hinterher.

»Jetzt komm schon, Efie. Du nennst ihn auch Giraffe.«

»Das ist nicht vergleichbar.«

»Du weißt genau, wie empfindlich er mit seiner Mutter ist.«

»Ach ja?«, fragte Ephraim. Aufgeregt lief er auf und ab, als wüsste er nicht, wohin er mit sich sollte. »Immer kommen sie mit ihren Müttern, wenn sie zu Bestien werden! Das ist genauso unsinnig wie deine Wassergeister!«

»Was denn für Wassergeister?«, fragte Elke, unschlüssig, ob sie zurück ins Dorf eilen oder den nächsten Auftritt dieses stattlichen Buschmanns abwarten sollte.

»Er betet diesen Tümpel an.«

»Er? Ich?«

»Ja, du, Alfred. Ich habe dich beobachtet. Schauen Sie, er traut sich nicht, dem See den Rücken zuzuwenden. Er ist von Grund auf abergläubig!«

»Ich drehe mich, wie es mir passt, du ewiger Unruhestifter!«

Und tatsächlich fing Alfred jetzt an, sich vollkommen unsinnig um sich selbst zu drehen, während Ephraim weiter wild gestikulierend zu seinen Ausführungen über den Aberglauben am Ufer entlangschritt. In all den Tagen und Nächten des Umzugs an den See hatte sich in ihm etwas angestaut, das jetzt nach außen drang. Nach einem beschaulichen Leben auf der Farm des Meisters hatte er alles riskiert, um auch den Rest seines Lebens in Ruhe zu verbringen. Und dann schaffte er es endlich ins Gelobte Land, um dann das mitmachen zu müssen. Es war lächerlich. Es war zum Verzweifeln und Ephraim am Ende seiner Kräfte. Das aber interessierte hier keinen, weil jetzt schon wieder dieser Mann aus seiner Hütte trat, auf seinen Armen die Mutter in Unterwäsche, unförmig und schwer. So schwankte er ans Ufer hinunter und in den See hinein, um sie zu waschen.

»Entschuldigen Sie bitte«, setzte Elke noch einmal an. »Aber könnten Sie mir kurz erklären, was hier los ist?«

Und dann erinnerte sich Alfred endlich an das Versprechen eines Kaffees und bat Elke, ohne seinen Meister noch einmal zu fragen, an die Feuerstelle, wo er ihr die Gründung und Besiedlung dieses neuen Landes in groben Zügen schnell erklärte. So saßen sie da und sahen die Sonne immer höher steigen über dem bis auf die Heckwellen der Enten spiegelglatten See. Karl Konrad stürzte sich ins Unterholz, kaum hatte er die Mutter wieder angezogen und ins Bett gelegt.

»Immer rennt er weg«, sagte Elke.

»Und immer kommt er wieder«, sagte Alfred.

»Dass ausgerechnet dieser Wahnsinnige so zuverlässig ist«, murmelte Ephraim.

Da Karl sich an diesem Morgen mit seiner Rückkehr Zeit ließ und auch sonst nichts den Frieden am Ufer des Sees störte, sah Elke die Sonne immer weiter über diesem kleinen Land aufgehen. Keine Stoffbahnen und Aluminiumfolien störten die Idylle. Mit einem zarten Schweißfilm auf der Haut lauschte sie Stunde um Stunde den Erzählungen und Diskussionen der beiden Männer, die es von so weit weg hierhergeschafft hatten. Und ihr gelang nicht einmal die Flucht ins nächste Dorf. Allerdings schien ihr der Plan, sich bis zu Tommy und nach Afrika davonzumachen, angesichts der wenig freudigen Berichte dieser beiden Männer über die

Zustände in ihrer Heimat nicht mehr so verheißungsvoll wie noch wenige Stunden zuvor. Immerhin bescherte ihr der nächtliche Wagemut aber einen ganz wunderbaren Morgen.

Auch im Dorf war manches anders, als die Einwohner es kannten.

»Wie jetzt, zu?«, murmelte Hubertus vor sich hin.

Noch einmal rüttelte er heftig an der Tür zur Fleischerei. Den Griff in der Hand, versuchte er, im Aluminiummeer des Schaufensters einen dunklen Fleck auszumachen, durch den er ins Innere des Ladens hätte blicken können. Doch Elke hatte gut gearbeitet, wie man das nicht anders von ihr kannte. Perfekt schlossen die faltenfrei verlegten Folienbahnen aneinander an, um exakt bündig am Fensterrahmen zu enden. Vor der Sonne musste Elke sich da drinnen nicht mehr fürchten, wenn sie denn da war. Langsam überzeugt von der Unsinnigkeit der körperlichen Anstrengung, die ihm den Schweiß bis in die Schuhe rinnen ließ, stellte Hubertus nach dem Rütteln auch das Absuchen des Fensters ein. Erschöpft sah er sich um.

Wenn dieser Kirchenmann bei seinen hochtrabenden Reden im Adler nicht nur angegeben, sondern wirklich die Kirchturmuhr repariert hatte, war es fast Mittag, wofür auch das Knurren seines Magens sprach. Also musste er sich im Wochentag vertan haben. Nur sonntags war die Fleischerei geschlossen. Sonntag konnte es aber nicht sein, da Hubertus auch nach seiner Entlassung Tag für Tag die Auslieferung der Post durch diesen Fremden mit seinem noch nicht einmal mehr gelblackierten Kraftfahrzeug überprüfte. Und der war heute unterwegs gewesen, sogar bei den Konrads, wo jetzt gar nichts mehr vom Haus geblieben war. Rätselhaft war es schon, dass man im Dunkeln Dinge sah wie diese Kreise, die es nicht gab, und dafür in der Helligkeit dieses immer noch vollkommen wolkenlosen Sommers immer mehr von dem verschwand, worauf man vorher fest gebaut hatte. Sein Dienstfahrrad, das Konradsche Haus und jetzt auch noch die schöne Elke an einem ganz normalen Wochentag. Vielleicht würde ja alles wieder gut, wenn es nur einmal wieder regnete. Bei all diesem gedanklichen Begreifenwollen bemerkte Hubertus gar nicht Oschi und seinen Trinkkumpan, die rüttelnderweise ihr Glück an der Tür versuchten und sich dann auf den Stufen niederließen.

»Richtig heiß für vor neun«, sagte Oschi.

Hubertus sah ihn verständnislos an.

»Vor neun?«

»Ist ja noch zu.«

»Durst hab ich, als wär schon auf«, sagte der andere. »Durst wie fast um Mittag.«

»Um Mittag ist nie zu«, sagte Oschi.

Hubertus blieb zwischen den beiden unter dem Vordach der Eingangstür stehen, um der über dem Haus auftauchenden Sonne keine Angriffsfläche zu bieten. Dafür nahm er auch den sehr strengen Geruch der Mitwartenden in Kauf. So standen und saßen sie vor dem silbern glitzernden Hintergrund des Schaufensters und ließen den Blick über den verlassenen Dorfplatz streichen, als die Zeiger der Kirchturmuhr weiter vorrückten und mit kaum merklicher Verzögerung die Glocke zu schlagen begann. Dreimal fuhr der dröhnende Schlag den Männern in die Ohren, ließ sie zusammenfahren vor Schrecken, die Trinker die Krallen des Katers erbarmungslos fühlen, Hubertus noch einmal an sich und dem Ganzen hier zweifeln.

»Was soll das?«, rief er.

»Drei kann nicht sein«, sagte Oschi. »Um drei bin ich anders.«

Und dennoch verhallte schon der dritte Glockenschlag ganz ungestört in die staubige Stille des Mittags hinein. Kein Hauch von einem Wind, der die Fetzen des vor Monaten an der Laterne vergessenen Wahlkampfplakats hätte rascheln lassen können. Kein Vogelzwitschern und kein Radio, wie es sonst hin und wieder aus den Wohnungen der Alten klang. Allein das Summen der Kühlmaschine aus der Fleischerei begleitete das Schweigen der Männer. Sie verharrten im immer knapperen Schatten des Hauses und beobachteten den Dorfplatz, als kurz darauf der Jungvikar aus der Kirche in die Sonne trat.

»Ich grüße euch!«, rief er noch von der Straße her.

»Drei kann nicht sein«, wiederholte Oschi seine Kritik des Glockendienstes.

»Wieso denn drei?«

»Weil Dong, Dong, Dong, voll in die Ohren.«

»Popenterror ist das!«

»Früher hätt's das nicht gegeben.«

»Die Uhr geht aber richtig«, sagte Hubertus. »Könnte hinkommen.«

»Absolut genau«, sagte der Jungvikar. »Nach dem Radio gestellt, und dreimal läuten um drei viertel ist korrekt.«

»Wie das denn?«

Oschi und sein Trinkkumpan blickten skeptisch auf zu diesem Kirchenmann, der sich kaum vorstellen konnte, dass sie das nicht wussten. Dennoch scheute er die Mühe nicht. Wer, wenn nicht er, sollte den Menschen hier helfen?

»Einmal um viertel, zweimal um halb, dreimal um drei viertel, viermal um voll.«

»Was voll?«

»Ich nicht.«

»Die Stunde. Vierfach schlägt die Uhr zur vollen Stunde.«

»Um vier?«

»Nein, jedes Mal.«

»Seit wann?«

»Seit jetzt, seit ich sie repariert habe.«

»Jede Stunde also?«

»Viermal und viertelstündlich, vorausgesetzt, ich bin vor Ort. Zum Gottesdienst wird richtig eingeläutet.«

»Was denn fürn Dienst?«

»Was denn fürn Gott?«

Hilfesuchend lächelte der Jungvikar Hubertus an, der, zunehmend ungeschützt im Schein der mittäglichen Sonne stehend, gar nicht mehr so richtig mitbekam, was man hier diskutierte. Dienste, Götter, Stunden, was ging ihn das an in dieser Hitze, da die Luft schon hier neben der Kirche flimmerte? Die Frage nach dem Gott blieb so lange unbeachtet, dass auch der Kirchenmann sie bald vergaß.

»Ist heute denn geschlossen?«, fragte er. »Ist sie nicht da?«

»Kann eigentlich nicht sein. Ist aber zu«, sagte Hubertus.

»Vielleicht krank?«

»War sie noch nie in den zehn Jahren, so wie ich. Gebracht hat's trotzdem nichts.«

»Gesundheit immerhin.«

»Und was bringt die, wenn man nichts mit ihr machen kann?«

»Die Wege des Herrn sind nicht immer leicht zu begreifen.«

»Was denn fürn Herr?«

»Was denn fürn Weg?«

Resigniert hob der Jungvikar den Blick in den wolkenlosen Himmel und streifte dabei die Kirchturmspitze.

»Ach Gott!«, rief er und ließ die anderen einfach stehen.

Ohne rechts und links zu gucken, stürmte er über die Straße und in die dunkle Kühle seines Kirchenschiffs hinein und in den Turm. Rau schmiegte sich der starke Strang in seine Hände. Er ließ sich fallen, um gleich darauf weit hoch vom Boden wegzufliegen. So herrlich übersteuerten die Glockenschläge im Gehörgang, dass er den vieren gleich die zwölf der Mittagsstunde folgen ließ, da es hier ohnehin nur eine Glocke gab. Da sauste er auf und nieder. Glücklich strahlten seine Augen. Das Ritual, das hatte er gelernt, gab Glauben Kraft in schwerer Stunde, und niemand hatte je behauptet, dass die Mission ein leichtes Spiel sein würde.

Den Ungläubigen auf der Treppe zur Fleischerei hingegen verschaffte das Geläute statt Glauben nur Schmerzen, raubte ihnen zusätzlich zum ohnehin schon schlimmen Morgen auch die letzte Orientierung. Doch selbst das schreckliche Gedröhne hatte etwas Gutes. Denn kaum war der letzte Schlag verklungen, knallten die Fensterläden oberhalb der Fleischerei gegen die Hauswand und, ja, der Fleischer selbst trat in Erscheinung, in seiner Hand ganz unpassend den nur auf Kurzdistanz tödlichen Bolzenschussapparat.

»Wer wagt es, welches Arschloch?«, brüllte er den Kirchturm an, der schon wieder verstummt war.

»Der Kirchenmann«, sagte Hubertus. »Ist Elke gar nicht da?«

Der Fleischer riss die vor Wut und Tränen rotgeäderten Augen vom Kirchturm und sah nach unten. Links und rechts des Vordaches blickten die beiden Säufer nach oben. Daneben stand der Briefträger ohne Uniform.

»Kein Mittag heute?«

»Sie ist weg«, sagte der Fleischer ganz leise. »Weg ist sie, einfach so.«

»Unsinn«, sagte Hubertus. »Wo sollte sie denn hin?«

»Die war doch immer da«, bestätigte Oschi.

»Und abends im Adler«, meinte der Trinkkumpan. »Da freu ich mich immer.«

Doch aller Unglauben brachte Hubertus und den anderen so gar nichts, da der Fleischer stur behauptete, dass Elke in der Nacht verschwunden sei. Nicht einmal eine Nachricht habe sie ihm dagelassen. Kaum tauchte aber der Jungvikar wieder auf, war alles Klagen vergessen, maßregelte der Fleischer den Zuzügler nach Strich und Faden. Was der sich dabei denke, so einen Lärm zu machen und das gleich hier vor seinem Haus! Ob er nicht wisse, mit wem er sich da anlege? Am Ende der ziemlich ausufernden Tirade zweifelte niemand der Anwesenden mehr daran, dass man von Elke und der Glocke von nun an nichts mehr hören würde.

11.

»Sie können natürlich tun und lassen, was Sie wollen, aber Ihr Schweigen macht das Land auch nicht afrikanischer.«

Alfred wartete am Anfang der Seeveranda auf eine Reaktion seines Arbeitgebers, der stumm auf den See hinausstarrte. Auch heute würde Karl da weiter tatenlos herumstehen, bis er sich mit dem Sonnenuntergang ins Haus zurückziehen und seinen Konzerten lauschen würde. Seit Elkes Besuch ging das so. Erst spätabends war Karl an diesem schon gut eine Woche zurückliegenden Tag zurückgekehrt ans Ufer des Sees, ohne sie auch nur eines Blickes zu würdigen. Dabei hatten sie alles getan, um seine Mutter bestens zu versorgen. Es war naheliegend, dass seine Verstimmung mit ihrer Gastfreundschaft der jungen Frau gegenüber zusammenhing. Nur war diese Frau längst verschwunden und seitdem auch nicht noch einmal aufgetaucht. Hochheilig hatte sie versprochen, niemandem von ihrer Entdeckung zu erzählen, als plötzlich die Glocken wie irre geläutet und sie zurück ins Dorf gerufen hatten, wo sie noch Pflichten habe, wie sie sagte. Sowohl Alfred als auch Ephraim waren ganz sicher gewesen, dass sie sehr bald wiederkommen würde.

»Ach ja?«, hörte Alfred ihn rufen. »Wenn Sie mir dauernd widersprechen und jetzt auch zuwiderhandeln, sicher nicht.«

»Sie war eine sehr sympathische Frau.«

»Sie kommt aus dem Dorf!«

»Sie wird nichts verraten. Sie sagt, Sie sind in Afrika.«

»In Afrika?«

»Bei Ihrem Bruder und dem Vater.«

Karl schwieg. Auch in ihm wuchs mit jedem Tag, den er ungestört auf seinen See blickte, die Hoffnung, dass man ihn weiterhin in Ruhe lassen würde. Nur war es schwer, sich ausgerechnet Elke als verschwiegen vorzustellen. Kaum hatte er seine neue Ordnung, sein eigenes Land geschaffen, da tauchte ausgerechnet sie auf! Die Frau, die alles wissen wollte! Karl wusste sicher, dass all das hier nur bestehen konnte, solange es unentdeckt blieb. Er konnte nicht in einer neuen und der alten Welt zugleich leben, so schön die blonden Haare auch geleuchtet hatten. Vielleicht war die Idee nicht schlecht, das Dorf im Glauben zu lassen, er sei verschwunden. Dann mussten sie sich nur komplett verstecken.

»Und wir sollten uns endlich um die Tiere kümmern«, sagte Ephraim, so sehr verlangte es selbst ihn nach Harmonie.

»Was denn für Tiere?«, fragte Karl, den Blick noch immer starr aufs Wasser gerichtet.

»Ihre Tiere.«

»Was wissen Sie schon davon?«

Und dann erzählten Alfred und Ephraim ihm endlich das, was sie von Elke erfahren hatten. Von den Zebras, die geschlachtet werden sollten, und von einem Straußenfarmer, der dem Fleischer immer wieder seine Steaks anbot, die hier doch keiner essen wollte. Karl hörte zu, ohne sich umzudrehen, bewegungslos, bis er in seine Hosentasche griff und die Postkarte ans Tageslicht beförderte.

»Zebras, Hippos, Strauße, Warzenschweine«, las er laut.

Dann drehte er sich endlich um und betrachtete sein im Sonnenschein liegendes Reich nicht unzufrieden.

»Und wo genau sind diese Zebras?«

»Irgendein Zirkus auf einem Festplatz vor der Stadt.«

»Na dann«, sagte Karl, dem das untätig ängstliche Schweigen der letzten Tage noch viel stärker zugesetzt hatte als seinen beiden Helfern. »Dann wollen wir uns die mal ansehen.«

Regelrecht fröhlich zupfte er die Manschetten seines Karohemdes zurecht und schritt, die Hände aneinanderreibend, über die schwankenden Bretter der Veranda auf seine Bediensteten zu. Die aber machten keinerlei Anstalten, ihrerseits in Bewegung zu kommen.

»Ich fürchte, wir können Sie nicht begleiten«, sagte Alfred vorsichtig.

»Warum denn nicht?«

»Die Mutter hier und außerdem die Polizei da draußen. Wir sind doch eher unerwünscht.«

»Ach so, ja das«, murmelte Karl, der für einen Moment die Außenwelt vergessen hatte. »Dann mache ich das wohl alleine.«

Gleich nach dem Mittagessen stand Karl mit seinem Mofa hinter dem letzten Busch vor der Landstraße und spähte mögliche Einheimische aus. Die Straße blieb leer. Schnell nahm er die kleine Böschung, startete den Motor und fuhr zunächst in die falsche Richtung, weil er im Dorf auf keinen Fall gesehen werden durfte. Der Umweg in die Stadt würde ihn fast eine Stunde kosten, was ihm keine allzu großen Sorgen bereitete, da Ephraim und Alfred sich sehr gut um die Mutter kümmerten. Immer mehr Fahrt nahm er auf und genoss die hier im Wald feuchtkühl um seinen Helm wehende Luft. So wenig er sich dessen selbst bewusst war, fühlte Karl zum ersten Mal seit Jahren, wenn nicht überhaupt in seinem Leben, dieses Gefühl von Freiheit ohne Pflicht, auch wenn sein Ausflug alles andere als ziellos war.

Hinaus schoss er aus dem Wald und zwischen den Hügeln hindurch, immer dem flimmernden Luftschloss auf der nächsten Kuppe entgegen. Vor dem Einkaufszentrum fuhr er wieder rechts auf eine Nebenstraße, die er noch nie genommen hatte. Weniger schnell und reibungslos ging es über die grob verfugten Betonplatten. Auf den Feldern nicht einmal Stoppeln einer letzten Ernte. Verdorrtes Gras, so weit das Auge reichte. Weit rechts sah Karl den Kirchturm, der nach diesem einen wilden Lärmen nichts mehr von sich hatte hören lassen.

Was da auch vor sich ging, ging ihn zum Glück ja nichts mehr an.

Viel seltsamer war, was er vielleicht eine Stunde später vorne links am Horizont zu sehen meinte. Weiße Ungeheuer zogen über die Felder, einbeinig und wild mit ihren Armen rudernd. Auch wenn sich all die Täuschungen, die er zuletzt in dieser Hitze hatte sehen können, als echt erwiesen hatten, war Karl angesichts dieses Spuks nicht bereit, seinen Sinnen zu trauen. Verglichen mit einem Hügel voller weißer Riesen waren zwei Flüchtlinge im Wald gar nichts Besonderes. Er schaute wieder geradeaus.

Zurück auf der Hauptstraße, erreichte Karl nach einem längeren Abschnitt fugenloser Hochgeschwindigkeit den Festplatz, den er auch vom Bus aus schon gesehen hatte. Am Ende des steinig sandigen Feldes stand das ursprünglich einmal rot und weiß gestreifte Zirkuszelt. In der prallen Sonne zeigte es sich ausgebleicht in Rosa-Grau. Wie alte Socken hingen farblose Wimpel an den im Boden verankerten Stahlseilen. Der mittig in den Himmel ragende Mast neigte sich deutlich zur Seite. Karl stoppte sein Mofa, streckte den leicht schmerzenden Rücken durch und betrachtete die ruhige Szenerie vom Sattel aus. Ein schmutziger Wohnwagen stand rechts des Zeltes, dahinter anschließend einige kleinere Zelte.

»Sehe ich da einen Clown?«, hörte Karl eine brüchige Stimme.

Im Schatten des Zeltes saß ein Alter in einem Klappstuhl.

»Guten Tag«, sagte Karl. »Ich komme wegen der Zebras.«

»Ja, wo die Clowns verfüttert sind, wollen sie auch den Tieren ans Fell.«

»Wie bitte?«

»Kennen Sie den vom Kannibalen, der vom Klo kommt? Sagt ein anderer Kannibale, der draußen wartet, hast du schon wieder Clown gefrühstückt, oder was? Da fragt der andere, der vom Klo, warum? Da sagt der andere, riecht ganz schön komisch hier. Ach ja, sagt der vom Klo, dann sei mal froh, dass ich den Lehrer nicht mehr aufgekriegt hab. Warum das?, fragt der andere. Na, weil sonst würde das hier mal streng riechen.«

Dann schwieg der Alte. Karl überlegte, welche Mitteilung ihm die Geschichte bezüglich der Zebras machen konnte, und kam zu dem Schluss, dass kein Zusammenhang bestand. Er suchte nach sachdienlicheren Hinweisen. Der Festplatz schien verlassen.

»Gar nicht witzig, oder?«, brach der Alte nach einer Weile sein Schweigen. »Darf ich eh nicht mehr erzählen, seit die Schulklassen so wichtig sind. Den hab ich immer gern gebracht, nur weil die Lehrer sich so ärgern dann. Geht auch noch weiter, wenn's gut ankommt, Zugabe gleich inklusive. Weil dann kommt der andere raus aus'm Klo, der vorher gewartet hat, und fährt sich übern Mund und sagt zu sich, schmeckt wirklich komisch, aber aufgewärmt ist ja eh immer anders.«

Jetzt hustete er so wild in seine Hand, dass es schon fast wie Lachen klang.

»Und die Zebras?«, fragte Karl noch einmal.

»Erst sterben die Clowns, dann die Tiere. Da müssen Sie mal hinten fragen.«

Mit einer Geste in Richtung des Wohnwagens sank der Alte zurück in den Stuhl. Karl grüßte und warf dann die Beine so nach vorne, dass sein Gefährt ganz ohne Motor langsam knirschend anrollte, am großen Zelt vorbei. Da er den Wohnwagen verlassen fand, ließ er die Finger von der Bremse, um weiter Schwung zu holen und zu den Zelten hinzukommen, die am Rande dieser kleinen Wüste standen. Es wehte eine gar nicht kühle Brise. Klappernd schlugen die Fahnendrähte an drei glänzend in den Himmel ragende Aluminiumstangen. In einem einzelnen Baum rauschten trocken die Blätter, so leise, dass sie das grunzende Lachen kaum störten, das aus einem der Zelte klang. Karl wusste kaum etwas über all die Tiere, die er suchte, ein Zebra klang aber sicherlich anders. Dennoch hielt er an, bockte das Mofa auf den Ständer und schaute ins Zelt. Im schwülen Halbdunkel lag eine gigantische Kreatur, glänzend schwarz die Haut, weiß nur die Augen, die Karl leidend ansahen, obwohl hier doch gelacht wurde. Da wurde gegenüber plötzlich Licht. Weit öffnete sich die Zeltbahn. Eine Eimerladung Wasser platschte auf den Koloss, woraufhin der wieder wohlig grunzend lachte. Der leere Wassereimer hing an der Hand eines nackten Arms, der an einen gänzlich unbehaarten, dafür aber umso bunter tätowierten muskulösen Oberkörper anschloss, darauf ein kleiner Kopf mit kurzem grauem Haar.

»Steht da ein Mensch oder bin ich schon nüchtern?«

»Guten Tag«, sagte Karl. »Ich komme wegen der Zebras.«

»Brauchen Sie ein Flusspferd?«

»Danke, aber man sagte mir, dass es um Zebras geht.«

»Sagte wer?«

Über das zumindest kurzzeitig gekühlte Flusspferd hinweg erklärte Karl seine Verbindungen zur Fleischerei und sein Interesse an möglicherweise vorhandenen Tieren afrikanischer Herkunft. Sein Gegenüber musterte ihn zwar skeptisch, lotste ihn dann aber zielstrebig in den Schatten des Wohnwagens. Auf einem Campingtisch stand ein überquellender Aschenbecher, daneben eine halbvolle Flasche mit glasklarem Inhalt. Karl setzte sich auf den ihm gewiesenen Klappstuhl, während sein Gastgeber kurz im Wohnwagen verschwand, um gleich darauf mit einem vollkommen zerfledderten Aktenordner aufzutauchen. Er setzte sich seinerseits, nahm einen Schluck aus der Flasche und wühlte sich durch die Seiten. Währenddessen gab er Karl einen kurzen Abriss seiner Familiengeschichte, stellte sich vor als Ernesto Kalabrace, letzter Spross einer einstmals ruhmreichen georgischen Zirkusdynastie, kaukasischer Pferdeflüsterer, Zampano von Eriwan, Reiter des armenischen Tigers. Dann verstummte er, vertieft in einen Ordner. Anscheinend hatte er gefunden, was er suchte.

»Haben Sie«, setzte er an. »Haben Sie Befugnis zur Nutztierentsorgung?«

Das musste Karl natürlich verneinen, woraufhin der

Zirkusmann ihm mühselig auseinandersetzte, dass er leider kein einziges seiner Tiere einfach hergeben konnte an irgendeinen noch so aufrichtigen Liebhaber.

»Alle registriert«, sagte er und zündete sich eine Zigarette an. »Wir haben mehr Kontrollen als Vorstellungen. Die Tiere ruinieren uns.«

»Und deswegen werden sie geschlachtet?«

»Wir können sie ja schlecht zurück nach Afrika schicken.«

»Und wenn jemand sie mitnehmen würde, nach Afrika?«

»Wer sollte so verrückt sein?«

»Aber wenn doch«, beharrte Karl.

»Wenn jemand Befugnis zu Wildtierhaltung und Transport hat, kann er machen, was er will.«

»Was es so alles gibt«, sagte Karl und holte seine Brieftasche aus der Umhängetasche, klappte sie auf und entnahm ihr seinen Führerschein, den er Zeile für Zeile studierte. »Von Tieren steht hier nichts geschrieben.«

»Wollen Sie trotzdem mal sehen?«

»Ja was denn?«

»Die Zebras. Sie wollen doch die Zebras, oder nicht?«

»Sehr gerne!«, sagte Karl.

Nachdem das Flusspferd unter einem weiteren Eimer Wasser fröhlich aufgelacht hatte, gingen sie an den Zelten vorbei in den spärlichen Schatten einer Reihe von Pappeln. Erst als er sie schon fast hätte berühren können, bemerkte Karl die Zebras überhaupt. Die Tarnung war perfekt. Wild pochte sein Herz bis in den langen Hals hinein. Das waren seine!

»Und wenn sie davonlaufen würden?«

»Nichterfüllung von Fürsorgepflicht«, sagte der Zirkusmann und spuckte über den Zaun. »Sehr, sehr teuer.«

»Und ein Diebstahl?«

»Glaubt bei den Behörden keiner.«

»Mhm«, machte Karl. »Scheint schwieriger, die loszuwerden, als sie zu bekommen.«

»Ist wie mit Frauen, aber morgen kommt ein Schlachter mit Befugnis.«

Da wusste Karl nichts mehr zu sagen. In seinem Kopf arbeitete es dafür umso wilder. Diese herrlichen Tiere mussten nach Afrika, das konnte doch nicht anders sein! Die konnte man nicht einfach umbringen, nur weil sie Futter und ein bisschen Wasser brauchten! Da könnte man ja eine Mutter auch gleich schlachten lassen, nur weil sie krank geworden war! Niemand käme auf die Idee! Nein, das durfte nicht sein!

»Morgen?«, fragte Karl, nachdem er die vier Tiere eine Weile lang betrachtet hatte. Er konnte seinen Blick kaum von ihnen abwenden, so beruhigend waren die Streifen, dieses Schwarz und Weiß, auch wenn das hier und da ein wenig rötlich gräulich war. Das würde man mit Teppichreiniger beheben können.

»Ja, morgen Vormittag, aber das Hippo will er nicht. Ist ungenießbar. Das können Sie haben, wenn Sie Befugnis vorlegen.«

»Natürlich«, sagte Karl. »Ohne Befugnis keine Tiere.«

»Exakt«, sagte der Zirkusmann und steckte sich eine Zigarette an. »Das ist hier die Ordnung.«

Schließlich musste Karl sich losreißen von den Tieren und ihren Streifen, die ihn so glücklich hatten verweilen lassen, dass er die Zeit ganz vergaß. Auch wenn das seine Ordnung hatte, war es doch Unsinn, dass man hier etwas entsorgen wollte, was er unbedingt brauchte! Da musste man gar nicht mit Gefühlen anfangen, um zu begreifen, dass hier etwas entschieden schieflief. Grußlos eilte er zu seinem Mofa, trat den Starter durch und kuppelte so schnell, dass ihn sein Hinterrad in eine Wolke aus Staub hüllte, aus der er kurz darauf hinausschoss. Er wirkte gar nicht mehr nur komisch. Dieser Mann hatte nicht nur rein körperlich eine gewisse Größe, dachte der Alte in seinem Klappstuhl. Lange nicht mehr hatte er etwas zugleich so Erhabenes wie Groteskes gesehen. Er hatte nicht geglaubt, dass es das überhaupt noch gab auf dieser Welt. Noch war vielleicht nicht alles verloren.

Karl Konrad jedenfalls dachte nicht mehr daran, den Motor des Mofas zu schonen. Er ließ sein Gefährt die Landstraße entlang in Richtung Dorf rasen, immer geradeaus auf die sich dem Horizont nähernde Sonne zu. Mit unwesentlich reduzierter Geschwindigkeit passierte er die Schikane am Dorfeingang und Augenblicke später auch Hubertus' Wohnhaus. Dennoch kam er zu spät. Verschlossen war die Tür der Fleischerei, an der er ganz verzweifelt rüttelte. Das durfte jetzt nicht sein! Er prüfte noch einmal, ob nicht das Schloss klemmte, als sich die Tür plötzlich von selbst öffnete und Karl ins Dunkel des

Verkaufsraums stolpern ließ. Hinter ihm wurde das Tageslicht gleich wieder ausgesperrt.

»Mensch, Karl, die denken, du bist in Afrika!«, hörte er Elkes Stimme, die er beim Essen gestört haben musste, so wie sie schmatzte. »Da kannst du doch hier nicht so ein Theater machen, und dann das Mofa für alle sichtbar vor der Tür!«

»Was ist es überhaupt so dunkel hier?«, rief Karl. »Was soll denn das?«

»Jetzt sei doch still, sonst hört dich gleich der Fleischer hinten!«

»Der Fleischer«, besann sich Karl. »Ist er da? Hat er die Befugnis zur Nutztierentsorgung?«

Plötzlich war es so still im Verkaufsraum, dass sie die Stimmen von draußen hörten, wo Hubertus der Erscheinung eines an seinem Fenster vorbeifliegenden Karl Konrad gefolgt war und gerade in diesem Moment dem Jungvikar in die Arme lief. Der inspizierte begeistert das antike Zweirad.

»Dass es das überhaupt noch gibt! In diesem Zustand!«, rief er.

»Konrads ist das«, hechelte Hubertus außer Atem. »Das ist das Mofa vom Karl Konrad.«

»Der in Afrika?«

»Ja, genau der.«

»Dann müsste es ja zu haben sein!«

»Von wegen!«

»Wieso das?«

»Weil ich den gerade erst gesehen habe!«

Karl stand in Schockstarre an der Verkaufstheke, als Elke ihn noch weiter weg vom Eingang in die Dunkelheit des Zeitschriftenbereichs stieß und dann die Ladentür weit aufriss.

»Was du schon wieder siehst, Hubertus!«, rief sie. »Das Mofa hab ich hergeholt, damit es draußen keiner klaut.«

»Sieh an, Frau Elke!«, lächelte der Jungvikar. »Ich hätte das Mofa wirklich sehr gern.«

»Und wenn ich doch sage, dass er vor meinem Fenster war!«

»Wahrscheinlich noch mit Negern hintendrauf«, sagte Elke spöttisch.

»Wirklich ein feines Teil!«

»Wir klären das im Adler, später, wenn es Ihnen recht ist.«

»Aber sicher«, sagte der Jungvikar. »Ich freue mich, und gerne auch wieder per du.«

Elke ging darauf nicht ein, versuchte nur, Hubertus, der ganz verzweifelt guckte, noch einmal aufmunternd zuzulächeln. Dann endlich schloss sie die Tür hinter sich.

»Karl?«, flüsterte Elke. »Bist du noch da?«

»Wo sollte ich sonst sein?«

»Das frage ich mich langsam auch.«

Zumindest die Neonröhre in der Auslage machte sie an, weil es zu seltsam war, hier allein im Dunkeln mit Karl Konrad, dessen weißer Tropenhelm lustig im Kaltlicht flackerte.

»Und du warst wirklich auf dem Festplatz, beim Zirkus, der hier angerufen hat?«, fragte sie.

»Ja«, sagte er. »War ich.«

»Hast du sie gesehen, die Zebras?«

»Sie werden geschlachtet, gleich morgen. Es sei denn, wir schlachten sie, also wir tun zumindest so, im Sinne der Ordnung, wenn wir die Befugnis vorweisen mit Stempel und allem.«

»Ja, die verdammte Befugnis«, sagte Elke.

Sie sah Karl an, weil sie jetzt auch nicht weiterwusste. Karl wirkte wieder wie Karl. Ganz blass mit diesen Furchen links und rechts des Mundes, wirr der Blick unter dem so lächerlichen Helm. Doch dann, ganz ohne nachzudenken, begriff sie, dass nur er es wagte, überhaupt etwas zu tun, wo all die anderen sich ergaben und nicht einmal mehr träumten. Sie bat ihn zu warten und ging hinten in die Wurstküche zum Fleischer, um dessen Begehren zumindest mit Worten ein kleines Stückchen nachzugeben. Dafür würde er alles tun. Was hatte sie schon zu verlieren?

Nachdem Karl, ausgestattet mit der Befugnis des Fleischers, im Schutze der Dunkelheit aufgebrochen war, lief Elke schnell noch in den Adler, um die Sache mit dem Mofa aufzuklären. Das würde sie erst einmal im Keller des Fleischers verwahren, bis die Abreise der Konrads amtlich wäre. Auch wenn der Jungvikar sich so vertrösten ließ, den Versammelten war anzumerken, dass etwas vor sich ging in ihnen, die mit durchgeschwitzten

Hemden tranken, um sich zumindest innerlich zu kühlen. Angenehm waren sie nicht mehr, diese Blicke von Ray und Manfred und Hubertus. Selbst der alte Heinze glotzte ihr ganz schamlos auf die Brust, vom Jungvikar gar nicht zu sprechen. Da hielt sie sich doch lieber den Fleischer vom Leib.

In der Nacht lag Elke wach und lauschte dem Schnarchen. Nach langen Stunden hörte sie es endlich klappern auf der Straße. Da stand sie leise auf und trat ans Fenster. Im Weißlicht des Mondes durchfuhr Karl Konrad auf seinem Mofa das Dorf, gezogen von vier herrlichen Zebras.

12.

Hätte Karl Konrad nicht die im wahrsten Wortsinne abwegige Idee gehabt, das Haus seines Vaters in Einzelteilen an einen See im Wald zu versetzen und dort mit seiner Mutter, zwei Bediensteten, vier Zebras und einem Flusspferd namens Esmeralda sein ganz eigenes Afrika zu gründen, wäre ihm sicherlich nicht entgangen, dass infolge der großen Trockenheit der Wasserdruck in den Leitungen regelrecht absackte, ja, Trinkwasser zeitweise kaum noch aus den Hähnen tröpfelte. Eine angemessene Bewässerung des väterlichen Rasens wäre spätestens Mitte Juli nicht mehr zu gewährleisten gewesen, vom Duschen ganz zu schweigen. Im Adler war man überzeugt, dass Diedaoben diese Dürre nur zum Vorwand nahmen, sich ganz aus der Verantwortung zu ziehen, Gegenden wie diese angemessen zu versorgen. Und das waren die freundlichsten Vermutungen.

Neben dem Mangel an sanitärer Abkühlung und Reinigung trug sehr wesentlich zur Verschlechterung der Stimmung bei, dass nach Hubertus jetzt auch Manfred keiner regelmäßigen Beschäftigung mehr nachging. Der Elektrofachmarkt im Einkaufszentrum an der Autobahn hatte sich von ihm getrennt. Allem guten Zureden zum Trotz hatte Manfred versucht, sich wirklich schwarz werden zu lassen. Nur so meinte er, die Möglichkeit einer Schwarzwerdung von Tommy Konrad und seinem Vater beweisen zu können. Morgens, mittags und abends hatte er jeweils eine Stunde im Solarium verbracht, obwohl seine Haut sich selbst nach zwei Monaten noch weigerte, die These ihres Trägers zu verifizieren. Zwar kam es zu allerhand Verfärbungen, die aber allenfalls rötlich zu nennen waren. Zudem pellte sich die verbrannte Epidermis immer wieder und zeigte unter sich ganz jungfräuliches Weiß. Kurzum, Manfred hätte dem landläufigen Bild eines von Geburt an dunkelhäutigen Menschen kaum weniger entsprechen können. Elektrogeräte konnte er so nicht mehr angemessen vorführen. Auf die dritte Abmahnung folgte die Kündigung des für diese Breiten ausgezeichneten unbefristeten Arbeitsverhältnisses. Gelegentlich kamen auch ihm jetzt Zweifel an dem Auftauchen von sonnenbedingt geschwärzten Konrads, ja, Manfred sah jetzt vielmehr die Gefahr einer Verfremdung seiner Heimat.

»Die Straße haben die saniert, damit wir uns von hier verpissen«, meinte er. »Und denen wird's hier schön gemacht.«

»Denen?«, fragte der Jungvikar.

»Na, all den Schwatten. Die soll'n sich hier fühlen wie zu Hause und den Bonzen in der Stadt nicht an die Frauen, die sie uns gerade erst geklaut haben.«

Sosehr der Jungvikar die Nähe zur Gemeinde suchte

und als ebenfalls hier in der Wüste Festsitzender mit den Menschen fühlte, waren das Momente, in denen er nicht weiterwusste. Seine ganz konkrete Sehnsucht nach Gemeinschaft kollidierte in solchen Situationen mit seiner allgemeinen Menschenliebe. Wenn sie zu seinem Gott finden sollten, musste er werden wie sie. Sonst wäre das Mission im ganz und gar nicht guten Sinne. Dennoch gab es Grenzen.

»Meinst du, die kommen ohne Not aus freien Stücken her?«, fragte er vorsichtig.

»Was denn für Not, du Pope? Hier ist es auch beschissen, und wir bleiben, obwohl die extra diese Piste glattgezogen haben, um uns wegzulocken! Das haben all die Eingeborenen von uns gelernt, von denen, die nach Afrika gefahren sind, den Kolonisatoren. Erst weglocken mit Perlen und so weiter, dann draufsetzen und Fahne in den Boden und so tun, als wär's von einem selbst. Hab ich auf Plasma gesehen, ist alles historisch!«

»Die waren am Waldrand«, sagte Oschi. »Fahnen hatten die keine.«

»Du halt die Klappe und besauf dich.«

»Kein Streit im Tresennahbereich«, ging Ray dazwischen. »Ich hab selbst genug Probleme.«

»Was hast du schon für Probleme?«, fragte der alte Heinze.

»Ja, was meinst du denn, wie das hier läuft, für euch das Bier zu kühlen bei der Affenhitze?«

»Das stimmt, ja, das war schon mal kälter.«

»Ich zahl da drauf nur wegen Kundenbindung!«

»Dann mach mal noch ne Kundenbindung, aber ohne Krone, die ist eh gleich warm.«

So ging es hin und her im Adler, dessen Luft gesättigt war von süßlichem Bierdunst und beißend testosterongewürztem Männerschweiß.

»Und wo ist Elke?«, fragte Hubertus, der ganz still am Tresen saß und in sein leeres Bierglas guckte. Ihm ging es hier von allen am schlechtesten. Die Schulter schmerzte weiter, seine Tage vergingen ohne Sinn und Ziel vor dem Zimmerventilator, da selbst Elke mittags jetzt so reserviert war und gar nicht mehr freundlich plauderte. Neuerdings machte sie sogar Mittagspause.

»Die hängt beim Fleischer.«

»Schade ist das«, sagte Hubertus, woraufhin Manfred ihm mit Wucht auf die verletzte Schulter schlug.

»Aua!«

»Kopf hoch, Hubi! Ist nur eine Frau.«

Und da schwiegen sie plötzlich alle, weil Manfred es unbewusst noch einmal auf den Punkt gebracht hatte. Nun welkte auch ihrer aller letzte Hoffnung, weil der Fleischer sie gepflückt hatte, die eine Frau, die es noch gab. Ausgerechnet er, der sich ihnen auch so schon immer überlegen zeigte, weil die Fleischerei seit sieben oder sogar acht Generationen hier im Ort war und die Familie schon ganz anderes überstanden hatte.

»Meint jetzt, sie wär was Besseres. Hat es ja nicht mehr nötig.«

»Ich hätte die schon gern mal nötig«, meinte der alte Heinze.

»Und dieser Karl ist tatsächlich nach Afrika gezogen?«, fragte der Jungvikar, um abzulenken.

»Na, soll er doch, der Schwachkopf, als würd's denen da besser gehen!«

Was sich die derart angeschlagene Restdorfbevölkerung bei aller Phantasie nicht hätte träumen lassen, war, dass es Karl Konrad aktuell ganz wesentlich besser ging. Und zwar nur ein paar Kilometer weiter die frisch sanierte Landstraße hinunter und durch den herrenlosen Wald hindurch. Am Ende des gut getarnten Weges stand ein Schild. Tief eingebrannt in eine Holzscheibe wurde »AFRIKA« verkündet. Schon von hier aus sah man das Haus und seine Veranda und seit neuestem auch einen Zaun. Denn so begeistert Alfred und auch Ephraim gewesen waren, als Karl Konrad mitten in der Nacht mit den Zebras aufgetaucht war, so panisch reagierten sie, als er wenig später mit Hilfe des Zirkusmenschen auch das Flusspferd brachte. Bei aller Offenheit gegenüber den Sitten und Gebräuchen ihres Gastlandes waren sie bestimmt nicht aus Afrika geflohen, um Seite an Seite mit diesem Schlächter der Feuchtsavanne zu leben. Selbst Alfred war richtig ungehalten und hörte nicht auf die Beschwichtigungen. Ein elektrischer Zaun hatte hergemusst, sonst wären sie weitergezogen, was Karl gar nicht gefallen hätte, so gut kamen sie miteinander aus. Die mühseligen Einkäufe von Weidezaun und Großbatterien hatten die Konradschen Finanzen empfindlich getroffen. Das Ergebnis der Baumaßnahmen aber stellte sie alle zufrieden.

Alfred und Ephraim hatten den See samt einem sonnigen Stück Ufer mit dem kaum sichtbaren Draht eingezäunt, um sich den ungeliebten Mitbewohner nachhaltig vom Leib zu halten. Die Zebras hingegen liefen frei, da sie, so hatte es der Zirkusmensch nicht ohne Eitelkeit versichert, ganz zahm geworden waren und sich niemals davonmachten. Während Karl und Alfred ihm gerne glaubten, zählte Ephraim jeden Morgen aufs Neue überrascht die vollständige Viererbande. Zu fest war er davon überzeugt, dass Zebras sich nicht zähmen ließen. Bislang hatten die sich aber nur dann leicht unzufrieden mit den Zuständen gezeigt, wenn sie ans Wasser wollten und unglücklich den Niederspannungsdraht erwischten. Deshalb musste einer von den Menschen Wache halten an dem Spannungsgeber, dessen Hauptschalter zu drehen war, vorausgesetzt, das Flusspferd machte keine Anstalten, das Wasser zu verlassen. Karl Konrad fand diese Furcht vor dem so friedlichen dicken Ding sehr unsinnig. Da konnten ihm die beiden noch so oft versichern, dass kaum ein Tier aus Afrika gefährlicher zu unterschätzen war. Also ließ er ihnen ihren Zaun um des Friedens und um des Glücks der Mutter willen. Denn die wurde mittlerweile Tag für Tag von Ephraim und Alfred aus dem Haus hinausgetragen und samt Sofa auf der Veranda platziert, wo sie wegen des knappen Stroms nur stundenweise Radio hörte. Nach und nach trotteten dann die Zebras ans Ufer und lauschten den schmachtenden Liedern mit schräg gelegten Köpfen.

Schatz, ich hab dich gerne, hier und in der Ferne …

So lernte Karl Konrad die Vorzüge eines Herrenlebens schätzen. Seine Pflichten beschränkten sich auf den gelegentlichen Einkauf des zum Überleben Nötigen und auf die Abendwäsche seiner Mutter. Davon abgesehen tat er einfach nichts. Kein Hauch des alten Drangs, die Dinge einer Ordnung zuzuführen, seit da die Zebras waren, die er stundenlang betrachten konnte. Zu undurchschaubar war das Muster, das ordentliche Chaos, beruhigend aufregend, sinnvoll und unsinnig, weil es ganz einfach war. Allein die allererste Frage, die er noch mit der Karte seines Bruders in der Hand gestellt hatte, ließ ihn tagelang in schwereloser Dämmrigkeit versinken. Schwarze oder weiße Streifen? Und wofür sprach der gänzlich schwarze Penis, den der Hengst ganz ungeniert unter sich hertrug? Wochenlang streifte Karl um seinen See herum, freute sich immer wieder genauso wie beim ersten Mal, wenn er zur Mittagszeit im Schatten eines Baumes seine Tiere stehen sah, die sich ganz offensichtlich wohl fühlten bei ihm. Hin und wieder probten sie sogar ganz von selbst eine der alten Zirkusnummern. Sie gruppierten sich im Kreis, schnaubten, dabei die Vorderhufe in die Höhe werfend, und lachten gelegentlich sogar laut auf.

Was für ein Glück, dass er noch in der Nacht zurückgefahren war, um diesem Kalabrace zuzureden, dass man die Zebras auf keinen Fall schlachten durfte, wo er sie doch unbedingt brauchte! Und endlich hatte der Zirkusmann unter einer Bedingung zugestimmt. Karl musste auch das Flusspferd nehmen, was ihm recht war, da er ja längst nicht alle Tiere zusammenhatte, für die sich andere nach Afrika davonmachten. Dann hatte auch Karl aus der glasklaren Flasche trinken müssen, woraufhin er ganz beschwingt nicht zögerte, als Kalabrace ihm die Zebras vor sein Mofa spannte. Als Zirkuszebras konnten sie das schließlich. Und das war eine Fahrt gewesen, so ein reines Glück! Im Licht des kreisrunden Mondes jagte er auf der Landstraße dahin, dem Dorf entgegen, das er im Überschwang der Freude einfach durchquerte, weil die ihm gar nichts mehr konnten. Er hatte jetzt sein eigenes Land.

Neuerdings versammelten sich sämtliche Bewohner dieses kleinen Landes Abend für Abend auf der Seeveranda, um die Sonne hinter dem Hügel versinken zu sehen. So schnell wurde es dunkel, dass sie sich anschließend beeilen mussten, um das Sofa mit der Mutter wieder zurück in die Hütte zu tragen, wo Karl das Weitere erledigte. Später, wenn Alfred und Ephraim sich in ihren Raum zurückgezogen hatten, lauschte Karl seinen Konzerten, deren Töne ihn jetzt nur noch an die Streifen denken ließen, schwarz und weiß und keiner von ihnen einem der anderen gleich. Alles war gut, bis eines Abends eine Melodie ihn plötzlich Elke sehen ließ, wie sie mit der Befugnis aus dem Hinterraum der Fleischerei gekommen war und die Strauße erwähnte, die dem Fleischer immer wieder angeboten würden. Da dachte Karl zum ersten Mal seit Wochen wieder daran, dass er längst nicht fertig war, sosehr ihm alles schon gefiel. Der Bruder hatte ihm von vielen Tieren mehr geschrieben.

Schon am nächsten Morgen verkündete Karl, dass er zur Aufstockung der Vorräte ins Einkaufszentrum müsse. Das Mofa lenkte er dann aber links auf die Landstraße in Richtung Dorf, um es am Ende der Waldstrecke im Busch zu verstecken. Den Rest des Wegs pirschte er gebückt durch die Felder, bis er die Konradsche Straße erreichte.

So unauffällig wie möglich schlich Karl dann an den Hauswänden entlang, eilte über den schon jetzt beißend heißen Asphalt in den Schatten der Kirche. Gerade wollte er raus in die Sonne und rüber in die Fleischerei, als um die Ecke die Stimme dieses Kirchenmannes zu ihm drang.

»Wenn du dich wirklich für Gott entscheiden willst, ist das überhaupt kein Problem. Unter diesen Umständen darf ich auch taufen.«

»Und dann wird er sich um mich kümmern?«, fragte Hubertus. »Ich habe doch sonst nichts mehr jetzt.«

»Wenn du an ihn glaubst, wird er dir einen Weg weisen, da bin ich sicher.«

»Auch einen Weg zu ihr?«

»Zu ihr?«

»Zu Elke? Kann er mich zu ihr führen?«

»Na ja«, sagte der Jungvikar. »So ganz konkret hat er das nicht in der Hand, verstehst du?«

»Also nicht?«

»Womöglich, wenn du sie verdient hast. Komm, lass uns reingehen in die Kühle. Dann können wir alles klären.«

»Ich weiß nicht recht.«

»Der Zweifel ist immer Teil des wahren Glaubens.«

Nachdem Karl ihre Schritte in der Kirche hatte verklingen hören, spähte er noch einmal die Dorfstraße in beide Richtungen hinunter und sprang dann aus dem Schatten über den Asphalt die Stufen hoch zur Fleischerei. Auf der Schwelle angekommen, hielt er kurz inne und lauschte. Nichts. Vorsichtig drückte er die Tür auf und erschrak kurz über das bekannte Klingeln. Dann trat er in den dunklen Raum.

»Tür zu, bitte«, sagte Elke mit ganz schwacher Stimme.

»Ja, sicher«, sagte Karl beflissen und sperrte Licht und Hitze wieder aus.

»Karl!«, rief sie da plötzlich freudig. »Was machst du schon wieder hier bei helllichtem Tag! Die anderen denken, du bist längst weg!«

»Ich habe aufgepasst.«

»Ich habe dich gesehen«, sagte sie. »In der Nacht, mit den Zebras.«

»Ach das«, meinte Karl und räusperte sich. »Wir haben jetzt auch ein Flusspferd.«

»Ein Flusspferd im See?«

»Ja, eine Kuh, Esmeralda. Sie fühlt sich wohl bei uns.«

»Ich würd ja gern mal vorbeikommen, wenn ich noch könnte.«

Sie wagte sich gar nicht mehr weg, so ernst hatte der Fleischer ihr Versprechen genommen, das sie geleistet hatte, um Karl diese Befugnis zu besorgen. Das hatte sie sich selbst eingebrockt. Schon seit ihrem kurzzeitigen Verschwinden nach Afrika war ihr Chef der Meinung, dass sie ihm gehörte und beschützt werden musste, damit sie nicht von den Restmännern des Dorfes belästigt wurde. Da gingen die Gefühle in ihm durcheinander, der Elke immerhin in Ruhe ließ, solange sie nur bei ihm blieb, so widersprüchlich das auch war. Im Dunkeln harrte sie aus mit immer schwererem Bauch und schmerzenden Beinen und plauderte gar nicht mehr fröhlich. Zumindest arbeitete die Kühlung, was letztlich dafür sprach, hierzubleiben. Was sollte sie dem Kind sonst bieten?

»Ja«, sagte Karl dann einfach, dem es letztlich ganz recht war, ungestört in seinem Land zu bleiben. »Was war denn das mit diesen Vögeln aus Afrika, die du erwähnt hast?«

»Die Vögel?«

»Deren Fleisch hier keiner mag.«

»Du meinst die Strauße«, lächelte sie.

»Ja, genau, und wie sehen die aus?«

»Was weiß ich? Mit Federn, denk ich mal, wenn das tatsächlich Vögel sind. Nur komisch, dass es dann so große Steaks von denen gibt.«

»So richtig groß?«

»Mindestens so«, sagte sie und merkte erst da, dass sie in der Dunkelheit ganz unnötig die Hände aneinanderhielt.

Da schaltete sie endlich die Röhre an. »So groß.«

»Tatsächlich«, sagte Karl, dessen tropenbehelmter Kopf sich nachdenklich zur Seite neigte. »Und können die auch fliegen?«

»Eher unwahrscheinlich bei der Größe.«

»Gibt ja noch andere mit Federn, die nicht fliegen.«

»Jede Menge«, sagte Elke. »Gänse zum Beispiel, also zumindest manche.«

»Und Hühner«, lachte Karl.

»Enten auch!«

»Und diese großen mit dem Hals.«

»Truthähne«, lachte sie. »Das sind ja richtig große Steaks!«

»Dass viele Vögel gar nicht fliegen, obwohl sie Vögel sind! Kommt wohl drauf an, was man mit seinen Federn macht.«

»Ja«, sagte Elke ruhiger. »Die Straußenfarm ist jedenfalls nicht weit.«

Sie ging nach hinten ins Büro und holte Karl die Adresse.

»Viel Glück«, sagte sie. »Und pass bloß auf, dass sie dich nicht entdecken.«

»Ja«, sagte Karl. »Man muss sich nur ein bisschen Mühe geben.«

Dann stand er wieder in der mit Tageslicht erfüllten Tür und schloss sie hinter sich, so dass nichts mehr von ihm zu sehen war. Man musste sich ein bisschen Mühe geben. Das war leicht gesagt, wenn man wie Karl genau wusste, was man wollte. Traurig griff Elke nach der Wurstgabel und rollte das glänzende Metall gleich in zwei Scheiben Fleischwurst ein, die sie sich hastig in die Backe steckte. Ganz und gar nicht glücklich war sie mit dem, was sie sich eingehandelt hatte. Wo man mit Karl so fröhlich lachen konnte.

»Täubchen«, hörte sie den Fleischer von hinten rufen. »Wenn der Kunde weg ist, wollen wir essen.«

Das war das Allerschlimmste. Zur Mittagspause schlossen sie für eine halbe Stunde, um gemeinsam im Verkaufsraum Platz zu nehmen auf den Plastikstühlen. Es war schrecklich und doch unvermeidlich, weil sie nicht mehr nur für sich selbst sorgen musste.

Ziemlich zufrieden waren unterdessen Alfred und Ephraim mit ihrem Schicksal in der Fremde, das immer stärker den schönen Jahren mit Meister Mertens ähnelte, damals auf der Farm in Afrika. Anstelle des langsam dahinscheidenden Meisters pflegten sie Mutter Konrad und taten ansonsten alles, um ihre Wohnsituation weiter zu verbessern. Denn die war bei der Hektik des Umzugs doch ziemlich provisorisch geraten. Wände waren zu fixieren, Bodendielen zu untermauern, Fenster abzudichten. Nicht zuletzt war es an der Zeit, sich auch um die sanitären Einrichtungen zu kümmern. Die unorganisierte Nutzung des umliegenden Waldes war keine dauerhafte Lösung.

Nachdem Karl sich an diesem Morgen auf den Weg gemacht und sie für die Mutter das Radio eingeschaltet hatten, war Ephraim wieder in die im Bau befindliche

Fäkalgrube geklettert. Alfred zimmerte das Mobiliar für den eigentlichen Abort.

»Ich hätte wirklich nie gedacht, dass wir diese ganze Reise machen, um in einem deutschen Wald ein Klo zu bauen.«

»Ja«, sagte Alfred. »Zu Hause hätten wir das nicht gemacht.«

»Eigentlich sollten wir weiterziehen.«

»Ja, eigentlich.«

»Aber«, setzte Ephraim an und stützte sich auf seinen Spaten. »Diese Giraffe ist überfordert. Er weiß gar nicht, was Ordnung ist. Er ist ohne uns hilflos.«

»Er wäre längst von Esmeralda aufgefressen worden.«

»Sie isst kein Fleisch.«

»Dann eben totgetrampelt.«

»Ja, und mit ihm die Mutter.«

»Können wir ihn da alleine lassen?«

»Können wir nicht. Nicht, wenn wir Menschen sind.«

»Und das sind wir.«

»Immer gewesen.«

»Na ja«, sagte Ephraim nachdenklich. »Vielleicht wenn das Klo fertig ist. Vielleicht kommt dann auch die Frau zurück, um sich um ihn zu kümmern.«

»Dann können wir weiterziehen.«

»Ewig bleiben wir hier jedenfalls nicht.«

»Solange er nicht noch mehr Tiere anschleppt, ist es immerhin erträglich.«

»Das kann man wohl nicht anders sehen.«

Alfred und Ephraim wären entsetzt gewesen, hätten sie gewusst, wie unsensibel ihr Arbeitgeber die unglückliche Elke hinter ihrer Wursttheke zurückgelassen hatte. Ohne jede Vorsicht eilte er anschließend durchs Dorf und an der Landstraße entlang. Am Waldrand angekommen, sprang er schnell aufs Mofa und raste zu den Vögeln, die ihn ganz verrückt machten, allein schon beim Gedanken. So rauschte er vorbei am gut getarnten Weg nach Afrika und durch den Wald, hinaus aufs Land und immer weiter. Zum Ziel der Reise, der Kawango-Straußenfarm, führte ein hölzerner Wegweiser über einen kilometerlangen Feldweg, auf dem er sich und sein Mofa zügeln musste, um nicht sein Leben zu riskieren.

Schließlich erreichte Karl eine einstöckige Holzbaracke, die auf der Kuppe eines Hügels schutzlos in der Sonne stand. Weder ein Mensch noch sonst ein Lebewesen war zu sehen. Selbst die wenigen Bäume waren verdurstet. Ausgebleicht lagen einige Knochen verstreut im Sand. Anscheinend kam er zu spät. Da aber quietschte es hinter der Baracke leise. Wie ein rostiges Schild, nur dass nicht der Hauch von einem Wind ging, der das hätte schwingen lassen können. Karl bockte das Mofa auf den Ständer und ging um die Baracke herum. Zum Quietschen gesellte sich jetzt, ganz als wolle da ein Konzert beginnen, das Klingen einiger Saiten. Es folgte das übliche Räuspern, wobei das hier sehr anders als im Radio klang. Das folgende Stück hatte wenig gemein mit den Konzerten, war auch vollkommen anders als die

Lieder der Mutter. Und doch war es Musik, die Karl ganz glücklich verharren und der Männerstimme lauschen ließ.

Ein Mann zieht aus, die Welt zu seh'n
Und findet sie auch wunderschön
Doch kehrt er bald zurück
Doch kehrt er bald zurück

Nach Hause bringt er mit die Welt
Damit es ihm auch da gefällt
Doch hat er gar kein Glück
Doch hat er gar kein Glück

Denn was er da nach Haus gebracht
Das hat ihm gar nichts eingebracht
So war es aus, das Stück
So ist es aus, das Stück.

Träge klang eine kleine Melodie über die ruhig summenden Grundtöne. Dann sang der Mann das Ganze noch einmal, leidend und fröhlich zugleich. Karl trat um die Ecke der Baracke. Der Sänger saß in einer Hollywoodschaukel, hinter der sich das verdorrte Land wie eine Wüste bis zum Horizont streckte. Da stand Karl und lauschte, bis der Schlussakkord verklungen war.

»Was will der Ritter von der traurigen Gestalt?«, fragte der Sänger.

»Wer will denn was?«

»Sie. Was wollen Sie?«

»Straußenvögel«, sagte Karl. »Man hat mir gesagt, hier hat jemand Straußenvögel abzugeben.«

»Schlachter?«

»Nein«, sagte Karl schnell. »Ich brauche sie lebend, wie in Afrika.«

»Ach Afrika«, seufzte der Mann. »Zehn Jahre war ich im Kawango, um hierfür zurückzukommen, die Straußeneier im Handgepäck. Bis zu zweihundert Tiere hatte ich. Und jetzt? Alle weg und trotzdem pleite.«

»Ja, und wo sind die Tiere jetzt?«

»Tot sind sie. Fort. Verkauft für einen Spottpreis und nicht mal artgerecht geschlachtet.«

»Oh«, sagte Karl. »Dann hat hier also niemand Strauße abzugeben?«

Erst jetzt erhob der Mann sich aus der Schaukel und trat auf ihn zu. Sein Gesicht war zerfurcht wie der Grund eines ausgetrockneten Flusses.

»Sie meinen das ernst, oder?«

»Was denn? Was meine ich?«

»Die Strauße. Dass Sie Strauße suchen. Das meinen Sie ernst.«

»Das habe ich doch gerade gesagt.«

»Warten Sie einen Moment. Nehmen Sie ein Bier?«

Ohne Karls deutlich verneinende Antwort zur Kenntnis zu nehmen, verschwand der Mann in der Baracke und kam kurz darauf wieder, zwei Bierflaschen in der einen, einen Karton in der anderen Hand.

»Hier, nehmen Sie«, sagte er und drückte Karl den

Karton in den Arm. »Das ist der Rest. Mehr hatte ich am Anfang auch nicht.«

Die Flaschen öffnete er mit den Zähnen, wollte Karl die eine reichen, der sich aber glücklich mit beiden Händen an den Karton klammerte.

»Dann schauen Sie auch rein! Das ist ja keine Bombe!«

»Reinschauen«, stammelte Karl und lüftete den Deckel.

»Vielleicht sind die schon tot, vielleicht aber auch nicht. Bei dem Wetter kann das keiner wissen. Wenn noch was geht, dann brauchen die sechs Wochen.«

»Sechs Wochen?«

»Brüten. Sechs Wochen werden die gebrütet. Ist aber kein Kinderspiel, in diesem Fall sogar ziemlich unmöglich, aber mehr kann ich nicht bieten. Die Eltern waren die letzten. Sind weg und längst geschlachtet worden. Zerstören geht halt immer schneller.«

»Ja«, sagte Karl und betrachtete die großen Eier. »Sechs Wochen also.«

»Sie sagen es. Und jetzt trinken Sie Ihr Bier, sonst wird ganz sicher nichts aus unserem Handel.«

Widerwillig griff Karl nach der immerhin kühlen Flasche. Es schmeckte so, wie es im Adler roch, nur irgendwie besser.

13.

Für Mutter Konrad war es eine kaum zu fassende Freude, dass nun ihr Sohn einmal auf ihre Hilfe angewiesen war. Denn bei aller Begeisterung war Karl aufmerksam genug, um zu begreifen, dass die Bediensteten nicht allzu viel von weiterem Getier halten würden. Er hatte ihnen seine noch im Werden begriffene Neuerwerbung verschwiegen und der Mutter anvertraut. Lächelnd hatte sie ihm zugenickt, als er die Decke heimlich hob und ihr die großen Eier an den Körper legte. Vögel sollten das werden, afrikanische, wenn sie sechs Wochen für sie sorgte. Mutter Konrad war zu glücklich mit sich und der neuen Welt, die ihr der Sohn erschaffen hatte, um sich darüber groß zu wundern. Was waren schon ein paar übergroße Eier, verglichen mit gestreiften Pferden und dem Flusspferd unter der Veranda, das immer so laut lachte. Von den zwei hilfsbereiten Männern ganz zu schweigen. Ja, eines Tages hatte sie sogar geglaubt, dass im Dorf die Kirchenglocke geläutet wurde, was sie schon seit dem Krieg nicht mehr gehört hatte. Auch die Hitze tat ihr gut. Die Glieder schmerzten immer weniger. So konnte es sich leben lassen, ja, so gut war es ihr noch nie gegangen, dank dieses fabelhaften Sohnes. Was sollte sie da Fragen stellen?

Seit dem einen Mal, da sie den Sohn für ihren Mann gehalten hatte und sich plötzlich diesen Namen hatte sagen hören, war Mutter Konrad wieder ganz verstummt. Erst die Karte und die Zeilen von dem Kleinen, dann der Große mit dem Helm, wie ihn der Mann auf diesem alten Foto trug. Zum ersten Mal seit vielen Jahren hatte sie sich überhaupt daran erinnert, dass er doch kommen wollte, um sie nachzuholen. Gerade war es ihr gelungen, all die Gedanken wieder zu verdrängen, als Karl plötzlich anfing, den Bungalow zu demolieren, nachts mit diesen fremden Männern aufzutauchen, flüsternd, als würde sie nicht ohnehin alles hören! Nur war ihr Sohn letztlich der Einzige, dem sie vertraute, weshalb sie gar nicht allzu aufgeregt war, als er sie dann mitten in der Nacht aus ihrem Bett gehoben und rausgetragen hatte. Raus aus den Resten des Hauses, raus aus der Straße, raus aus dem Dorf, raus aus dem alten Leben und durch den Wald an diesen See, der, viel zu schön, um wahr zu sein, Morgen für Morgen auf sie wartete. Zu jeder Tageszeit ganz anders schimmernd. Strahlend, glitzernd, leuchtend, funkelnd und selbst nachts niemals ganz dunkel.

Jetzt fiel die Sonne senkrecht auf das Wasser. Mutter Konrad lag am Ende der Veranda mit der dünnen Decke und den Eiern auf dem Sofa, während vom Ufer her das Schlagen eines Hammers zu ihr herüberhallte und die Enten immer wieder unruhig flattern ließ. Nachdem Karl sich wieder einmal zum Supermarkt aufgemacht hatte, um Lebensmittel zu besorgen, hatten Alfred und Ephraim sich der Vollendung der sanitären Anlagen gewidmet. Rechts des Haupthauses stand über der Sickergrube längst fertig das eigentliche Klohaus, von dem aus ein von geflochtenen Holzmatten sichtgeschützter Gang zu einem im Wasser stehenden Badehaus führte, für das sie eigens den elektrischen Zaun hatten verlegen müssen. Seitdem konnte Karl seine Mutter zur täglichen Reinigung bis ins Wasser tragen, ohne dass Esmeralda sich in ihrem Territorium bedrängt gefühlt hätte.

Die Zebras standen der Veranda gegenüber im Schatten der Bäume und betrachteten ihr Spiegelbild im Wasser. Geduldig warteten sie darauf, dass einer der Menschen den Strom abstellte, um ihnen ein schmerzfreies Trinken zu ermöglichen. Es dauerte nur eine kurze Weile, bis Ephraim sie sah und zum Hauptschalter des Spannungsgebers eilte. Esmeralda verweilte ganz gemütlich in der Mitte des Sees. Dann tranken die Zebras, wozu sie die Hälse etwas weiter recken mussten als in den ersten Tagen hier. Kaum merklich zog sich der See in der Hitze zurück.

Während die Zebras ihren Durst stillten, schlug sich Karl schon wieder durchs Unterholz, zufrieden, den Einkauf hinter sich gebracht zu haben. Seit seiner Rückkehr von der Straußenfarm ließ er sein Land noch weniger gern alleine als zuvor. Zu unwägbar war, was geschehen würde, wenn die Mutter sich bewegen ließe, auch wenn er ihr das streng verboten hatte. Alfred und Ephraim waren angewiesen, sie bloß in Ruhe zu lassen. Zu wertvoll war, was sie für ihn beschützte. Aufmerksam bückte Karl sich unter den tiefhängenden Ästen weg, immer im Tritt bleibend, die beiden großen Taschen in den Händen. Komplett verschwitzt und glücklich erreichte er schließlich die Grenze seines Landes, wundervoll markiert mit diesem Schild am Rand des Weges, der gar keiner war. Da ließ er den Blick schweifen über den See, erblickte ganz verliebt die Zebras am Ufer, Esmeralda träge im kühlen Wasser, die Mutter ungestört auf der Veranda, Ephraim und Alfred am Badehaus beschäftigt.

»Ich grüße euch!«, rief er.

Sogleich eilten die beiden Männer hin zu ihm, nahmen ihm die Taschen ab und brachten sie ins Haupthaus.

»Geht alles seinen Gang?«

»Alles in bester Ordnung«, sagte Alfred. »Die Zebras wollten trinken.«

»Ja, das habe ich gesehen.«

»Esmeralda hatte nichts dagegen einzuwenden.«

»Sie ist sehr umgänglich, auch ohne Zaun. Und sonst?«

»Das Wasser geht zurück. Ein bisschen Regen würde uns nicht schaden.«

»Regen?«, fragte Karl und betrachtete Alfred skeptisch. »Gibt es in Afrika denn Regen?«

»Wenn es Zeit ist, jede Menge. Und wann ist hier die Regenzeit?«

»Die Regenzeit?«

»Die Zeit der großen Niederschläge«, erklärte Ephraim, während sie die Einkäufe auf dem Küchentisch sortierten.

»Jederzeit«, überlegte Karl laut. »Das heißt hin und wieder, nur jetzt schon lange nicht mehr, seit es wie Afrika geworden ist.«

»Man weiß nicht, wann es regnen wird?«

»Es konnte jederzeit passieren, wenn es Wolken gab.«

»In Afrika ist das vorherbestimmt. Die Natur gehorcht Gesetzen. Und ausgerechnet hier ist das nicht geregelt?«

»Das heißt, nur wenn es regnet, ist es wie in Afrika?«

»Wenn Sie so wollen, ja. Gelegentlich muss es schon regnen.«

»Viele denken, dass man darauf als Mensch Einfluss hat.«

»Dieser verdammte Aberglaube!«, sagte Ephraim verächtlich.

»Sie tanzen dann im Kreis«, sagte Alfred, ein leichtes Funkeln in den Augen.

»Alles Unsinn! Es regnet, wenn die Zeit gekommen ist. Das kann auch hier nicht anders sein.«

»Sie meinen, man hat es selber in der Hand?«

»Er redet wirr.«

»In Afrika glauben das viele. Sie tragen dann weiße Kleidung und beten auf den Feldern.«

»Es regnet, wenn die Wetterlage dementsprechend ist.«

»Wird es regnen, weil sie tanzen, oder tanzen sie, weil es regnen wird?«

Karl folgte der Diskussion nicht weiter. Er war verwirrt. Was hatte sein Vater in Afrika verloren, wenn sie die Wasserfrage da alleine regeln konnten, während hier die Felder austrockneten? Und konnte dieser Glauben wirklich etwas bewirken, wo es doch darauf ankam, die Dinge in die Hand zu nehmen? Nur würde er selbst beim besten Willen nichts bewirken können. Da hatten sie also recht, die Tanzenden in Afrika. Man konnte noch so reich sein und im Baumarkt zu erwerbende Bewässerungssysteme noch so fachgerecht installieren. Das Wetter war eine ganz andere Sache. Das war nur so, wie es war, und eigentlich gerade in der letzten Zeit sehr afrikanisch. Bis die ihm jetzt ganz unvermittelt sagten, dass das so gar nicht stimmte, weil es in Afrika eine Regenzeit für Niederschläge gab, auf die man sich verlassen konnte, wobei manch einer trotzdem noch auf Tanz und Glauben setzte, um dem Wetter nachzuhelfen. Seltsam war das alles, und mit Denken nicht zu lösen. Karl war froh, dass erst einmal die Einkäufe zu ordnen waren.

Zwischen den Wänden, die einstmals die Konradsche Küche begrenzt hatten, lag ein Stück Boden unbedeckt, in das sie eine Kühlgrube gegraben hatten. Dahinein reichten sie Alfred einige Kartons haltbarer Milch, zwei Pfund Butter, einige eingeschweißte Stück Käse und ein Dutzend geräucherter Würste. Skeptisch beäugte Ephraim ein tiefgefrorenes Huhn und ließ es gleich auf dem Küchentisch liegen. In einem der schief aufgehängten Küchenschränke landeten anderthalb Dutzend Suppengrün, die Basis ihres täglichen Gemüseeintopfs, sowie Tüten mit getrockneten Hülsenfrüchten und einige Konserven zu Verfeinerung des Ganzen. Kräuter und Beeren fanden sie gelegentlich im Wald. Es mangelte ihnen an nichts.

Nachdem die Einkäufe angemessen verstaut waren und Alfred und Ephraim keine Lust mehr an einer Diskussion über den Regen und seine Ursachen hatten, standen sie sich schweigend gegenüber. Käufliche Erwerbungen welcher Art auch immer stellten ein unangenehmes Thema in den Raum, mit dem sie irgendwie umgehen mussten. Fakt war, dass die Konradschen Finanzen insbesondere im Zuge der Umzäunungsmaßnahmen empfindlich geschwächt worden waren und die wöchentlichen Einkäufe keine unerheblichen Kosten verursachten. Dennoch war Karl sich seiner Pflichten als Arbeitgeber bewusst, was ihm immer wieder Unbehagen verursachte, da er seine Bediensteten nicht entlohnen konnte. Wenig überraschend war, dass Ephraim und Alfred die Angelegenheit ganz unterschiedlich sahen. Bei aller Zufriedenheit dachte der eine immer daran, dass sie eines Tages weitermussten, auf der Suche nach dem, was der Meister ihnen versprochen hatte. Und dazu brauchten sie Geld, so schön und human es auch war, hier zu helfen.

»Sie können uns bezahlen, wenn es endlich regnet«, sagte Alfred schließlich. »Irgendwann muss es doch Regen geben.«

Ephraim zuckte ohne jeden Willen zum offenen Streit mit den Schultern. Vielleicht hatte Alfred ja recht und mit ihm der Meister, der gesagt hatte, dass man sich in diesem Land darauf verlassen konnte, dass die Dinge so passierten, wie man es erwartete. Schnell machte er sich daran, das Huhn zuzubereiten, diesen steinharten Klumpen gefrorenen Fleischs, dem er irgendwie ein wenig Geschmack entlocken musste. Um ein Huhn hatte er gebeten, und jetzt das! Zebras und ein Flusspferd, aber kein vernünftiges Huhn! Er lächelte trotzdem, weil sie es letztlich schlechter hätten treffen können und Karl so hilflos dankbar guckte, ehe er aus der Küche und zu seiner Mutter auf die Veranda ging.

»Er ist ein Kind«, seufzte Ephraim.

Hätte er das Leuchten in Karls Augen sehen können, als der seine Mutter auf ihrem Sofa erreichte und einen vorsichtigen Blick unter die leichte Decke warf, Ephraim wäre erschrocken, wie treffend seine Diagnose war. Vom Haus aus betrachtet, hockte Karl ganz einfach da auf den wackeligen Planken der Seeveranda. Vom See aus aber konnte man ganz anderes erkennen. Karl sprach mit den Straußeneiern, streichelte, ja, er liebkoste sie und blickte sanft mit feuchten Augen auf das runde Weiß, das seinem Tropenhelm ganz ähnlich in der Sonne strahlte. Drei Wochen waren schon vergangen, ohne dass etwas geschehen war. Noch einmal so lange, und er hätte ganz neue Bewohner für sein Land. Karls Energie und Liebe konzentrierten sich immer stärker auf diese Eier, die all das in sich vereinten, was ihn so glücklich machte. Sie waren einfach. Ganz von sich aus perfekt, ruhten sie unter der Decke der Mutter und schimmerten herrlich im warmen Halbdunkel. Nichts war da, was man hätte ordnen müssen. Und eines Tages würde diese harte Schale von innen heraus zerstört, was auch immer ihr dann entstiege. Die Warnung des Mannes, dass aus den Eiern auch gar nichts werden könnte, hatte Karl längst vergessen. Viel zu schön war bei aller Sorge der Gedanke, selbst etwas zu schaffen mit der Hilfe seiner Mutter, die er noch nie so froh gesehen hatte, und das für Stunden. Auch diesen Nachmittag verbrachte Karl an ihrer Seite, bis sich ganz köstlich der Geruch des Abendessens bis auf die Veranda zog.

»Komm, Mama«, sagte er. »Wir müssen dich fertigmachen. Es wird schon dunkel.«

Vorsichtig bedeckte er die Eier mit der leichten Decke. Noch war es warm genug, um sie kurz allein zu lassen. Dann nahm er seine Mutter auf den Arm und trug sie in das Badehaus hinein, wo ihre Nachtkleider bereitlagen. Anders als in der alten Zeit badete Karl seine Mutter hier immer vor dem Abendessen, zu umständlich war diese Prozedur im Dunkeln. Vorsichtig setzte er sie auf einen Holzblock, um sie auszuziehen. Die zwei verbleibenden Schritte führte er sie hinein ins Wasser und auf den Stuhl. Lächelnd legte sie den Kopf in den Nacken und sah mit leuchtenden Augen in den Abendhimmel, während Karl ihr die Waden schrubbte. Hinter der Holzwand lachte Esmeralda zufrieden schnaubend, wohl wissend, dass es nicht mehr lange dauern würde, bis sie ihr Futter bekam.

Kaum war die Abendwäsche beendet, da verabschiedeten die Hügel sanft glühend den Tag, an den sich das

Wasser des Sees noch kurz silbern schimmernd erinnerte. Die Entenfamilie zog eine letzte Diagonale hin zum Nachtquartier im Schilf. Der Reiher spazierte seine ganz persönliche Promenade entlang. Esmeralda mampfte das aus dem Unterholz für sie herangeschaffte Grünzeug. Die Zebras trainierten auf der kleinen Freifläche neben der Hütte ein Kunststück im Seitwärtsschritt. Gleichmäßig verschoben sie sich parallel zueinander. Ephraim konnte noch immer nicht glauben, dass sein Wissen von der Unzähmbarkeit der Zebras derart unwahr sein sollte, was Alfred umso mehr amüsierte, da er es längst aufgegeben hatte, dieses Land auch nur ansatzweise verstehen zu wollen. Auch Karl fragte nicht. Er sah nur die Zebras, die bald darauf einander folgend im Kreis trabten und dann im Wald verschwanden. Er blickte zu seiner Mutter hin, die im Nachthemd auf dem Sofa sitzend darauf wartete, von ihnen in die Hütte getragen zu werden.

»Genau zu dieser Zeit trank Meister Mertens gern sein erstes Bier«, sagte Alfred.

»Er ruhe in Frieden«, seufzte Ephraim.

»Und er bot uns eins an.«

»Ja, so war das.«

»Und er erzählte von diesem Land, das er noch nie gesehen hatte und das doch seins war.«

»Und wir stießen an mit ihm und sagten dieses eine Wort.«

»Ja, Prost sagten wir.«

Schweigend sahen sie weiter auf den See hinaus, dessen anderes Ufer langsam in der Dunkelheit verschwand. Auch Esmeralda war nur noch ein Umriss.

»Trinken Sie niemals Bier?«, fragte Alfred schließlich.

»Wer? Ich?«, fragte Karl.

»Ja, Sie. Der Meister meinte, dass man hier gewöhnlich gar nichts anderes trinke. Sagen Sie nie Prost? Oder ist auch das unwahr?«

»Bier«, sagte Karl mehr zu sich selbst. »In der Gaststätte wurde Bier getrunken. Ich trinke Cola. Mit Eis und Zitrone. Aber das ist vorbei.«

»Und wer trinkt das Bier?«

»Die anderen. Im Dorf. Die, die da jeden Abend saßen, weil sie nichts zu tun hatten.«

Wieder schwiegen sie, als sei etwas noch nicht geklärt und hielte sie davon ab, das Sofa ins Haus zu tragen und zu essen.

»Wie in Afrika«, sagte Alfred schließlich.

»Was bitte?«, fragte Karl.

»Die Kneipe, das Dorf und die, die abends nichts zu tun haben.«

»Jetzt faselst du schon wieder Unsinn, anstatt das Andenken von Meister Mertens zu wahren«, sagte Ephraim. »Und jetzt sollten wir endlich reingehen. Gleich kommen die Moskitos.«

»Er hat uns immer ein Bier gegönnt, wenn nicht gar mehrere. Vielleicht sollte ich mir die Kneipe einmal ansehen.«

»Unterstehen Sie sich!«, sagte Karl ernst. »Keiner darf wissen, dass wir hier sind.«

»Kein Regen und kein Bier, und das in Afrika«, seufzte Alfred.

Dann hoben sie das Sofa hoch und trugen es vorsichtig über die Veranda in die Hütte.

Im schummrigen Licht der unter der Decke hängenden Öllampe saßen Alfred, Karl und seine Mutter, auf deren Knien von der Decke geschützt zumindest zwei der Eier ruhten. Von all den Tischdecken des alten Lebens war nichts geblieben. Das honigbraune Holz des Tisches zeigte sich in seiner wild gemaserten Schönheit. Ganz unsinnig erschien es Karl, dass er das all die Jahre hatte bedecken müssen. All die Linien, denen man so gut folgen konnte, bis sie unter einem der vier Suppenteller oder am Rand des Tisches verschwanden.

Schweigend warteten sie, bis Ephraim die große Suppenschüssel in ihrer Mitte platzierte, in der sich neben all dem üblichen Gemüse heute auch die Hühnchenteile tummelten.

»Mit einem gesunden Huhn wäre es richtig gut«, sagte Ephraim und griff zur Suppenkelle.

»Was denn für ein gesundes Huhn?«, fragte Karl. »Das kam doch aus dem Supermarkt.«

»Es hatte wohl Probleme wie der Meister.«

»Geht es dir gut?«, fragte Alfred. »Was redest du für irres Zeug?«

»Hier«, sagte Ephraim und leerte die Kelle triumphierend auf Alfreds Teller. Inmitten des herrlich duftenden Eintopfs schwamm ein unförmiges Stück Plastik, auf das

Ephraim ganz unnötigerweise noch einmal tippte. »Ein Katheter. Das Huhn war nicht gesund.«

Alfred inspizierte das Plastiksäckchen mit seinem Löffel. Selbst im trüben Saft des Eintopfes meinte er, einzelne Stücke erkennen zu können.

»Eher ein künstlicher Darmausgang.«

Karl folgte der Diskussion verständnislos. Er hatte dieses Huhn gekauft, weil Ephraim danach verlangt hatte. Und frisches Fleisch musste bei dieser Hitze schnell verderben, was ihn dazu bewegt hatte, die Tiefkühltheke aufzusuchen. Geräuchertes Huhn gab es nicht. Und wirklich war das Tier so günstig gewesen, dass er von selber darauf hätte kommen können, dass es krank war. Nur war es ziemlich unsinnig, die kranken Hühner zu verarzten, um sie dann doch zu schlachten.

»Wollen wir trotzdem essen?«, fragte Alfred.

»Was meinen Sie, Herr Konrad?«, fragte Ephraim.

»Was weiß denn ich? Wer bin ich, dass ich etwas von Hühnern wüsste? Sie haben es gekocht!«

»Sie haben es gekauft!«

»Weil Sie es wollten!«

Wieder schwiegen sie und sahen einander an und bemerkten dieses schmatzende Schlürfen, das schon die ganze Zeit lang zu hören gewesen war. Mutter Konrad hatte ihren Teller fast leer gelöffelt. Ihre Augen strahlten verzückt, so gut schien es zu schmecken.

»So schlecht scheint es nicht zu sein, und immerhin haben wir wochenlang Müll gegessen«, sagte Alfred.

»Mein Eintopf ist kein Müll!«, regte sich Ephraim da schon wieder auf. »Das Huhn war Müll.«

»Es war ja keine Absicht, oder?«

»Nein«, sagte Karl nach einer Weile, den vielmehr die Angst plagte, dass seine Mutter bei all dem Appetit die Eier fallen lassen könnte. »Wir sollten essen, was auf den Tisch kommt.«

14.

Im Dorf führte die sich langsam ihrem Höhepunkt nähernde Hitze dieses Jahrtausendsommers zumindest tagsüber zu einer kompletten Neuorientierung des Gesellschaftslebens. Die Kirche erhielt wieder den zentralen Platz im Leben der Menschen, der ihrer Lage im Dorf entsprach. Wesentlich trug zu dieser wachsenden Attraktivität des dick gemauerten Gotteshauses bei, dass Hubertus seiner Gemeinde auch seinen Ventilator nicht vorenthielt. Ganz konkret hatte er dem Jungvikar eine Freude machen wollen, nachdem der ihn in einer schlichten Zeremonie auf seinen ohnehin sehr christlichen Namen getauft hatte. Auf diese ganze Namensgeschichte war der Jungvikar dann aber nur der Vollständigkeit halber eingegangen, da er mit all den Heiligen und anderem Aberglauben konfessionsbedingt gar nichts zu schaffen hatte. Jedenfalls blieben die beiden nicht lange alleine in dem nicht nur kühlen Gemäuer. An keinem anderen Ort im Dorf war man so nah bei Elke. Von der träumten sie noch immer alle, so sinnlos das auch war. Wo, wenn nicht in einer Kirche, sollte man an Dinge denken, die auf dieser Welt nicht zu haben waren?

Hubertus und der Jungvikar saßen auf den Altarstufen und genossen die kühl bewegte Luft, als am frühen Vormittag auch Ray und Manfred zu ihnen stießen. Der Tag versprach besonders heiß zu werden. Neben ihrem Proviant brachten die beiden auch ihre Klappstühle täglich aufs Neue mit, da sie sich nicht zum endgültigen Beitritt entschließen konnten. Hubertus und der Jungvikar hießen sie umso herzlicher willkommen, führten dann aber gleich ihr Gespräch fort. Sie sprachen einerseits über die noch immer fehlende Bestuhlung ihres Tempels, andererseits über diese große Dürre und ihre Bezugspunkte in Glauben und Geschichte. So gelang es ihnen, dem fortdauernden Leiden an Lust und Liebesmangel zumindest eine gewisse Größe zu verleihen, was erheblich zur Steigerung ihres Wohlbefindens beitrug.

»Was denn für ne große Dürre?«, fragte Manfred, dessen Gesicht noch immer gefleckt war wie das Fell einer Hyäne. »Ich denke nur noch an die kleine Dicke.«

»Wir reden nicht von Frauen.«

»Was denn für Frauen? Gibt doch nur eine.«

»Es geht um die Bibel.«

»Kann ja nur Schweinkram sein. Mann, geht die mir nicht mehr aus'm Kopf!«

»Wenn's nur der Kopf wär«, klagte Ray, der sich mittlerweile in sein Schicksal als Mitverlierer im Kampf um Elke gefügt hatte.

»Und der reißt sich die einfach untern Nagel, als wäre er was Besseres.«

»Sagt mal, könntet ihr euch zum Quatschen vielleicht rübersetzen?«, fragte Hubertus.

Ihm passte es gar nicht, jetzt wieder an die Frau erinnert zu werden, da er sich gerade als Prophet im Lande Israel wandeln sah mit welcher Mission auch immer. Auf jeden Fall nicht ohne Ziel. So ließen sich auch diese Schulterschmerzen viel besser ertragen. Es war eine Frage der Einstellung.

»Ihr könntet euch auch beteiligen am Gespräch«, sagte der Jungvikar. »Meint ihr nicht, dass die Hitze einen Sinn haben könnte?«

»Was denn fürn Sinn?«, fragte Ray gähnend.

»Vertreiben soll die uns von hier, das ist der Sinn. Damit die Schwatten freie Bahn haben«, meinte Manfred. »Aber das wird nichts. Ich bleibe, wo ich bin.«

»Vielleicht einen höheren Sinn? Vielleicht will sie uns etwas sagen?«

»Die Hitze will was sagen?«

»Habt ihr jetzt schon getrunken?«

»Ich meine, jemand könnte durch die Hitze etwas sagen wollen.«

»Komische Art, sich mitzuteilen«, meinte Ray. »Als hätte so ein Föhn ne Meinung.«

»Mir bläst's nur dauernd heiß ins Hirn, dass diese Kleine dringend mal zu mir gehört, und zwar von morgens bis abends und nachts sowieso.«

So ging es immer weiter hin und her zwischen den ganz diesseitigen Bedürfnissen der einen und den sublimierten Sehnsüchten der anderen, ohne dass der Jungvikar in irgendeiner Weise weitere Missionserfolge hätte erzielen können. Immerhin zogen sich Ray und Manfred nach einer Weile unter die Empore zurück, von wo aus sie durch die angelehnte Kirchentür freien Blick auf die Fleischerei hatten. Während sie zu einem ersten Bier belegte Brote aßen und das noch im Schatten liegende Aluminium des Schaufensters observierten, konnten Hubertus und der Jungvikar vor dem zuverlässig summenden Ventilator endlich wieder in erhabenere Welten entkommen.

»Und du meinst, Gott ist da, weil er nicht da ist?«

»Zumindest nicht wahrnehmbar mit den üblichen Sinnen.«

»So was«, sagte Hubertus und dachte an seine Gespräche mit Elke über all die Dinge, die nicht da waren, obwohl er sie gesehen hatte.

»Aber er ist doch immer bei dir, wenn du an ihn glaubst. Auch wenn er sich dir nicht zeigt.«

»So wie Elke«, seufzte Hubertus in Gedanken.

»Elke?«

»Sie ist auch immer da, auch wenn ich sie nicht sehe.«

»Elke ist für dich da?«, fragte der Jungvikar so laut, dass auch die beiden vom Kirchenportal neugierig zu ihnen rüberguckten.

»Nicht so, natürlich. Aber es reicht mir zu wissen, dass sie da ist, wenn ich gerne mit ihr plaudern würde, mehr aber auch nicht.«

»Das ist doch aber etwas anderes, meinst du nicht?«

»Ich weiß nicht«, sagte Hubertus. »Jedenfalls kann ich sie mir besser vorstellen als Gott.«

»Ja, aber du kannst Gott doch nicht mit einer Wurstverkäuferin vergleichen!«

»Kann ich das nicht?«

»Das eine hat gar nichts mit dem anderen zu tun!«

»Nur dass beide nicht da sind und trotzdem da sind, also bei mir.«

Reflexartig sah der Jungvikar hoch über den Altar, wo in allen anderen Kirchen dieser Welt ein Kreuz zu finden war. Hier begrenzten noch immer nur unverputzte Backsteine das Kirchenschiff.

»Pass auf, Hubertus«, setzte er schließlich an. »Wie viele Götter gibt es?«

»Du meintest, wir haben nur einen.«

»Und wie viele Frauen gibt es auf der Welt?«

Jetzt sah Hubertus ihn leicht verunsichert an, als ahnte er hinter der Frage einen rhetorischen Trick. Dann aber entspannten sich seine Gesichtszüge schnell wieder.

»Auch nur eine«, sagte er. »Ich glaube nur an Elke.«

»Ja, aber«, versuchte der Jungvikar es noch einmal, gab seine theologischen Ausführungen dann aber auf, als Ray und Manfred im Eingangsbereich ganz unruhig wurden.

Kurz darauf betraten Oschi und sein Trinkkumpan die Kirche.

»Sie macht nicht auf«, sagte Oschi. »Wie spät ist denn?«

»Längst nach um zehn.«

»Habt ihr noch Bier?«

»Ich nicht«, sagte Manfred schnell.

»Hier«, sagte Ray und reichte den beiden eine Flasche aus der großen Kühlbox. »Könnt ihr mir später zurückgeben.«

»Ist Elke denn nicht da?«, rief Hubertus durch den weiten Raum, dass seine sonst so ruhige Stimme vielfach von den kahlen Wänden hallte.

»Das würde dir mit Gott so nicht passieren«, sagte der Jungvikar leise. »Das ist der Unterschied.«

Aber Hubertus hörte ihm gar nicht zu, sondern stand ächzend auf und schritt in Richtung der anderen.

»Vielleicht ist ja die Tür kaputt.«

»Wir haben geklopft.«

»Und gewartet.«

»Kein Lebenszeichen.«

»Nichts.«

»Kann ja nicht sein.«

»Ist aber so.«

»Das kann nicht sein!«

»Reg dich nicht auf«, sagte Ray und reichte auch Hubertus eine Flasche. »Wird ihr schon nichts passiert sein.«

»Wenn der ihr was getan hat!«

»Was meinst denn du, was der ihr tut da drüben bei der Hitze?«, fragte Manfred mit gequältem Grinsen.

»Das Schwein!«

»Jetzt komm mal wieder runter, Hubi!«

»Bitte, Hubertus, setz dich«, sagte der Jungvikar, der sich bei allen theologischen Differenzen Sorgen machte um sein bislang einziges Gemeindemitglied.

Nach kurzem Zögern ließ sich Hubertus auf Manfreds Klappstuhl fallen, der dieser ungewohnten Belastung so gerade eben standhielt. Dann nuckelten sie alle an ihren Flaschen, nachdem Ray auch den Jungvikar versorgt hatte, und beratschlagten die Lage. Sie hielten Kriegsrat, weil es doch zu weit ging, dass der Fleischer Elke nicht nur eroberte, sondern sie auch ganz für sich alleine wollte. So gebrochen sie alle waren, so wenig ihnen von Stolz und Ehre glücklicherer Menschen geblieben war, auch sie wollten nicht alles mit sich machen lassen.

»Eigentum verpflichtet!«, sagte Manfred. »Die kann er jetzt nicht wegverstecken.«

»So isses«, sagte Oschi. »Bier muss die uns noch verkaufen.«

»Und gucken muss erlaubt sein!«

Der Jungvikar konnte die anderen gerade noch davon abhalten, die Fleischerei einfach zu stürmen. Womöglich gab es ja eine Erklärung für all das. Deshalb ließ er sich autorisieren, im Auftrag der Gemeinschaft beim Fleischer vorzusprechen und sich nach Elke zu erkundigen.

Es dauerte keine fünf Minuten, bis der Jungvikar unverrichteter Dinge und schweißüberströmt zurück in die Kirche trat. Da blies Manfred schon wieder zum direkten Angriff, nur meinte Ray, dass man zumindest noch den alten Heinze schicken könne. Der halte sich doch immerhin auch irgendwie für etwas Besseres, wenn auch nicht ganz so schlimm. Also machte sich Ray auf den Weg durch die Hitze, nachdem er die Kühlbox der Obhut des Jungvikars anvertraut hatte. Auch seine Großzügigkeit kannte Grenzen, und selbst er, der von Religion gar nichts verstand, vertraute eher einem zugereisten Kirchenmenschen als einem dieser Dorfbewohner.

Während Ray unterwegs war, wurde es selbst im Eingangsbereich der Kirche langsam unangenehm heiß, so dass Hubertus sich aufraffte, um seinen Ventilator vom Altar herzuversetzen. Eine Steckdose fand er zum Glück auch unter der Empore. Sorgsam teilten sich die Zurückgebliebenen ihre letzten Schlucke ein und starrten wie gebannt auf das Schaufenster der Fleischerei. Die Uhr am Kirchturm zeigte kurz nach Mittag, als die Aluminiumfolie im Schein der Sonne erstrahlte und ihre Augen blendete. Pünktlich um zwölf nach zwölf hielt der aus der Stadt kommende Bus, eine halbe Stunde später der aus der Gegenrichtung. Ansonsten tat sich nichts, bis Ray wieder auf den Dorfplatz trat, dicht gefolgt vom alten Heinze. Der führte über die Schulter gehängt sein Jagdgewehr mit sich. Noch ehe die beiden die Kirche erreicht hatten, scherte Heinze aus und ging direkt auf die Fleischerei zu. Ray eilte zu den anderen in die Kühle und kniete nieder vor dem Ventilator.

»Nicht dass du dich erkältest«, meinte Hubertus.

»Psst!«, zischte Manfred. »Er ist jetzt an der Tür. Er klopft.«

»Und?«

»Nichts.«

»Sag ich doch«, meinte Oschi und betrachtete ganz unglücklich die leere Flasche Bier. »Da wird heut nichts verkauft.«

»Psst!«, zischte Manfred. »Er geht zur Seitentür.«

»O Mann, wenn das der Fleischer mitkriegt. Das ist privat!«

»Dafür haben wir ihn doch geholt, du Depp!«

»Der Heinze darf das.«

»Er klingelt jetzt.«

Tatsächlich erklang in der Stille des Dorfes gut hörbar ein wildes Gebimmel elektronischer Glocken. Erstaunt sahen sich die Männer an. Das hatten sie nun nicht erwartet.

»Und mir das Läuten verbieten«, meinte der Jungvikar. »Wasser predigen und Wein trinken.«

»Wieso Wein?«

»Typisch Diedaoben.«

»Psst!«, zischte Manfred. »Er nimmt das Gewehr von der Schulter. Ich glaube, er geht jetzt rein, verdammt.«

Und wirklich, der alte Heinze hatte das Gewehr in die Hände genommen und visierte mit dem Knauf das gleich neben der Klingel liegende Kassettenfenster an. Ohne sich überhaupt einmal umzusehen nach denen, die ihn hierhergeschickt hatten, nahm er Schwung, weil das in Ordnung gebracht werden musste, so schnell es ging. Denn etwas stimmte ganz und gar nicht, wenn der Fleischer und die Kleine sich nicht mehr sehen ließen. Gerade wollte er das Holz durchs Glas brechen lassen, da schwang sie plötzlich auf, die Tür, und Heinze fühlte etwas kalt auf seiner Stirn. Der Bolzenschussapparat in tauglicher Distanz. Doch Heinze blieb kaum Zeit, sich zu erschrecken, so unglaublich war, was er unter diesem schwarzen Ding hinweg erblickte. Der Fleischer stand in Unterwäsche, unrasiert mit ganz verquollenem Gesicht vor ihm und weinte.

»Ich bring euch um«, schluchzte er leise. »Ich bring euch alle um, wenn ihr nicht Ruhe gebt. Ich mach euch alle, ist das klar?«

Heinze starrte bewegungslos auf diesen sonst immer so stolzen Mann und fragte sich in Gedenken an längst vergangene Zeiten im Dienste der Landesverteidigung, ob er nun besser zuschlug oder nicht. Letztlich konnte er den Fleischer aber maximal seiner Männlichkeit berauben, während ein Bolzen in den Kopf etwas ganz anderes war.

»Das Volk macht sich Sorgen wegen der Verpflegung«, stammelte er. »Gibt es Probleme?«

»Wer macht sich Sorgen?«, schniefte der Fleischer.

»Alle. Die Männer. Man fragt sich, warum keiner öffnet.«

»Ja«, überwältigte den Fleischer da ein heftiges Schluchzen, das ihn die Waffe senken ließ. »Wer soll denn öffnen, wo sie weg ist?«

Und dann fiel das Todesinstrument zu Boden und der Fleischer dem Heinze in die Arme.

»Ganz einfach weg. Wo ich ihr doch alles geboten habe! Nur weil ich sie nicht eingeschlossen habe.«

»Bewahren Sie Haltung! Das Volk sieht zu«, flüsterte

Heinze schnell und führte den Fleischer hinein und durch die Zwischentür in den Verkaufsraum.

Aus dem kleinen Sortiment gleich neben der Kasse nahm Heinze eins der Fläschchen und reichte es dem Fleischer. Der trank gierig auch eine zweite. Derart gestärkt, erzählte er dann, wie schlimm es wirklich stand. Auch die letzte Frau in diskutablem Alter hatte sich aus dem Dorf davongemacht, in die Stadt, wie sie ihm schriftlich mitzuteilen diesmal nicht vergessen hatte. Gar nicht unfreundlich hatte sie ihm geschrieben, sich bedankt für all die Hilfe und Unterstützung in den Jahren hier im Dorf, nur dürfe sie jetzt doch nicht nur an sich denken. Und die Zukunft, hatte sie geschrieben, die sei hier draußen nun mal nicht so vielversprechend.

»Angezeigt gehört die!«, meinte Heinze. »Die lassen wir uns wieder einfangen!«

»Was meinen Sie?«, fragte der Fleischer.

»Irgendwas wird sie schon mitgenommen haben, wenn sie bei Nacht und Nebel abhaut, oder nicht?«

»Sie meinen …?«

»Schauen Sie in die Kasse.«

Der Fleischer gehorchte. Natürlich war die Kasse leer, weil nicht geöffnet hatten. Heinze drückte ihm das Telefon in die Hand und wählte die Nummer, die ihn oft in den Fingern juckte. Freundlich meldete sich eine Stimme und ließ den Fleischer Meldung machen von dem dreisten Diebstahl einer so langjährigen Vertrauten, die sich in Richtung Stadt davongemacht hatte.

Hätte Elke sich wirklich auf den Weg in die Stadt gemacht, um ein neues Leben zu suchen, ihre Flucht hätte ein schnelles Ende gefunden. Denn so gering die Bedeutung des Dorfs für die Zukunft von Kreis und Land auch war, so wenig man sich um eine ordentliche Wasserversorgung in Zeiten dieser außerordentlichen Dürre kümmerte, der Diebstahl wurde nur Stunden später aktenkundig, die Flüchtende zur Fahndung ausgeschrieben. Sogar ein Streifenwagen hielt vor der Fleischerei, und der zuletzt noch Flüchtlinge jagende Polizist inspizierte fachkundig den Tatort. Wenn es hier sonst schon nichts gab, so das Motto der Behörden, sollte es zumindest auch kein Verbrechen geben. Heinze und der Fleischer waren begeistert vom Funktionieren ihres Staates. Die übrige Dorfbevölkerung empfand widersprüchlich. Zu gut erinnerte man sich an Elkes nettes Lachen, zu unwahrscheinlich war es, dass einer wie der Fleischer sich beklauen ließ.

Elke konnte all das ganz egal sein, da sie nach ihrem frühmorgendlichen Sprung aus dem ersten Stock der Fleischerei eben nicht in Richtung Stadt gelaufen war, sondern durchs Unterholz bis zu dem Schild, das »AFRIKA« verkündete. Da hatte sie noch einmal innegehalten, Schutz in einem Gebüsch gesucht, um nicht schon wieder überstürzt zu handeln. So hatte sie die Morgenverrichtungen Karl Konrads und seiner Bediensteten verfolgt, aufmerksam bemerkt, wie sorgsam der Transport der Mutter auf dem Sofa bewerkstelligt wurde. Später, als man sich zum Mittagessen ins Haus zurückzog, bewunderte sie in aller Ruhe aus der Ferne die Sanitäranlagen. Elke ahnte, dass sie mit ihrer Flucht einiges durcheinandergebracht hatte, und versuchte, sich nicht vorzustellen, was man im Dorf jetzt gerne mit ihr machen würde, während hier der Bauch so drückte und die Beine schwer waren, als hinge die ganze Welt an ihren Füßen. Sie war erschöpft vom Schrecken der vergangenen Tage und Wochen, dem alptraumhaften Alltag an der Seite des Fleischers, der zuletzt gar nicht mehr hatte warten wollen bis zur Niederkunft. Sie hatte nicht einmal mehr die Kraft zu traumwandeln wie noch vor wenigen Wochen, als sie im Halbschlaf aus dem Busch heraus ans Ufer des Sees getreten war. Nein, jetzt war sie am Ende. Soviel sie auch nachdachte, sie wusste nicht, wohin, wenn nicht hierher, in dieses Gebüsch. Im dornigen Gestrüpp versuchte sie, sich hinzulegen, zu müde, um noch Schmerzen zu empfinden. So schlief sie endlich ein und träumte, dass der Tag gekommen war und sie im Gras ganz ohne Leid den Sohn zur Welt brachte, der ihr schwer auf den Bauch gelegt wurde. Glücklich und verwundert öffnete sie die Augen und sah sich nackt, im Tal ihres Busens den Kopf eines Flusspferds. Das lachte und zwinkerte mit den Augen dieses Fernradfahrers und fing dann auch noch an zu singen.

Schmerzen der Sehnsucht, köstliche Pein
Will nie ganz glücklich und ohne dich sein …

Das war ihr dann selbst im Traum zu viel des Guten. Elke wachte auf, verlor ihr tierisches Kind aus den Augen und trug wieder ihr luftiges Sommerkleid. Die Musik aber lief weiter, schepperte von der Veranda übers Wasser in ihr Gebüsch hinein. Da lag Mutter Konrad auf dem Sofa und neben ihr kniete der Sohn, vertieft in was auch immer. Elke war unsicher. Hatte sie wirklich das Recht, ihn zu stören in der Welt, die er sich selbst geschaffen hatte? Musste sie nicht ihren eigenen Weg finden? Hatte sie überhaupt eine Wahl? Sie haderte mit sich und ihrem Schicksal, das sie so gar nicht in der Hand zu haben meinte, als sie plötzlich erstarrte vor Grauen. Feucht und rau glitschte es an ihrem Hals entlang. Unerreichbar fern waren Karl und die Mutter, da sie sich jetzt nicht bewegen und schon gar nicht schreien durfte. Konnte es sein, dass sie wirklich Tiere aus dem Dschungel hergeholt hatten? Monster wie diese Schlange, die nicht von ihr abließ? Hin und her und hin und her strich sie nass über die Haut, als suchte sie nur noch den rechten Ansatz, um sie zu erdrosseln. Noch einmal versuchte Elke, klar zu denken, um dann ganz instinktiv alle Vorsicht zu vergessen und schreiend aus dem Busch herauszustürzen.

»Hilfe! Karl! Hilfe!«, schrie sie panisch und rannte geradewegs auf die Veranda.

Karl erhob sich hastig und empfing sie mit offenen Armen, damit sie nur den Eiern keinen Schaden zufügte, warum auch immer sie jetzt auftauchte. Was hatte sie da nur für einen dicken Bauch bekommen? Das Zebra folgte ihr, verzückt von dem ganz herrlich salzigen Geschmack auf seiner Zunge. Auf die lockeren Dielen der Veranda traute es sich nicht. Karl sah sich hilflos um. Was sollte er mit dieser schrecklich zitternden Elke an seiner Brust machen? Die fing jetzt an zu schluchzen und zu kichern, so sehr fiel sie in sich zusammen. Die prächtige Fassade ließ sie einstürzen, weil Karl so viel stärker war, als er es selbst für möglich hielt. Das spürte sie. Selbst auf diesen wackeligen Brettern konnte er sie halten. Die Mutter lächelte verzückt.

Erst da traten Alfred und Ephraim aus der Hütte und an die Veranda heran.

»Herrlich«, grinste Alfred. »Wie im Fernsehen!«

»Ich glaube, er braucht schon wieder unsere Hilfe«, meinte Ephraim.

Schnell schickten sie das Zebra zu seinen Artgenossen zurück und kümmerten sich um ihren Meister und die Frau, die endlich wieder hergefunden hatte, auch wenn ihr Zustand besser hätte sein können. Da Elke ihren Retter trotz allem guten Zureden nicht aus ihrer krampfartigen Umklammerung entlassen wollte, führten sie die derart Unzertrennlichen gemeinsam in den Schatten der Hütte, wo sie das Hinterzimmer schnell freiräumten und Elke samt Karl auf mit Laub unterfütterten Decken platzierten.

»Sie wird schon loslassen, wenn sie schläft«, sagte Alfred. »Genießen Sie es einfach.«

»Was heißt hier genießen?«, zischte Karl überfordert ärgerlich, während sich die zitternden Finger seines Anhängsels schmerzhaft in seinen Rücken gruben.

»Singen Sie ihr etwas vor!«

»Singen?«

»Ja, warum nicht?«

»Was soll ich denn bitte singen?«

»Irgendein Lied werden Sie schon kennen, wo Ihre Mutter dauernd Radio hört.«

Ohne weitere Worte ließ auch Alfred ihn dann allein im Halbdunkel mit dieser Frau, die er nicht wirklich kannte.

Karl dachte nach. Beim besten Willen erinnerte er sich immer nur an das eine Lied, das er unmöglich singen konnte. Doch Elke kam nicht zur Ruhe, zitterte und krallte immer heftiger, bis er den Gedanken an dieses eine Lied zuließ, das er vor Monaten beim Abwaschen gesummt hatte. So lange war all das schon her.

Du du du, du sollst mich
nie nie nie, niemals verlassen …

Es klang gar nicht mal schlecht, ja, Karl sang richtig gut. Die langsam ruhiger werdende Elke durfte hautnah miterleben, dass Karl sich auch innerlich verändert hatte. Die Wochen an der Seite seiner Zebras und vor allem die sorgfältige Pflege seiner Brut hatten in diesem einst nur korrekten Wesen ein gar nicht so geringes Maß an Zärtlichkeit geweckt. Karl dachte glücklich an das Cremeweiß der kostbaren Eier, während er Elke die Haare aus dem verschwitzten Gesicht strich. Da überraschte es ihn kaum, als sie nach seiner Hand griff.

»Fühlst du das?«

»Was denn?«

»Er strampelt, weil er sich sicher fühlt.«

»Wer er?«

»Mein Junge«, sagte sie und drehte ihr Gesicht ihm zu, so dass sie Nase an Nase lagen. »Ich bin sicher, es ist ein Junge.«

Und da zuckte es wirklich unter Karls Hand, als sei ein Lebewesen in ihr drin, was ihren Zustand gut erklären würde, durcheinander und erschöpft, wie sie zu ihm gekommen war. Plötzlich wollte Karl nur noch die Arme ausstrecken und um sie legen, so selbstverständlich schien es ihm, dass er auch sie beschützen musste, die in sein Land geflohen war.

»Karl?«, fragte sie, nachdem sie eine Weile dagelegen hatten.

»Was denn?«

»Nichts«, sagte sie und schmiegte sich in seine Arme.

Karl lauschte ihrem Atem, bis sie fest eingeschlafen war. Dann rollte er sie vorsichtig zur Seite, warf noch einen skeptischen Blick auf den immer wieder wild zuckenden Bauch und trat aus der Hütte. Ephraim saß mit einer selbstgebastelten Angel auf der Veranda. Alfred hatte sich mit einem der wenigen Bücher des Konradschen Hausstands in den Schatten eines Baumes zurückgezogen. Die Mutter lag bewegungslos auf dem Sofa. Es war höchste Zeit, dass er nach seinen Eiern sah.

Es wäre sicher vermessen, genau verstehen zu wollen, was in Karl vor sich ging, ohne auf all das einzugehen, was dieser nicht mehr ganz junge Mann erlebt und nicht erlebt hatte in Sachen Zwischenmenschlichkeit und Zuneigung. Fakt aber war, dass er in den nun folgenden Stunden keinen weiteren Versuch unternahm, Elke aus seinem Land zu vertreiben. Ganz im Gegenteil.

»Decken Sie heute Abend bitte für fünf Personen«, teilte er später am Nachmittag Ephraim mit, der am Hauptschalter der Seeumzäunung Wache hielt, während die Zebras etwas weiter links am Ufer tranken.

»Ja, natürlich«, sagte der glücklich. »Dann gibt es heute Würste. Die Fische wollten gar nicht beißen.«

»Das ist Ihre Sache«, sagte Karl und war schon wieder unterwegs auf die Veranda zur Mutter und den Eiern.

Ephraim machte sich gleich auf die Suche nach Alfred, den er noch immer lesend unter seinem Baum fand. Das illustrierte Konversationslexikon benutzte er mittlerweile als Kopfkissen und las ein Kinderbuch. Ein Mädchen fand die Tür zu einem Land, in das nicht jeder passte.

»Sie darf bleiben!«, rief Ephraim begeistert. »Ich soll für fünf Personen decken!«

»Na siehst du, er ist ein guter Mensch.«

»Dann können wir ja bald auch endlich weiterziehen.«

»Sicher«, murmelte Alfred. »Jetzt muss ich aber weiterlesen.«

Ungläubig sah Ephraim runter auf seinen Reisebegleiter. Dann aber dachte er an seine Pflichten und wandte sich schulterzuckend in Richtung der Hütte. Im Hinterzimmer schnarchte die junge Frau so laut, dass er in der Küche nicht allzu ruhig sein musste. Zur Feier des Tages nahm er gleich zwei Bund Suppengrün aus dem Küchenschrank und machte sich daran, das Gemüse zu würfeln. Durchs Küchenfenster sah er die Zebras trinken und Karl mit der Mutter ruhig auf der Veranda. Mit Sicherheit gab es schlechtere Orte auf dieser Welt.

Die Männer des Dorfes harrten im Schatten der Kirche aus, mittlerweile vom Fleischer mit frisch gekühltem Bier versorgt. Bei aller Trauer und Wut war der sich bewusst, dass hier niemand an Elkes Griff in die Kasse glaubte. Nur gab es kein Zurück mehr. Die Polizei suchte die Flüchtige, das Volk würde schon schweigen, wenn es ihm gutging. Und die mit Bier begossene Verbrüderung der Klassen gelang tatsächlich, so einig war man sich, dass ihre letzte Frau nicht einfach fliehen durfte und keinen Grund hatte dazu. Womöglich war sie ja entführt worden von Einbrechern, die der armen Kleinen dann den Brief diktiert hatten!

Hubertus konnte all dem wilden Spekulieren gar nichts abgewinnen. Zu groß und schmerzhaft war die Leere, die er in und um sich spürte. Bei allem Glauben und Gerede war es nur Elke, um die sein Leben kreiste, seit er beruflich nicht mehr in die Pedale treten durfte und die Schulter schmerzte. Mit aller Vehemenz lehnte er Biere und Gespräche ab und ging schließlich nach Hause, um sich auszuruhen, wie er sagte. Man protestierte zwar, ließ ihn dann aber gerne gehen. Mit seiner Ruhe störte er die Stimmung.

Auch die am späten Nachmittag nicht mehr ganz so wuchtige Hitze ließ Hubertus wanken, als er aus dem Schatten der Kirche trat. Tief atmete er durch, sah sich kurz um, ob nicht gerade der Bus aus der Stadt käme, und setzte schließlich einen Fuß vor den anderen, um den Dorfplatz zu überqueren und in die Hauptstraße einzubiegen, deren Häuser wieder Schatten spendeten. Er konnte sich das nicht vorstellen. Dass auch Elke endgültig verschwunden sein sollte oder hier im Dorf geklaut hatte und was das alles bedeutete. In ihm war eine Verzweiflung, die ihn kaum denken ließ, so unsinnig war, was ihm nach all den immer gleichen Jahren jetzt passierte. Was sollte das? Was redete der Jungvikar von Liebe, Glaube, Hoffnung, wo von dem einen wie dem anderen gar nichts zu finden war? Wer brauchte ihn denn noch? So dunkel waren seine Gedanken wie der Tag hell, in den Hubertus immer weiter ging, vorbei an seiner Wohnung, links ab von der Hauptstraße und in die Felder, schwitzend und mit ausgedorrter Kehle. Alles war unbedeutend. Man musste es akzeptieren, wenn man verloren hatte. Manche Menschen wurden nicht gebraucht. Schlimm war das Überflüssigsein nur für einen selbst. Und wer war man, sich da noch zu beschweren? Wen interessierte es, dass seine Schulter drückte wie verrückt und seine Brust sich immer enger zog um seine Lunge, dass er kaum Luft bekam? Langsam ging er weiter, setzte Fuß vor Fuß auf den verdorrten Boden, entfernte sich stetig von dem Ort, aus dem so viel verschwunden war in letzter Zeit. Wenn er doch auch einfach hätte verdunsten können wie das Wasser, das Haus der Konrads und Elke sowieso! Den Gefallen aber tat die Sonne Hubertus nicht. Stattdessen schickte sie sich wenig später an, ihrerseits das Weite zu suchen hinterm Wald am Horizont. Noch einmal legte sie abermilliardenfach gebrochen vom Staub dieser fruchtlosen Erde ihre warmen roten Arme um das geschundene Land und ließ es so vollkommen erstrahlen, dass auch Hubertus innehielt und ein wenig Hoffnung schöpfte. Er blickte zurück. Während er hier draußen schon im Schatten stand, sah er den Turm der Kirche rot scheinen. Da fiel er auf die Knie.

»Was soll man denken, was jetzt da ist und was nicht?«, fragte er vor sich hin murmelnd. »Wie soll ich das entscheiden?«

Nach und nach verglühte der Kirchturm, bis auch die Spitze selbst erlosch und das ganze Land im Schatten des Waldes lag. Nur noch der Himmel strahlte oben blau, über den Bäumen ganz zart rosa. Der Tag verschwand, so wie auch er verschwinden wollte.

»Warum kann man sich auf gar nichts mehr verlassen?«, rief Hubertus noch einmal, jetzt lauter und mit empörter Verzweiflung.

So wenig rechnete der Klagende mit einer Antwort auf seine Fragen, dass er das wild hustende Lachen zunächst kaum vernahm. Dann aber, als er sich dazu durchrang, seinen Sinnen noch einmal zu trauen, konnte er nicht glauben, dass man ihn jetzt auch noch verhöhnte. Er wollte wütend werden, wusste aber zu gut, dass er lächerlich war. Was sollte da ein Gott auch anders denken als die Menschen? Resigniert hob er den Blick, sah schon fast farblos dämmerig das wüste Land, zum Teil verstellt von einem Ungeheuer, so einem Riesenschwein, das ihm gleich gegenüberstand. Leicht spöttisch blickten ihn zwei Augen an. Die kleinen Ohren kreisten seltsam aufgeregt.

»Mir reicht's«, sagte Hubertus. »Mir reicht es wirklich! Verdammte Scheiße!«

Mühsam erhob er sich von den Knien, klopfte den Staub von der Hose und wischte sich mit dem Hemdsärmel den kalten Schweiß von der Stirn. Esmeralda aber schnaubte aufmunternd und wandte sich ab, um wieder loszutrotten, hin und her wankend in Richtung Wald. Als sie nach ein paar Metern anhielt und sich nach ihm umsah, zuckte Hubertus mit der gesunden Schulter und folgte ihr, wohin auch immer.

Bei den Männern auf der anderen Seite des Waldes herrschte unterdessen verwirrte Aufregung. Zu unglaublich war, dass ihr Flusspferd einfach verschwunden war, was sie erst nach abgeschlossener Abendwäsche der Mutter und kurz vor dem Essen bemerkt hatten.

»Sie taucht doch sicher nur«, meinte Alfred.

»Wie lange soll sie denn noch tauchen? Vielleicht ist sie ertrunken!«

»Und der Zaun?«, fragte Karl und zeigte auf ein zerstörtes Stück Zaun. »Da ist er platt getreten!«

»Sie meinten doch, den brauchen wir gar nicht!«

»Jetzt hat sie sich daran gewöhnt.«

»Wir müssen die Verteidigung organisieren«, meinte Ephraim. »Sie kann jeden Moment angreifen.«

»Was denn angreifen! Sie ist verschwunden! Meine Kleine! Ihr mochtet sie von Anfang an nicht.«

»Sie wollen doch nicht unterstellen …«

»Esmeralda!«, schrie Karl Konrad da in einer Lautstärke, die keiner von ihm erwartet hätte. »Esmeralda!«

Auch Hubertus hörte diese seltsam bekannte Stimme durch den Wald hallen. Zum ersten Mal kam er darauf, dass womöglich nicht er selbst, sondern die Welt hier verrückt war. Ganz deutlich spitzte das Wesen vor ihm seine runden Ohren, korrigierte seinen Kurs zur Stimme hin und spurtete los. Hubertus folgte mit Mühe auf der platt gewalzten Schneise, immer weiter in Richtung des Mannes, der da rief. Bis auch Hubertus dieses Schimmern sah, das jeden hier beim ersten Mal verzückte. Es war sein Glück, dass er dem Flusspferd nicht dicht auf den Fersen blieb. Nur so kam er gerade noch vom Wald verdeckt zum Stehen, als diese schwarze Masse vor ihm plötzlich abhob und mit einem lauten Platschen im Wasser landete, um gleich darauf fröhlich lachend wieder aufzutauchen. Da sah Hubertus auch die spärlich beleuchtete Hütte am Ufer des Sees und die über das Wasser führende Veranda, an deren Ende unverkennbar Karl mit seinem Tropenhelm aufs Wasser blickte. Hinter ihm standen die beiden Männer, und am Ufer, das konnte nicht sein, schimmerten golden die Haare, die er so gut kannte. Da stand wirklich Elke. So glücklich war Hubertus, dass er fast gerufen hätte. Nur währte all die Freude kurz, weil er begriff, dass sie ihm die Geschichte mit den Negern nicht geglaubt und ihn dann noch verlassen hatte und zu Karl gegangen war. Hier in den Wald, wo er anscheinend lebte.

»Dann können wir jetzt ja essen«, hörte er einen der Männer sagen.

»Ja«, sagte Karl ganz aufgeregt und glücklich. »Und legen Sie den Schalter für den Zaun schnell um.«

Während Hubertus weiter im Unterholz verharrte, reparierte Ephraim die vom Flusspferd zerstörte Stelle des Zaunes und setzte ihn dann unter Strom. Kurz verweilte er noch am Hauptschalter und blickte Esmeralda an, die im Wasser vor sich hin trieb, ganz friedlich, als sei sie tatsächlich zurückgekehrt, weil sie gerne hier lebte, und nicht um sie alle zu töten. Und es war sicher nicht die gut dressierte Dame, die diese Idylle ernsthaft in Gefahr bringen könnte. Viel zu glücklich konnte die sich schätzen, ganz allein in ihrem See, die alten Zebrafreunde aus wilden Zirkuszeiten in der Nähe und am Ufer immer etwas zu sehen. Nein, Esmeralda war mit Sicherheit nicht geflohen. Etwas hatte sie gerufen. Sie hatte folgen müssen, aus dem Wald heraus und auf die Felder, wo der dicke Mensch auf sie gewartet hatte. Sie war von allen wohl am glücklichsten darüber, ihre Mission so schnell erfüllt zu haben.

In der Hütte rückten sie etwas enger zusammen, so dass Elke bequem Platz am Tisch fand. Wie angekündigt gab es Wurst im gut gewürzten Eintopf, den sie alle glücklich schlürften, ganz erschöpft von diesem unglaublichen Tag. Immer wieder sah man, dass der eine oder andere den Blick hob, als sei das etwas viel des Glückes, um es einfach zu glauben. Alfred, Ephraim und sicherlich auch Mutter Konrad hatten natürlich noch ganz andere Gründe, so neugierig und zugleich heimlich hochzugucken. Die Frage stand im Raum, was Elke wollte und wie Karl genau beteiligt war an ihrem Umstand und was er davon hielt und überhaupt. Nur gab das Verhalten der beiden keinerlei Hinweis, und auch ein noch so allmächtiger Außenstehender, der wie auch immer in ihre Köpfe hätte blicken können, wäre nicht in der Lage, mehr dazu zu sagen. Sie wirkten sehr zufrieden, hier zu sein. Und so verkniffen sich die Anwesenden die Fragen und bald auch die Blicke.

15.

Wirklich ärgerlich war, dass er den Ventilator in die Kirche gebracht hatte. Denn da zog es Hubertus in den auf seine Entdeckung folgenden Tagen und Wochen gar nicht hin. Er musste begreifen, was er draußen auf dem Feld und am Ufer des Sees nicht nur gesehen, sondern auch gefühlt hatte. Es gehe ihm gut, hatte er schon mehrmals durch die Wohnungstür hindurch dem Jungvikar versichert, der sich besorgt nach ihm erkundigte. Er brauche einfach Ruhe, was ja sogar stimmte, auch wenn er nicht sagen konnte oder wollte, woher dieses Bedürfnis ihn so plötzlich angefallen hatte. Den Ventilator brachte der Jungvikar ihm bei aller Besorgtheit aber nicht zurück.

Tag für Tag lag Hubertus auf seinem schweißnassen Kunstledersofa, das bei jeder noch so kleinen Bewegung ganz herzzerreißend quietschte, als sei es irgendein Tier, wie dieses Monster, das auf sein Gebet gehört hatte, und diese Zebras an dem See mit der Veranda und vor allem Elke! Fest stand jedenfalls, dass er wirklich Karl mit den zwei Männern auf der Straße gesehen hatte, ehe er so schmerzhaft auf die Schulter gefallen war. Deren Schuld stand außer Frage. Sicher war auch, dass das Haus nicht ganz verschwunden, sondern umgezogen war und weder Karl noch seine Mutter weg nach Afrika gemacht hatten. Das waren alles Fakten, die man verstehen konnte, wenn man denn bereit war, die Dinge hinzunehmen, wie sie waren. Schwieriger war das mit Elke. Wenn sie bei denen lebte, hieß das doch, dass sie die ganze Zeit über gewusst hatte, was vor sich ging. Also hatte sie gelogen, und mehr noch, sie hatte ihn bloßgestellt, ihn ein ums andere Mal ganz dumm dastehen lassen vor den anderen. Das sollte sie ihm büßen! Gerade an diesem klaren Schlusspunkt seines Räsonnements wurde es jedoch kompliziert, weil er nicht annähernd so wütend fühlte, wie er dachte. Endlich war sie wieder da, hinter dem Wald am See! Bestimmt hatte sie ihm damals ohne Absicht die Unwahrheit gesagt, die viel zu herrliche Verräterin! So schwankend zwischen Glück und Wut, glitt Hubertus auch an diesem Tag in den Nachmittagsschlaf hinein.

Er hatte vielleicht zwei Stunden lang geruht, als sein Tagesschlaf plötzlich viel unruhiger geriet als sonst. So feucht war die heiße Luft, als braute sich etwas zusammen. Hubertus spürte, wie das Hemd ihm aufgeknöpft wurde, er schmeckte die Brust zwischen den Lippen, köstlich glibschig in der Hitze und ganz salzig wie die Schwarte. Seufzend frohlockte er, als ihn der viel zu enge Hosenzug nicht mehr drückte und Elke hinter dem Gebirge seines Bauches im Tal der Scham lustwandelte. So schön war das, was man sich sonst kaum vorstellen konnte, wenn es endlich passierte.

Kaum war Hubertus aufgewacht, war selbst die Erinnerung an das erlebte Glück verdorben. Denn gleich darauf, noch war Elke ganz präsent in seinem viel zu heißen Zimmer, fragte er sich, warum sie nicht wirklich hier bei ihm sein konnte und womit Karl Konrad das verdiente, dass sie mit ihm in den Wald ging? Gerade dieser Spinner, der ihn so schlecht behandelte, der nicht mal Arbeit hatte! Schrecklich schmerzte die Schulter, weil er im Schlaf den falschen Arm bewegt hatte zum Rhythmus seines Traumes, verdammt! So durfte er nicht länger mit sich umgehen lassen. Hubertus wälzte sich dynamisch auf die Seite, um die Beine eines nach dem anderen auf dem Langhaarteppich abzustellen und endlich aufzustehen. Jetzt sah er plötzlich klar, dass nicht nur Karl und Elke, sondern alle ihn zum Narren hielten. Und das noch viel respektloser, seit er nicht mehr im Dienst war. Sogar auf den Kirchenmenschen war er reingefallen.

Hastig nahm Hubertus das Hemd vom Sessel, stieg in die kurzen Hosen, zog Tennissocken über und schob die Füße in die offenen Sandalen. Noch eine Weile brauchte er, um Wasser aus dem tröpfelnden Hahn in sein Gesicht zu befördern, ein Glas Milch zu trinken, ein Brot mit Knoblauchwurst in sich hineinzustecken. Durchs Fenster sah er den späten Bus aus der Stadt vorbeifahren. Als er das Haus endlich verließ, dämmerte es bereits. Wenig überraschend fand er die Hauptstraße verlassen. Was Hubertus nicht bemerkte, waren die dunklen Wolken am Horizont. Die ersten Wolken überhaupt seit Monaten. Er wandte sich nach rechts in Richtung Adler, jetzt nicht mehr ganz so wütend und um nichts weniger entschlossen.

Etwas hatte sich verändert im Schankraum. Manfred, Ray, der Jungvikar, der alte Heinze und der Fleischer saßen links am Tisch direkt am Fenster, und genau aus der Richtung erreichte Hubertus ein angenehmer Luftzug, der ihm bekannt vorkam. Nur passte dieser kühle Wind hier gar nicht her. Oschi und sein Trinkkumpan standen mit ihrem Flaschenbier am Tresen, was ihn aber nicht interessierte, da er an der Decke über den Männern seinen Ventilator hängen sah, wenn ihn nicht alles täuschte.

»Hubertus«, lächelte der Jungvikar. »Schön, dich zu sehen!«

»Was haben Sie denn da gemacht?«

In Hubertus machte sich wieder die ganze Wut bemerkbar, weil der Beweis zu eindeutig im Raum hing.

»Was denn gemacht?«

»Den Ventilator meine ich. Das ist mein Ventilator!«

»Ja, den hast du mir doch gebracht.«

»Aber sicher nicht hier in die Kneipe, oder?«

»Was ist denn los? Wie redest du? Schön, dass du wieder da bist!«

»Bier?«, fragte Ray.

»Komm, ich hol dir zwei Stühle«, sagte Manfred.

»Oder ist das hier die Kirche oder was?«, beachtete Hubertus sie gar nicht. »Wollt ihr mich noch weiter verarschen?«

»Aber Hubertus«, sagte der Jungvikar, der aufgestanden war und ihm die Hand auf die verletzte Schulter legte. »Wer sollte dir denn Böses wollen?«

»Hände weg, Pfaffe!«, rief er und stieß ihn von sich. »Ihr habt es doch alle gewusst!«

»Was sollen wir gewusst haben?«

»Ich weiß schon lange nichts mehr.«

»Schon gar nicht, wie so ein Gezapftes gut gekühlt schmeckt.«

»Ruhe!«, brüllte Hubertus. »Schweinebande!«

»Reiß dich zusammen«, wies der Fleischer ihn zurecht.

»Sonst setzt es Dresche«, meinte der alte Heinze.

»Was sollen wir denn gewusst haben?«, versuchte es der Jungvikar erneut.

»Lass ihn doch, der ist doch durchgeknallt mit all dem Fett bei dieser Hitze.«

»Wegfrittiert das ganze Hirn.«

»Geschmolzen eher.«

»Butterweich.«

»Ihr redet mir nicht ein, dass ich bescheuert bin! Alles hab ich gesehen!«

»Wer hat denn hier gesagt, dass du bescheuert bist? Und was hast du gesehen?«

»Elke hat gesagt, ich sehe Dinge, die gar nicht da sind. Aber die sind doch da!«

»Elke hat viel gesagt und ist schon lange weg.«

»Weg ist die gar nicht. Auch die ist da!«

»Natürlich ist sie weg. Abgehauen in der Nacht, das weißt du ganz genau.«

»Ihr lügt!«

»Wir lügen nicht.«

»Ich auch nicht.«

»Keine Ahnung, wo sie ist.«

»Die Polizei hat sie auch nicht gefunden.«

»Jetzt komm schon, Hubi, nimm ein Bier.«

Hubertus wurde etwas ruhiger. Zu deutlich drängte sich bei aller Wut der Gedanke auf, dass es ja wirklich allein Elke und Karl waren, die ihm übel mitspielten. Womöglich war die Herversetzung seines Ventilators doch kein schlüssiges Indiz dafür, dass sich alle gegen ihn verschworen hatten.

»Das heißt, ihr wisst nicht, wo sie ist?«

»Woher denn?«

»Und Karl Konrad?«

»Keine Ahnung.«

»Ist mir schnuppe.«

»Und die Mutter?«

»Lebt die noch?«

»Und diese beiden schwarzen Männer?«

»Jetzt fang nicht wieder mit den Schwatten an!«

»Und so ein Riesenschwein? Und die gestreiften Pferde, die man Zebras nennt?«

»Was ist denn nur passiert mit dir, Hubertus? Jetzt setz dich endlich hin.«

»Hier sind zwei Stühle.«

»Das ist die Hitze, ist doch klar.«

»Ihr wisst nicht, wo die alle sind?«

»Jetzt ist aber mal gut.«

»Du solltest dich nicht aufregen.«

»Verdammt seid ihr! Vollkommen blind! Das ganze Haus der Konrads steht im Wald an einem See! Sogar eine Veranda haben die!«

»Klingt ja ganz paradiesisch.«

»Zu schön, um wahr zu sein.«

»Ich hab es selbst gesehen!«

»Ich sag es doch«, meinte Oschi. »Aber hier will ja keiner glauben.«

»Du halt dein Maul und sauf!«

»Komm, Hubertus«, sagte schließlich der Jungvikar, als diese Diskussion einfach kein Ende nehmen wollte. »Dann zeig mir doch mal, wo die alle sind.«

Hubertus zögerte kurz, als fürchte er, dass man sich wieder nur über ihn lustig machte. Doch er spürte, wie sehr ihn dieser ganze Wutausbruch erschöpft hatte, wie unangenehm ihm all die Blicke waren, denen er sich nach den stillen Tagen seiner Einkehr ausgesetzt hatte.

»Ihr werdet euch noch wundern«, sagte er ruhig. »Ihr werdet euch noch wundern.«

Kaum hatten sie den letzten beleuchteten Hauseingang der Dorfstraße passiert, liefen Hubertus und der Jungvikar in vollkommener Finsternis, so dicht verdeckten die immer tiefer hängenden Wolken noch den letzten Stern. Bei allem Gottvertrauen war sich auch der Kirchenmann nicht sicher, ob es vernünftig war, mit einem offensichtlich verwirrten Mann aufs offene Land hinauszuwandern. Eine andere Möglichkeit hatte er aber nicht gesehen, um den ihm Anvertrauten zu beruhigen. Und so folgte er dessen wirrer Erzählung von einem Gebet und der Erscheinung eines lachenden Riesenschweins, das ihn zu Elke an den See geführt hatte, den er jetzt wiederum ihm zeigen würde, weil er doch nicht verrückt sei und ganz anders als der Jungvikar nicht an so Dinge glaubte, die man nicht sehen konnte. Dass derartige Ausführungen nur beschränkt sinnvoll waren angesichts der sie umhüllenden Finsternis, in der so gut wie gar nichts mehr zu sehen war, erkannte nur der Jungvikar. Hubertus war zu mitgerissen von sich selbst, zu konzentriert darauf, den rechten Weg zu finden, während in gar nicht weiter Ferne der erste Donner grollte.

Wenige hundert Meter weiter, in Karl Konrads Afrika, blieb man unterdessen auch nach dem Abendessen gemeinsam im Hauptraum des Hauses, zu wenig überzeugend waren die Dachkonstruktionen der anderen Räume angesichts der ungemütlichen Wetterlage. Während die Mutter bereits auf ihrem Sofa schlummerte, die großen Eier sicher unter ihrer Decke gebettet, saßen die drei Männer mit Elke um den Tisch herum und spielten nach nicht allzu komplizierten Regeln Karten.

»Spiel schon, Efie! Das ist hier kein Schach«, sagte Alfred.

»Hört ihr das?«, fragte der. »Das wird ein Unwetter, vielleicht die Regenzeit, und du darfst bitte sehr zwei ziehen.«

»Vier«, sagte Alfred.

»Sechs«, sagte Elke.

»Sechs«, murmelte Karl, der nicht ganz bei der Sache war.

Nachdem er sich sechs Karten vom Stapel genommen und die neue Runde eröffnet hatte, sah er schon wieder in Richtung der Mutter, dann zu Elke hin. Karl war besorgt. Er fühlte sich verantwortlich. Die Freude auf möglichen Regen wurde verdrängt von der Angst vor dem Unwetter. Schon die Wolken am Himmel hatten ihn beunruhigt. Auch wenn es zu Afrika laut Aussage der beiden Männer dazugehörte, dass es zu bestimmten Zeiten regnete, war er sich nicht sicher, was er davon halten sollte. Zu deutlich zeigten die Wolken, dass das Wetter nicht immer bleiben würde, wie es schon so lange war. Und jetzt auch noch das Donnern. War die herrliche Unordnung seines neuen Landes womöglich nur so schön, weil alles Drumherum so unverrückbar hielt? Der Boden, auf dem alles stand, ganz festgebacken war?

»Nur keine Sorgen, Meister«, sagte Alfred. »Uns wird hier nichts passieren.«

»Was soll uns auch passieren?«, fragte er.

»Gar nichts, und deshalb spielen Sie endlich.«

Karl ließ den Blick über sein Blatt wandern. Gerade griff er nach der Dame, um gemäß der Regeln Herz zu bedienen, als ein wüster Knall die Hütte beben ließ. Ein Brett von der Decke fiel krachend zu Boden, gleich neben dem Sofa. Da warf Karl die Karten hin, sprang auf, griff nach dem Stuhl und hielt ihn schützend über seine Mutter.

»Von wegen nichts passieren!«, rief er.

»Das ist lediglich Verkleidung. Die ist in keiner Weise tragend.«

»Weh tut das trotzdem.«

»Wurde jemand getroffen?«

»Abgesehen vom Boden niemand.«

Skeptisch inspizierte Karl die Decke des Raumes und ärgerte sich über sich selbst, dass er nicht alles überprüft hatte, weil er sich um die Tiere hatte kümmern müssen. Immerhin konnte er erleichtert feststellen, dass der Rest der Konstruktion stabil aussah.

»Den Tisch«, sagte er noch in Gedanken. »Den Tisch über das Sofa. Mama kann nicht so schnell rauslaufen wie wir.«

Die beiden Männer schauten skeptisch erst zu Karl und dann zu Elke, als könnte sie ihn vielleicht beruhigen.

»Klingt vernünftig«, sagte sie. »Da können wir dann weiterspielen.«

Also hoben Alfred und Ephraim den schweren Holztisch so über das Sofa, dass die Mutter gut geschützt einfach weiterschlief. Dann nahmen sie wieder Platz. Ganz zufällig saß Karl gleich neben Elke, die ihm im Laufe der folgenden Partien hin und wieder, es war kaum zu glauben, zärtlich beruhigend über die braungebrannte Hand strich.

Hubertus und der Jungvikar hatten sich auf ihrer Expedition zu diesem Zeitpunkt längst im Unterholz des Waldes verloren, in den nun gar kein Licht mehr drang. Zum Glück schnaufte und keuchte Hubertus so laut, dass sein Begleiter keine Angst haben musste, ihn zu verlieren. Denn sosehr der Jungvikar auch meinte, geistigen Halt geben zu können, ertrug er dieses Herumirren durch die Finsternis nur dank der massiven körperlichen Präsenz seines Führers. Als Stadtmensch witterte er hinter dem allzu konkret Nichtsichtbaren nur Unheil. Da war mit Glauben nichts zu machen. Er musste sich zwingen, ruhig zu atmen. Immer näher kam das Donnergrollen, ohne dass man einen Blitz hätte sehen können.

Hubertus lief mit jedem Schritt zielstrebiger ins Nichts hinein, weil da ganz einfach sein musste, was er gleich zeigen würde zum Beweis. Viel zu groß war in ihm die Freude darauf, dass die Dinge sich wieder ordnen würden. Für Zweifel war da gar kein Platz. Und wenn es dazu unwettern wollte, sollte es gerne. Donner, Blitz und Regen waren nichts, vor dem er sich noch fürchtete. Als dann aber dieser Schlag herniederfuhr, der nicht viel weiter in der Hütte das Brett zu Boden fallen ließ, erschrak er doch ein wenig, wenn auch zeitversetzt, da ihn der Jungvikar anfiel. Zitternd hing der ihm plötzlich auf dem Rücken. Der Vollbart kratzte stachelig in seinem Nacken.

»Oh«, meinte der Jungvikar. »Da bin ich wohl gestolpert.«

»Folgen Sie mir einfach. Es ist nicht mehr weit.«

Und weiter stapften sie, während das Unwetter richtig in Fahrt kam. Immer weiter elektrifizierte es die fast schon flüssig feuchte Luft, um sich in wüsten Donnerschlägen zu entladen. Wenig später fielen die ersten ausgetrockneten Äste aus den Baumkronen. Hubertus aber lief ganz unbeeindruckt weiter, hinter ihm der Jungvikar leicht panisch, aber unfähig zu beten, weil er zu sehr damit beschäftigt war, Schritt zu halten und zu überdenken, was passieren würde, wenn ein Blitz hier in die Bäume führe und all das Holz entflammte. Denn das Schwerstverwirrende war, dass es nicht regnete. Kein Tropfen. Nichts. Immer weiter liefen sie durch diesen herrenlosen Wald, riskierten ihr Leben, um ein Land zu finden, das es womöglich gar nicht gab. Viele Donner später wurde dem Jungvikar bewusst, dass er leise vor sich hin sang, wovon Hubertus in diesem endzeitlichen Getöse gar nichts hörte.

Herr, deine Liebe ist wie Gras und Ufer …

In den folgenden Stunden nahm das von niemandem vorhergesagte Unwetter Ausmaße an, die auch im Adler nicht unbemerkt blieben, so wackelten die Scheiben in den schlecht verkitteten Fenstern. Einen aufs Haus ausgeschenkten Schnaps in der Hand, traten die Männer in die offene Tür und erwarteten den Regen, während die ersten Dachziegel von den Häusern rutschten und zerschellten. So stark bliesen die Böen aus allen Himmelsrichtungen, dass keiner sich raus auf die Straße wagte. So wuchtvoll fuhr die Luft auch durchs Gemäuer des Kirchturms, dass die alte Glocke ganz von selbst zu läuten begann. Immer wieder schlug Metall auf Metall und brachte die wild strömenden Luftmassen noch in ganz andere Schwingung. Weit hallte das Läuten über das trockene Land, als wollte es den Menschen etwas sagen.

16.

»Was ändert sich denn bitte an der Situation, wenn wir wissen, wie kalt es jetzt genau ist?«, fragte Alfred und zerrte eine weitere Planke aus den Überresten des in sich zusammengefallenen Hinterzimmers der Hütte.

»Wir brauchen Fakten«, stöhnte Ephraim, der an einem der zerdrückten Umzugskartons rüttelte, bis der Griff einriss. »Wir müssen das weitere Vorgehen auf Faktenbasis diskutieren.«

»Verdammte Fakten«, schimpfte Alfred. »Als würde der Mann sich für Fakten interessieren.«

»Eben deshalb braucht er uns. Und jetzt pack an! Irgendwo muss es doch sein.«

Abgesehen vom Hinterzimmer und der Veranda hatte Karl Konrads Siedlung das Unwetter der vergangenen Nacht überraschend gut überstanden. Sogar die sanitären Einrichtungen und die Umzäunung des Sees hatten den Naturgewalten standgehalten. Was genau die klimatisch so dramatischen Stunden in den Menschen angerichtet hatten, war hingegen noch nicht abzusehen. Karl für seinen Teil hatte verkündet, dass er vorerst nicht mehr von der Seite seiner Mutter weichen würde, wo ihm Elke auch angesichts der kühlen Temperaturen gerne Gesellschaft leistete. Zu dritt saßen sie auf dem wieder vom Tisch befreiten Sofa, auf ihren Beinen alle auffindbaren Decken, zwischen den Schenkeln die Straußeneier, von deren Existenz Alfred und Ephraim noch immer nichts wussten. Doch selbst wenn sie mittlerweile mitbekommen hätten, was da so ausgebrütet wurde, es hätte sie kaum interessiert. Zu verwirrt waren sie darüber, dass anstelle des erwarteten Regens diese in den Knochen schmerzende Kälte niedergegangen war. Selbst die alten Wollpullover von Vater Konrad boten dagegen kaum Schutz.

»Hier muss ein Irrtum vorliegen«, sagte Ephraim. »Der Meister meinte, das Wetter in der Heimat sei niemals extrem, immer gemäßigt und berechenbar. Das kann so nicht sein!«

»Ich friere trotzdem«, sagte Alfred. »Ganz gleich, ob das nun sein kann oder nicht.«

Ephraims leicht starrsinniges Festhalten an der von Meister Mertens propagierten Version des Landes und seiner Gepflogenheiten schien angesichts der aktuellen Lage verglichen mit Alfreds Schönwetter-Optimismus die weniger deprimierende Lebenseinstellung. Mit vor Kälte zitternden Händen war es einfach viel schwieriger, ruhig zu bleiben und dem Lauf der Dinge zu vertrauen. Deshalb war Alfred dankbar für die Ablenkung und hievte bereitwillig aus dem Trümmerhaufen den nächsten Karton, den Ephraim gleich öffnete, um einen Blick auf den Inhalt zu werfen.

»Dieses Chaos«, seufzte er. »Dabei schien es bei ihm zu Hause ganz ordentlich. Und jetzt so etwas!«

»Er wird wohl immer afrikanischer«, meinte Alfred.

Als wollte sie sich über all das lustig machen, ließ Esmeralda aus der Mitte des die Wärme speichernden Sees ihr fröhlich grunzendes Lachen hören und prustete eine hübsche Fontäne. Die Zebras standen auffällig unbeweglich am Rand des Waldes. Die Jahre im Zirkus hatten sie derart von ihren Urinstinkten entfremdet, dass sie auf die Gefahr des Gewitters nicht mit Flucht reagiert hatten, sondern in Schockstarre verfallen waren, die jetzt nur langsam wieder aus ihren Gliedern wich. Auch sie merkten, dass sich etwas verändert hatte in ihrer neuen Heimat. Trotz fortgeschrittener Vormittagsstunde schien es gar nicht mehr angebracht, im Schatten zu verweilen. Den im Zirkus immer arg verwöhnten Pferdeartigen fröstelte, ja, sie fühlten sich nicht wohl. Allein deshalb schritten sie endlich in gelöster Formation in Richtung der Hütte und gesellten sich zu Alfred und Ephraim, die fündig geworden waren.

»Unfassbar!«, rief Ephraim und hielt das gusseiserne Thermometer in den Schatten. »Knapp sieben Grad Celsius. Tiefster Winter ist das! Ein Temperatursturz wie in Afrika!«

»Es wird schon wieder wärmer«, meinte Alfred, der mit jedem Sonnenstrahl ein Stück seines Gleichmuts zurückgewann.

»Faszinierend!«, rief Ephraim. »Einfach faszinierend!« Ohne seinen Partner weiter zu beachten, grub er sich weiter durch den Haufen, aus dem er wenig später Stift und Papier ans immer freundlichere Tageslicht beförderte. Und so begann Ephraim die meteorologischen Aufzeichnungen in Karl Konrads heimlichem Afrika ziemlich genau zur Mittagszeit dieses so denkwürdigen Herbsttages. Wie jeder andere Entdeckungsreisende vor ihm, passte auch er seine wissenschaftliche Methode dem Machbaren an und ergänzte die Daten für die zurückliegenden Wochen aus dem Gedächtnis. Fasziniert betrachtete er den plötzlich steilen Abfall der Temperaturkurve, die er in den dann folgenden Stunden aber schon wieder höher klettern ließ mit sanftem Schwung, wie das Quecksilber es ihm diktierte. Immer weiter näherte man sich dem Niveau des Vortages und all der heißen Tage zuvor.

Niemand konnte zu diesem Zeitpunkt wissen, dass die Temperaturen nie wieder so hoch steigen würden wie in den vergangenen Wochen. Hubertus aber ahnte es, als fühlte sein Körper, dass er das Allerschlimmste überstanden hatte, während er mit schwitzenden Wurstfingern mühselig die Post aus dem Briefkasten der Konrads herausfummelte. Nach mehreren Ausgaben des in Folie eingeschweißten Fernsehprogramms hielt er endlich auch den einen Brief in der Hand, den ein strahlendes Logo als Schreiben des privaten Wasserversorgers identifizierte. Die gleiche Sendung hatte auch er selbst erhalten. Unsinniges Geschwafel von wegen Modernisierungsmaßnahmen, Effizienzsteigerung, Nachhaltigkeitsimplementierung, was auch immer das sein sollte. Als müsste man groß Worte verlieren, wenn kein Wasser aus der Leitung kam. Unten im Briefkasten entdeckte Hubertus durch den Spalt zwischen Rahmen und Türchen spähend noch eine Sendung, die er nicht recht einordnen konnte. Er zögerte, den Kasten einfach auseinanderzunehmen. So weit reichte seine Entschlossenheit letztlich nicht, so sicher er sich seit den kalten Morgenstunden auch war, das Richtige zu tun. Diesmal würde ihn kein Feigling wie der Jungvikar zur Umkehr bewegen! Mit hohlen Worten von wegen allein der Glaube sei doch alles und das Wesentliche unsichtbar.

In der Nacht hatte Hubertus widerwillig nachgegeben. Überstürzt waren sie durch den Sturm zurück die Landstraße entlang und in den Adler, wo er Ziel des ganzen Spotts gewesen war. Er hätte gar nicht sagen können, was schlimmer war, die bösartige Beschimpfung durch die Besoffenen oder das süßliche Geschwafel des Kirchenmanns, der ihn letztlich auch nur für verrückt erklärte. Keiner interessierte sich eigentlich für das Land, das er entdeckt hatte. Da hatte er sich auf den Weg gemacht, zu seinem Sofa und in eine schlaflos verzweifelte Nacht. An deren Ende erwartete ihn der Morgen mit einer ganz klaren Erkenntnis. Wenn Karl wirklich da draußen lebte und keiner davon wusste, dann brachte ihm auch niemand seine Post, und das durfte nicht sein. Hubertus war von Anfang an klar gewesen, dass sein Nachfolger mit oder ohne Kraftfahrzeug es niemals schaffen würde, seine Route so zu bedienen, dass jede Sendung dahin gelangte, wo sie hingehörte. Allein mit Vorschriften kam man nicht zum Ziel, und wenn die noch so neu waren! Und deshalb hatte er an diesem Morgen die alte Dienstjacke, die man ihm zum fünfundzwanzigjährigen Dienstjubiläum geschenkt hatte, angezogen, um dann ganz fröhlich und fast ohne Schmerzen in der Schulter durchs Dorf und zu den Konrads hinzufahren. Natürlich stand da lange schon kein Haus mehr, noch aber hing der Briefkasten am Gartenzaun zur Straße, in dem jetzt noch die eine Sendung steckte.

Hubertus ging in die Hocke und stemmte das Türchen des Briefkastens mit seinem Haustürschlüssel weitestgehend in die Höhe. Zwar konnte er die aufrecht im Halbdunkel stehende Sendung nicht greifen, aber er wollte zumindest einen genaueren Blick hineinwerfen und herausfinden, was genau sich da seinem Zugriff entzog. Mit ganz verdrehtem Hals presste er sein rechtes Auge auf das kühle Eisen und konzentrierte sich darauf, das viel zu nahe stehende Objekt zu fokussieren. Bald schon sah er unwirkliche Bilder. Bäume standen da. In all dem Schatten schien die Sonne, reckte ein Tier den Kopf auf viel zu langem Hals weit in die Höhe. Ganz hektisch mit den Augen zwinkernd, fiel Hubertus rücklings in den Staub. Verwirrt blieb er sitzen und sah zu beiden Seiten hin den ungepflegten Gehweg runter. Zum Blütenstaub hatten sich die ersten Blätter gesellt. Lauter kleine Botschaften, mit denen sich der Herbst ankündigte. Hubertus dachte an den Tag, an dem er Karl mit den Schwarzen im Schatten dieser Bäume gesehen hatte. Was seitdem nur geschehen war? Zum Glück erinnerte er sich an seine Mission, ehe er weiter ins Grübeln kam. Er hatte keine

Zeit zu verlieren, und es gab keinen Grund, jetzt allzu offensichtlich straffällig zu werden durch gewaltsames Öffnen des *Privatpostsendungsendbestimmungsobjekts,* wie es fachlich richtig geheißen hatte in der Ausbildung. Er rappelte sich auf und erklomm mit den Postsendungen, die er hatte erreichen können, ganz tatenfroh sein Fahrrad. Kurz sah er sich noch einmal um zum Briefkasten, während er schon schnell an Fahrt gewann.

Im Licht der schon wieder schweißtreibenden Mittagssonne besehen, schien die nächtliche Panik des Jungvikars fast nachvollziehbar. Zahlreiche Bäume am Rande des Waldes streckten sich entwurzelt auf den vertrockneten Feldern aus, das ganze Unterholz, durch das Hubertus auf Esmeraldas Fersen noch so leichtfüßig spaziert war, schien undurchdringlich. Nachdem er sein Fahrrad am Rand der Landstraße hatte stehen lassen, war Hubertus zielstrebig über die Felder geschritten, um jetzt umso heftiger auf diese grüne Wand zu stoßen. Das durfte nicht wahr sein! Genau hier war er geschmeidig in und durch den Wald geglitten. Noch einmal blickte er sich um, sah hinter sich die Kirchturmspitze in der Sonne blitzen, als wollte die ihn noch einmal zurückrufen, ihm sagen, wo er hingehörte. Dann aber stürzte sich Hubertus mit Anlauf einfach rein in die wild kratzende und stechende Finsternis. Schnaufend arbeitete er sich durch dornige Büsche, überwand gefallene Baumriesen und drang so immer weiter vor, als wüsste etwas in ihm ganz genau, wohin er laufen musste.

Ephraim wollte nicht glauben, was er kurz darauf nur ein paar Meter von der Hütte entfernt aus dem Busch stürzen sah. Panisch ließ er ab von seinem Thermometer und rannte zu Alfred, der sich in eine Decke gehüllt schon wieder der Lektüre widmete.

»Da ist das Flusspferd!«

»Esmeralda?«

»Der Dicke mit dem Fahrrad!«

»Bei uns im Wald?«

Als auch Alfred Hubertus mit zerkratzten Wangen und ganz irrem Blick am Waldrand stehen sah, sprang er auf und eilte zur Hütte.

»Wir werden angegriffen!«, rief er aufgeregt ins Halbdunkel hinein.

»Das ist jetzt wirklich nicht der passende Moment«, zischte Karl Konrad. »Ruhe jetzt!«

»Aber …«

»Ruhe, verdammt noch mal!«

»Da draußen …«

»Psst!«

Alfreds Augen passten sich langsam an die Lichtverhältnisse an und schickten Signale an sein Hirn, die dieses nicht begreifen konnte und die es schon gar nicht mit dem Karton in Verbindung brachte, den Karl seit Wochen so auffällig unter der Decke seiner Mutter versteckte. Karl und Elke knieten vor dem Sofa, auf dem verzückt lächelnd Mutter Konrad saß, zwischen den Beinen all die Straußeneier. Ein erster kleiner Schnabel stach gerade durch die sanft scheinende Schutzwand.

Knackend tat sich ein Loch auf, erschien ein Kopf, der hinter sich den schlanken Schlangenkörper herzog. Ein Hals war das, dem kurz darauf ein runder Körper folgte. Jetzt drängte auch Ephraim in die Tür und starrte nicht weniger verzaubert auf das phantastische Naturtheater. Keiner der Anwesenden interessierte sich noch für Hubertus, dessen Kopf in diesem Augenblick im offen stehenden Fenster auftauchte, wild schwitzend, aus vielen Wunden blutend und nach kurzer Zeit nicht weniger verzückt lächelnd, da ein zweites Straußenkind sich daranmachte, in die Welt hineinzukommen. Sechs Wochen auf den Tag genau waren vergangen, seit Karl die Eier seiner Mutter anvertraut hatte, sechs Wochen, in denen aus welchen Gründen auch immer das Unmögliche geschehen war, so dass Karl Konrads Afrika nun seine ersten Eingeborenen begrüßen durfte. Unbeholfen torkelten die beiden auf den Knien der Mutter herum, kletterten auf die noch unversehrten Eier, aus denen kein weiteres Leben zu folgen schien, präsentierten sich den starrenden Augen, die alle wenigstens ganz leicht feucht glänzten.

Karl Konrad erlebte in diesen wenigen Minuten ein Glück, von dem er in seinem bisherigen Leben nicht den Ansatz einer Ahnung auch nur geträumt hatte. Da hatte er sich etwas vorgenommen und dem Vornehmen auch Taten folgen lassen, einfach so, ganz ohne festgelegten Plan, und plötzlich war da Leben. Kaum begriff er, was er geschaffen hatte, da wurde er schon überwältigt von der Angst um das Gewordene. Er dachte an die Nacht, den Sturm, die Menschen im Dorf und an Hubertus, der im Fenster stand und glotzte.

»Was denn?«, bellte Karl aggressiv. »Was willst du hier? Woher weißt du überhaupt?«

»Das Riesenschwein hat mich geführt.«

»Und wissen die im Dorf Bescheid?«

»Nichts wissen die. Nichts glauben die.«

»Wieso?«

»So eben.«

»Hast du geredet oder nicht? Hast du nicht schon genug zerstört?«

»Jetzt lass ihn doch, warum sonst wäre er allein gekommen?«, sagte Elke und legte Karl die Hand auf die Manschette.

»Er soll sich einfach raushalten, der Schnüffler. Was geht ihn denn mein Leben an?«

»Ich bring doch nur die Post«, sagte Hubertus. »Weil der Neue nicht weiß, wohin du verzogen bist.«

»Was brauche ich noch Post?«

»Ist schon gut, Hubi«, sagte Elke.

»Nichts ist gut! Der soll verschwinden! Das ist mein Land! Und hier bestimme ich!«

»Es reicht, Karl«, sagte sie ruhig. »Mit dem Geschrei bringst du die Kleinen völlig durcheinander.«

»Sie haben noch nicht einmal Namen«, sagte Alfred.

»Und einen Namen sollten sie haben«, sagte Ephraim.

Heftig atmend sah Karl in die Runde, versuchte, diese viel zu große Angst und Wut und Liebe irgendwie zu kontrollieren. Er wusste nicht, wie, und setzte sich neben die Mutter, den Blick starr auf den Kleinen.

»Hier ist die Post«, sagte Hubertus, holte den Brief und die Programmzeitschrift aus seiner Tasche und reichte sie durchs Fenster. »Bis morgen dann, also, falls etwas für Konrad mit dabei ist.«

»Ja«, lächelte Elke. »Und bitte, vielleicht kannst du mir verzeihen.«

»Was denn verzeihen?«, fragte er und sah ihr ganz direkt und offen in die Augen.

»Das mit den Dingen, die man sieht, obwohl sie gar nicht da sind.«

»Was denn für Dinge?«

»Das alles hier. Karls Afrika.«

Hubertus verharrte einen Moment im Fenster, wandte sich von Elke ab, um den Blick über die ganze Siedlung schweifen zu lassen. Glücklich über die langsam wieder sommerlichen Temperaturen liefen die Zebras im Kreis, Esmeralda blies eine Fontäne in Richtung Himmel, als wollte auch sie Hubertus davon überzeugen, dass es hier ganz sicher nicht um ihn und Karl ging. Aus dem Halbdunkel der Hütte strahlten ihn Elkes Augen an.

»Ach das«, grinste er. »Das alles gibt's doch gar nicht.«

17.

Erst zwei Wochen und ebenso viele eingeschweißte Programmzeitschriften später willigte Karl Konrad ein, Hubertus den Briefkastenschlüssel auszuhändigen. Drei weitere Tage verstrichen, ehe Ephraim diesen in einem der Umzugskartons gefunden hatte. Das Thermometer zeigte unterdessen gemäßigt sommerliche Temperaturen an. Fast hätte man das ganze Unwetter für einen bösen Spuk halten können, wenn sich die ersten Blätter nicht langsam golden gefärbt hätten. Außerdem wurde es nachts empfindlich kühl. Da Ephraim und Alfred von einem Wiederaufbau des hinteren Zimmers abgesehen hatten, um Karl bei der Aufzucht der Straußenkinder zu unterstützen, hielt sich das Leid an der Kälte in Grenzen. Zum Schlafen rückte man zusammen im letzten verbliebenen Raum des Hauses. Insofern bot das Leben in Karl Konrads Afrika Morgen für Morgen vielleicht sogar einen noch paradiesischeren Anblick als zuvor.

Hubertus kam mittlerweile auch an solchen Tagen gerne, da keine neue Post im Briefkasten steckte. Karl gefiel das überhaupt nicht, nur verzichtete er Elke zuliebe oder auch nur aus Respekt vor ihrer forschen Art auf weiteres Geschimpfe. Im Dorf genoss Hubertus seit der ereignisreichen Gewitternacht die Vorzüge, die das Irresein mit sich bringt. Niemals zuvor hatte das Bier im Adler ihm so gut geschmeckt wie jetzt, seitdem sie ihn für teils bekloppt, teils religiös hielten, was letztlich ihrer Ansicht nach nicht so verschieden war. Jedenfalls trug Hubertus seine Afrikageschichten immer noch etwas dicker auf, bis selbst der alte Heinze nicht mehr daran dachte, die Staatsmacht einzuschalten. Nicht auszudenken, wie man sich blamieren würde mit dem Dicken hier als Zeugen! Ja, Hubertus, der noch immer kalt erschrak, wenn er bedachte, dass er dieses kleine Land verraten hatte, verstand es gut, seine eigenen Worte durch maßloses Übertreiben zu entwerten, dass niemand auch nur daran dachte, selbst einmal hinter den Wald zu schauen.

»Sieben Mädchen bedienen ihn da Tag und Nacht, und wer ihm widerspricht, wird gleich an die Löwen verfüttert, die Karl nie auch nur kratzen würden«, erzählte Hubertus an diesem Abend. »Den ganzen Tag sitzt er auf seinem Thron, zwei Straußenkinder spielen um seine Füße herum, und eine blonde Prinzessin bietet sich in luftigem Sommerkleid seinen glücklichen Blicken dar.«

Hubertus war noch etwas aufgedrehter als sonst, da er den Briefkastenschlüssel in der Tasche spürte. Deshalb fand der sonst nicht so sprachgewandte Postzusteller außer Dienst all diese schönen Worte.

»Und acht Kerle, mit Muskeln und pechschwarz, die wedeln permanent mit großen Blättern. Da ist ein Ventilator nichts dagegen. Ja, das ist wie in Afrika!«

»Bei sieben Püppchen um mich rum würd ich mal mit wem anders wedeln«, seufzte Heinze und fasste sich gar nicht dezent in den Schritt.

»Ein Land, darin Milch und Honig fließt«, meinte der Jungvikar.

»Was denn für Milch?«, fragte Oschi.

»Was denn für Honig?«, fragte sein Trinkkumpan.

»Ihr haltet's Maul und sauft«, sagte Manfred.

Ray schenkte eine nächste Runde Schnäpse aus aufs Haus. Als hätte die Gewitternacht den Menschen hier die letzte Energie geraubt, hatte auch er es aufgegeben, irgendwie noch wirtschaftlich zu handeln. Er schenkte seinen Schnaps aus und hoffte, an dem Tag, da alles aufgebraucht sein würde, endlich die Kraft zu finden, sich davonzumachen. Solange lauschte er gerne den Geschichten des Dicken.

Trinken wollten sie weiterhin alle, so wenig sie auch sonst mit sich anzufangen wussten. Während der großen Hitze war es ganz normal erschienen, nichts zu tun und auch nichts zu erwarten. Jetzt aber, bei erheblich gemäßigteren Temperaturen, fiel es immer schwerer, sich das schönzureden. Selbst der Jungvikar blieb von der kollektiven Depression nicht unberührt, wobei er tief in sich den Keim der Hoffnung pflegte, dass das ausweglose Leid die Menschen letztlich den Weg zu ihm in seine Kirche finden ließe. Zwar hatte das Gemäuer erst einmal seine klimatische Attraktivität verloren, aber er blieb ehrgeizig. Er hatte keine Wahl. Er würde niemals eine andere Gemeinde anvertraut bekommen. Vorerst analysierte er Hubertus' Geschichten auf ihren biblischen Gehalt hin und fand es gerade heute Abend doch zu offensichtlich, dass der sich ein Paradies ausmalte, das es so niemals geben würde. Schließlich verabschiedete der vermeintliche Afrikareisende sich früher als üblich. Er wollte ausgeschlafen sein für den kommenden Morgen.

Zu Hause angekommen und auf dem Sofa ausgestreckt, drängte es Hubertus immer wieder, raus zum Briefkasten der Konrads zu fahren. Nur wäre das bloße Neugier, da man nachts ja nicht zustellte. Er hatte sich fest vorgenommen, den Morgen abzuwarten. So viel Berufsethos war in ihm. Ungeduldig wartete er, bis endlich der Motor des offiziellen Postzustellers zu hören war. Hastig zog er sich die alte Dienstjacke über. Die Schulter schmerzte gar nicht mehr. Kurz setzte er die Milchtüte an, um atemlos zu trinken, und eilte schließlich aus der Wohnung raus zu seinem Fahrrad. Voller Vorfreude strampelte er am Adler und der Fleischerei vorbei und um die Kirche herum. Vom Dorfausgang aus sah er den Postkraftwagen im Wald verschwinden. Aufgeregt bog Hubertus links ab in die Konradsche Straße, den Schlüssel längst in der verschwitzten Hand. Mehr als zwei Wochen hatte er auf diesen Moment gewartet.

Vor dem Briefkasten angekommen, ließ Hubertus sein Fahrrad einfach in den Staub fallen und fummelte den kleinen Schlüssel hektisch ins Schloss. Schon durch den Einwurfschlitz erkannte er, dass zunächst wieder eine Programmzeitschrift zu entfernen wäre, ehe er sehen könnte, was ihn so sehr aufregte. An keinem der vergangenen Tage war es ihm gelungen, richtig in den Kasten hineinzugucken, mehr zu unterscheiden als die Schemen dieser Sendung. Quietschend schwang das Türchen auf. Ganz von allein glitt die Programmzeitschrift hinaus auf den Boden. Mit wild rasendem Herzen erblickte Hubertus die Postkarte, die hochkant aufrecht an der Rückwand stand. Darauf waren tatsächlich Bäume, Himmel, Sonne und davor ein geflecktes Tier, das von der Statur ein wenig an Karl Konrad selbst erinnerte. Eine Giraffe. Hubertus wischte sich den Handschweiß an der Hose ab und griff nach der Karte, um sie gleich umzudrehen.

Liebe Mama, lieber Kalli,
ich komme Weihnachten nach Hause! Wollen wir Gänsebraten machen?
Viele Grüße
euer Tommy

Hubertus blickte von der Karte auf und die Straße hinunter, dann hoch in die Bäume und schließlich zwischen den Bungalows hindurch hinaus auf die Felder. Er hatte in den letzten Wochen und Monaten zu viel gesehen oder eben auch nicht gesehen, um jetzt an seinen Sinnen zu zweifeln. Obwohl er das sehr gern getan hätte. Dieses Stück glänzende Pappe verhieß einiges, aber sicherlich nichts Gutes. Nicht auszudenken, wie Karl in seinem aktuellen Zustand auf eine weitere Nachricht von seinem

Bruder reagieren würde! Und dazu die Aussicht auf die Rückkehr des Mannes, von dem Elke seit Jahren träumte, und das ausgerechnet jetzt! Womöglich würde der sie einfach mitnehmen nach Afrika! Weg wäre sie dann. Für immer. So lange Hubertus auch auf die Karte starrte, er konnte weder den wenigen Worten noch dem Foto irgendetwas Gutes abgewinnen. Da sah er neben der Giraffe plötzlich Elke in Tommy Konrads Armen und zögerte nur einen kurzen Augenblick. Auf keinen Fall! So nicht! O nein! Kaum riss er den ersten Streifen ab, verschwand das Liebespaar. Erleichtert ließ er die vom Rest des Körpers abgetrennten Füße der Giraffe in seinem Mund verschwinden. Gemächlich kauend tat er so, als sei gar nichts geschehen. Die Pappe schmeckte gar nicht mal so schlecht, nur ging es darum nicht. Den Gedanken daran, dass der Bruder vom Verzehr des Schreibens unabhängig trotzdem auftauchen würde, vertrieb Hubertus mit Gedankenspielen über Zubereitung und Geschmack einer Giraffenhaxe, deren fototechnische Abbildung er sich im Anschluss an die Füße einverleibte. Die entscheidende Frage war, ob es pro Bein nur eine Haxe geben konnte oder ob ein Eisbein teilbar war, was ihn schon wieder an die Worte dieses Jungvikars denken ließ, über Gott und die Liebe, die ja auch nur einzig sein konnten. Wäre Elke also teilbar wie so eine Giraffenhaxe, dann gäbe es gar kein Problem. Dann war ein Stück für jeden an ihr dran. Allein der Gedanke, ein Eisbein teilen zu müssen, ganz gleich, von welchem Tier, ließ Hubertus so unruhig werden, dass er begriff, wie unsinnig diese

Gedanken waren. Immerhin kaute er sich gut abgelenkt über die Oberschenkel durch den Bauch und schließlich auch den Hals hinauf, bis die Postkarte komplett verschwunden war.

Die Programmzeitschrift klemmte Hubertus auf den Gepäckträger, sich selbst quetschte er hinter die Lenkstange. Er brauchte jetzt dringend einen Kaffee, um diesen Pappgeschmack loszuwerden. Also trat er so fest er konnte in die Pedale. Am Waldrand angekommen, versteckte er sein Fahrrad an der üblichen Stelle und schlug sich auf dem mittlerweile schon etwas ausgetretenen Pfad durchs Unterholz. Nur erwartete ihn anstelle eines frisch aufgebrühten Kaffees, wie er ihn sich Schritt für Schritt erträumt hatte, Karl Konrad höchstpersönlich gleich am Schild, das »AFRIKA« verkündete. Selbst im Halbdunkel des Waldes war Karls schlechte Laune offensichtlich.

»Was willst denn du schon wieder?!«, schnauzte er Hubertus an, hier draußen frei von Elkes mäßigendem Einfluss.

»Hallo, Karl«, stammelte Hubertus. »Ich bringe die Programmzeitschrift.«

»Verdammt, du bist doch irre! Wer braucht denn hier eine Programmzeitschrift? Die haben wir noch nie gewollt, das weißt du ganz genau. Wir hören Radio und wissen, wann was läuft!«

»Abbestellen ist aber nicht möglich.«

»Dann wirf sie weg und stör uns nicht! Das ist schließlich kein Spiel!«

Und los lief Karl und ließ Hubertus stehen. Der war verwirrt, aber zumindest froh, dass es die Karte nicht mehr gab und, abgesehen vom Geschmack, nichts mehr an sie erinnerte. Als von Karl im Unterholz nichts mehr zu sehen war, machte er sich auf die Suche nach freundlicheren Einwohnern des kleinen Reiches.

Ein erschreckend heftiger Husten wies Hubertus den Weg zur Hütte. Elke saß mit den beiden Männern vor dem Sofa, auf dem unter vielen Decken Mutter Konrad lag. Die beiden Straußenkinder spielten mit einer halben Zwiebel. Ganz leise grüßte Hubertus durchs Fenster ins Haus hinein, woraufhin Elke ihm müde winkte, sich dazuzusetzen. Hubertus erfuhr, dass man hier in Karls Afrika vor gänzlich unerwarteten Problemen stand, die letztlich naheliegend waren. Das Ende der großen Hitze war nicht ohne Folgen geblieben. Ein Luftzug nur, eine schlecht verschlossene Fuge hatte ausgereicht, um Mutter Konrad zu erkälten. Deshalb war Karl los, Medikamente zu besorgen, die er selbst bezahlen würde müssen. In ihrem Zustand konnte die Mutter nicht zum Arzt. Das hatte Karl daran erinnert, dass ihm das Geld ausging. Es war nun einmal etwas anderes, für vier und neuerdings sogar fünf Menschen zu sorgen mit der Unterstützung, die für zwei kaum ausreichte. Das hatte er laut Elke an diesem Morgen ganz aufgeregt erklärt. Aus ihrer Reisekasse aber hatte er nichts haben wollen, dieser Sturkopf, der inzwischen nach Meinung aller immer schwerer zu ertragen war, wenn er nicht gerade mit den Straußen spielte. Ja, so schön das alles immer aussah, wenn

Hubertus seine Post brachte oder auch nur vorbeischaute, es zeigte sich, dass dieses Land in dieser Welt lag, mit allem, was dazugehörte. Aber auch das hätte man gut ertragen können, wäre Karl beim ersten Anzeichen der Krankheit seiner Mutter nicht vollkommen durchgedreht, ja, anders konnte man das gar nicht nennen.

»Geheult hat der und uns dann vorgeworfen, dass wir sie umbringen wollten«, meinte Alfred noch immer ganz verstört und wütend.

»Kaum gibt's Probleme, zeigt sich wieder seine Übermenschenfratze«, sagte Ephraim.

»Jetzt übertreibt doch bitte nicht«, versuchte Elke zu beschwichtigen. »Er liebt halt seine Mutter. Und das, nachdem er all das durchgemacht hat.«

»Wenn solche schweren Zeiten als Entschuldigung für alles herhalten sollen, könnte auch ich einiges anführen.«

»Und er verliert die Contenance, nur weil die Mutti einen Schnupfen hat.«

»Das ist nicht nur ein Schnupfen. Du hörst doch, wie sie röchelt.«

»Sie weilt ja auch schon ein paar Jahre hier auf Erden.«

»Was soll denn das jetzt heißen?«

»Gar nichts«, sagte Alfred und beruhigte sich. »Vielleicht sollten wir erst einmal Kaffee trinken.«

»O ja«, sagte Hubertus. »Ein Kaffee hat noch nie geschadet.«

Während Elke versuchte, das Fieber von Mutter Konrad mit kalten Umschlägen zu senken, und Ephraim das Feuer entfachte, um Kaffee zu kochen, wuchtete Karl schon sein Mofa aus dem Böschungsgraben auf die Landstraße. Der erste Tritt auf den Starter ließ den Motor keuchen wie ein krankes Tier. Der zweite provozierte immerhin ein klärendes Husten, woraufhin Nummer drei das Ding zum Laufen brachte. Karl schwang sich auf den Sattel, faltete seinen Körper dem Platzmangel entsprechend zusammen und drehte den Gaszug derart schwungvoll unbedacht, dass er den Daumen seiner Rechten zwischen Lenkstange und Knie einquetschte. Wütend hieb er auf das Zweirad ein, das ihm mit seinem Motorschaden am Anfang dieses Sommers den ganzen Ärger eingehandelt hatte. Nur so war er den beiden in die Hände gefallen, die ihm geholfen hatten, um ihn sich zu verpflichten. Hier auf dem Weg ins Dorf, den er jetzt ohne jede Vorsicht nahm, weil er ganz schnell zurück sein musste. Zwei Afrikaner, eine Schwangere und dazu die kranke Mutter! Was konnten die sich nicht um sich selber kümmern? Warum ließ er die nicht selber für sich sorgen? Was brauchte er Menschen? So dachte Karl, während er todesmutig durch die Schikane und nur Sekunden später schwungvoll um die Kirche herumraste, vor deren Tür der Jungvikar wartete, worauf auch immer. Der wollte seinen Augen gar nicht trauen, als dieses herrliche Gefährt an ihm vorbeischoss und ihn noch einmal an Hubertus' Wahnsinn zweifeln ließ.

Nur ein paar Kilometer später begannen Karls Zähne

zu klappern. So schön die Herbstsonne auch schien, sie schaffte es nicht mehr, ihn bei all dem Fahrtwind zu wärmen. Auch zeigte sich, dass ein Tropenhelm zwar gut vor Sonnenhitze schützte, Körperwärme aber nur ungenügend sicherte. Doch Karl hielt durch. Er hoffte, dass die Apotheke hatte, was er brauchte, um eine alte Frau gesund zu machen. Das ging nicht, dass sie ihm jetzt sein Glück verdarb, das er gerade erst gefunden hatte! So schwankte Karl zwischen Wut, Angst, Verzweiflung und schlichtem Unverständnis. In den ersten vorstädtischen Neubausiedlungen ließ er ein wenig ab vom Gas und fand doch schnell zum Busbahnhof. Laut Elke lag hier eine Apotheke. Erst aber musste er zur Bank.

»So einfach kann ich Ihnen leider nichts auszahlen, Herr Konrad«, meinte die Angestellte und hob entschuldigend die Schultern, dass ihr großer Busen wogte.

»Und Mamas Konto? Das Konto meiner Mutter?«

»Sie haben alles überzogen, viel zu weit für Ihre Einkünfte. Das dürfte eigentlich nicht passieren.«

»Wie denn? Wie kann es sein, wenn es nicht darf?«

»Das dürfen Sie mich nicht fragen.«

»Und wen soll ich sonst fragen?«

»Sie haben anscheinend viel mit Karte bezahlt und dann noch Geld abgehoben.«

»Abgehoben soll ich haben?«

»Schauen Sie mal«, sagte sie noch immer freundlich und drehte den Bildschirm so, dass er die Zahlenreihen sehen konnte. »Da haben Sie sich an der Kasse immer wieder bar auszahlen lassen.«

»Ja, aber«, meinte Karl unsicher, weil er sich erinnerte an diese seltsam neue Freundlichkeit im Supermarkt des Einkaufszentrums. »Die fragen immer nach der Karte zum Bezahlen und dann auch, ob man Geld braucht.«

»Seit diesem Jahr ist Kassenbarauszahlung auch bei uns erlaubt.«

»Was heißt denn das? Das geht doch nicht, zu fragen, ob man Geld braucht, um einem dann etwas zu geben, das man sich heimlich zurückholt!«

»Aber Herr Konrad, das müssen Sie doch wissen, dass niemand Geld verschenkt.«

»Was heißt denn wissen?«, fragte er empört. »Als gäbe es nichts auf der Welt, von dem man nichts weiß! Was wissen Sie denn, wann es hier mal wieder regnet oder warum man die Programmzeitschrift nicht abbestellen kann oder wie aus ganz toten Eiern plötzlich Tiere rauskommen, so wunderschöne, für die man sorgen muss? Das sagen Sie mal, dass Sie das alles wissen! Und selbst dann brauche ich trotzdem Geld, weil meine Mutter krank ist und alles kaputtmacht, wenn sie nicht wieder gesund wird!«

Die Bankangestellte drehte ihren Bildschirm zurück in die Ausgangsposition und verfolgte Karls andauernde Aufregung über das Wissen von den Dingen. Und natürlich war er nicht der Erste, der hereinfiel auf das noch so offensichtlich falsche Versprechen. Auch ihm würde sie helfen und damit sich selbst.

»Hören Sie, Herr Konrad. Vielleicht könnte ich eine Ausnahme machen. Für Sie. Da Ihre Mutter krank ist und Sie ja regelmäßig Unterstützung beziehen. Wir haben da gerade ein sehr attraktives Angebot.«

Nur eine Viertelstunde später verließ Karl die Bank ausgestattet mit einem maßgeschneiderten Kleinkredit, der es ihm erlauben würde, seine Mutter und sein Land erst einmal zu versorgen. Alles Weitere würde sich dann finden, hatte die nette Frau ihm versichert. Man könne schließlich nicht wissen, was es alles für Möglichkeiten gab, zumal wenn man noch ein ganzes Haus als Sicherheit einbringen konnte. Da hatte Karl dann unterschrieben und lieber nichts weiter gesagt, weil das womöglich kompliziert geworden wäre angesichts dessen, was mit diesem Haus geschehen war.

Eine weitere Viertelstunde später trat Karl aus der Apotheke, in jeder Hand eine prall gefüllte Plastiktüte. Die schlechte Laune war verflogen, so glücklich war er, weil er jetzt endlich auch an Namen für die Kleinen hatte denken können. *Ilsegret*, hatte auf dem Namensschild der Apothekerin gestanden, ein Name, der ihn gleich begeisterte. Und er hatte ihr das gesagt und nachgefragt, ob sie als Trägerin des Namens nicht noch so einen kenne, der vergleichbar schön sei. Da hatte sie ihn erst mal angesehen, als hielte sie ihn für komplett verrückt. Als Karl aber nur offen lächelte, hatte sie nachgedacht und dann gesagt, dass es ja immer so eine Sache sei mit diesen Namen, weil heute ja nicht gelte, was gestern gegolten habe, und von morgen ganz zu schweigen.

Aber so sei das nun mal heutzutage. Das Meerschweinchen von ihrem Enkel zum Beispiel heiße Fünfzig Cent, obwohl es wesentlich mehr gekostet habe. Nur müsse man ja mit Kritik vorsichtig sein. Ihr Vater beispielsweise habe den Namen Fürchtegott getragen, ohne jemals auch nur in der Nähe einer Kirche aufgetaucht zu sein, und wenn, dann ganz bestimmt nicht ängstlich. Und von den ganzen Medikamenten müsse man gar nicht reden, weil das Namen seien, die gar nichts zu sagen hätten. Nicht wie Aspirin, wo man beim Namenhören ja gleich wisse, was da drin ist, auch wenn das historisch zu erklären sei. Zuletzt hatte Karl noch einmal gefragt, ob sie nicht einen zweiten Namen kenne, der so schön war wie der ihre. Da hatte sie gesagt, dass sie selbst ihren gar nicht möge, aber einen schönen wisse sie, und der gefiel auch Karl richtig gut.

18.

Der Eintopf schmeckte vorzüglich. Anders als je zuvor. Besser. Obwohl Karls Einkäufe aus dem Supermarkt immer dürftiger ausfielen, schwammen plötzlich ganz unbekannte Zutaten im schmackhaften Sud. Worum es sich dabei handelte, war unschwer herauszufinden, wenn man Ephraim auf einen seiner Ausflüge begleitete. Denn eins hatte die Wiederaufnahme der für diese Breiten üblichen Jahreszeiten, die man während der Hitze ganz vergessen hatte, für sich. Dort, wo der Wald genug Wasser gespeichert hatte, waren seine Früchte üppig gereift. Ephraim genoss die Erntegänge umso mehr, da in der Siedlung selbst die Stimmung trotz erfolgreicher Heilung der Mutter nicht mehr dieselbe war. Keiner wagte es, das Thema anzusprechen, aber es war offensichtlich, dass mit den Temperaturen auch die Zukunftsaussichten dieser kleinen Welt weiter sinken würden. Und Karl ließ keinen Zweifel daran, dass er die Siedlung halten wollte. Verstockt und unfreundlich wirkte er mittlerweile und war in sich doch glücklich, wenn er mit Ilsegret und Helga, seinen beiden Straußenkindern, durch den Staub tollte und sie mit den übrigen tierischen Bewohnern seiner Welt bekannt machte. Die Menschen schienen ihm da immer mehr nur hinderlich, weshalb er sie alleine essen ließ.

»Köstlich«, schmatzte Hubertus, der die Postzustellung immer weiter in den Tag hinein ausdehnte.

»Mmh«, machte Elke. »Ich wusste gar nicht, dass wir noch Fleisch hatten.«

Ephraim grinste zufrieden und verteilte auch den Rest des Eintopfs auf die Teller. Albert knabberte an einem Knochen.

»Wir hatten doch noch Fleisch, oder?«, fragte Elke.

»Wir haben«, sagte Ephraim. »Das ist doch das entscheidende Faktum.«

»Schmecken tut es jedenfalls«, schmatzte Hubertus. »Und du musst kräftig essen und immer an den Kleinen denken.«

Genau das versuchte Elke, wo sie konnte, zu vermeiden. In den auf ihre Flucht folgenden Wochen der Idylle in diesem kleinen Paradies hatte sie sich mit jedem Tag mehr gefreut auf das Kind. Geborgen hatte sie sich gefühlt an der Seite dieses verwandelten Karl Konrad, der sie einfach bei sich aufgenommen hatte. Alles hatte er richtig gemacht, und mit ein bisschen Einsatz hätte zusammengefunden, was zusammengehörte. So hatte sie sich das zurechtgedacht. Die Geburt der Strauße und das Unwetter hatten Karl aber noch einmal verwandelt. Vom verschrobenen Kauz zum Mustermann und jetzt zu einem irgendwie Entrückten. Er benahm sich unmöglich, aber sie konnte ihm nicht böse sein, wenn sie ihn zart lächeln sah beim Füttern seiner Kleinen und beim Spiel mit den Zebras.

Viel mehr als das Stocken einer möglichen Beziehung zwischen ihr und Karl bedrückte Elke die Aussicht auf das endgültige Ende des Sommers. Noch war es tagsüber zwar angenehm warm, die täglich von Ephraim verkündeten Temperaturen ließen aber keinen Zweifel daran, dass es stetig kühler wurde. Die Wettertendenz war eindeutig, und so lustig Elke das Leben hier fand, war es doch ein Sommerspaß, ein Ferienglück, aber kein Umfeld für das ganze Jahr, zumal mit einem Säugling. Deshalb verdrängte sie jeden Gedanken an die Zukunft, weil sie doch viel zu gerne hier war, um endlich konsequent zu sein und loszuziehen in die Stadt. Ein bisschen Geld hatte sie ja.

»Und krank war das gewiss nicht«, sagte Ephraim und stellte die Teller zusammen.

Er stapelte das schmutzige Geschirr in der Spüle, um dann Mutter Konrad aufzuhelfen und sie zurück zum Sofa zu führen. Sie lächelte dankbar, auch wenn sie seit der Krankheit noch etwas abwesender war als zuvor.

»Warum denn krank?«, fragte Hubertus.

»Einmal hatten wir ein billiges Huhn aus diesem Supermarkt.«

»Und wo war das hier her?«

»Gekostet hat es zumindest nichts.«

»Du hast ein Huhn geklaut?«

»Wie kann man klauen, was keinem gehört?«

»Du meinst, das Huhn lief frei herum?«

»In etwa, ja.«

»Wie kann ein Huhn denn in etwa frei herumlaufen?«, hakte Elke nach. »Das gibt's doch gar nicht.«

»Ich meinte nicht, in etwa frei, sondern in etwa Huhn.«

»Jetzt komm ich nicht mehr mit«, meinte Hubertus. »Es hat doch richtig gut nach Huhn geschmeckt.«

»Die Welt ist eben so, wie man sie denkt«, sagte Ephraim. »Wie man sie will und sie sich vorstellt.«

»Ich will jetzt endlich wissen, was wir gegessen haben!«

»Du meinst das Faktische?«

»Jetzt sag es ihnen schon«, meinte Alfred. »Du bist doch selbst immer so wild auf Fakten.«

Hubertus folgte der seltsamen Unterhaltung unaufmerksam. Er kratzte sich den stoppeligen Kopf und sah aus dem Fenster. Karl saß auf den Überresten der Veranda, die Strauße auf dem Schoß, im Mundwinkel eine blaue Blume. Nicht einmal hatte Hubertus es bereut, die Giraffe samt ihrer Weihnachtsbotschaft aufgegessen zu haben. Mehr konnte man doch nicht erwarten als dieses kleine Glück. Nur Elkes schlechte Laune störte ihn ein wenig.

»Ich könnte ja morgen was mitbringen«, versuchte er sie abzulenken. »Der Fleischer steht jetzt selbst im Laden.«

»Auf keinen Fall! Von dem will ich bestimmt nichts!«

»Ich könnte auch zum Supermarkt.«

»Schon wieder krankes Huhn«, stöhnte da Alfred.

»Das Geld könnten wir auch besser verwenden«, meinte Ephraim.

»Das Geld?«

»Das fürs kranke Huhn, das er uns kaufen will. Du könntest Salz mitbringen und Öl und einen Sack Kartoffeln. Herr Konrad kommt ja kaum noch weg von hier.«

»Warum soll er denn jetzt für uns einkaufen?«, fragte Elke.

»Würd ich gerne«, sagte Hubertus. »Das würd ich gerne machen.«

»Nichts da«, sagte sie. »Wenn, nur mit meinem Geld. So weit kommt's noch!«

Auch wenn es sich nur um wenige kleine Scheine handelte, die Elke daraufhin aus ihrer Tasche fummelte, war doch klar, was dieses vielleicht unbedachte Tun bedeutete. Sie war kein Gast mehr, Alfred und Ephraim nicht mehr die Angestellten, Mutter Konrad ihnen allen anvertraut, und auch Hubertus' Rolle beschränkte sich nicht mehr auf die eines Postboten. Wenn es angesichts der noch immer so paradiesischen Zustände nicht übertrieben klingen würde, man könnte von der Geburt einer Schicksalsgemeinschaft sprechen. Von nun an hingen sie zusammen auf Gedeih und Verderb.

»Und jetzt will ich wissen, was wir gegessen haben«, kam Elke aufs Thema zurück.

»Es war ein Tier, ein Waldbewohner. Die lassen sich leicht einfangen.«

»Was?«, fragte Elke.

»Ein Tier mit Fell, das auf den Bäumen turnt.«

»Jetzt nicht im Ernst.«

»Wir essen doch auch Früchte von den Bäumen.«

»Geht es dir gut?«, wandte sich Alfred an Elke, die etwas blass geworden auf die Knochen starrte.

»Wir haben ein Eichhörnchen gegessen?«, stammelte sie schließlich schwach.

»Zwei«, sagte Ephraim.

Elke versuchte noch, aus der Hütte hinauszukommen. Sie schaffte aber kaum einen Meter, da erbrach sie schon das ganze gute Essen nur ganz knapp neben das Sofa, von dem aus Mutter Konrad ziellos in den Raum blickte.

»Man könnte meinen, dass du Freude daran hast«, sagte Alfred kopfschüttelnd.

»Woran soll ich Freude haben?«

»Sie so zu quälen!«

»Du meinst, dass ich …?«

»Warum sonst reitest du darauf herum?«

»Worauf reite ich denn bitte herum?«

»Bitte«, flüsterte Elke. »Hört bitte auf.«

»Das lass ich mir nicht unterstellen!«, rief Ephraim. »Sie hat nun mal gefragt.«

»Als müsste man immer die Wahrheit sagen.«

»Natürlich muss man! Und ich will dich mal kochen sehen, seit die Giraffe nicht mehr einkauft!«

»Wie soll er denn, ganz ohne Geld?«

»Aber er muss doch etwas tun! Das ist schließlich sein Land!«

»Welche Giraffe?«, fragte Hubertus.

»Herr Konrad«, sagte Alfred.

»Giraffe oder nicht, so kann es jedenfalls nicht weitergehen«, sagte Elke, die kreidebleich wieder auf ihrem Stuhl saß. »Sonst müssen wir bald unsere Schuhe essen.«

Und so war es dem nicht ganz gewöhnlichen Wildragout Ephraims zu verdanken, dass sich die Einwohner von Karl Konrads kleinem Afrika erstmals konkret mit den Zuständen in ihrem Land auseinandersetzten. Man könne schließlich nicht einfach auf Karl vertrauen, der ja kein König oder sonst ein Herrscher war, sondern genau wie sie ein Mensch mit allem, was dazugehört, und daher eben auch ohne das eine oder andere. Ein Meister eben, der viel Hilfe brauchte. So warm die Tage noch waren, hatte doch längst der Herbst Einzug gehalten, was Karl anscheinend nicht verstand.

»Das ist bei Menschen oft so, dass sie nicht sehen, was eigentlich das Problem ist«, sagte Elke. »Deswegen stürzt der sich jetzt auch auf die Tiere.«

»Du meinst, er liebt die Tiere, weil er was anderes nicht sehen will?«, fragte Hubertus. »So und nicht umgekehrt?«

»Ja«, sagte sie. »Das ist so wie bei mir, als ich immer Fleischwurst gegessen habe, um nicht zu sehen, dass ich wegen etwas ganz anderem immer dicker wurde.«

»Und woran merkt man dann, dass man etwas macht, weil man das so will, und nicht weil man was anderes nicht will?«

»Hier«, sagte Alfred und klopfte sich auf den Bauch. »Daher weiß man das.«

»Unsinn«, meinte Ephraim, der sich nach Erledigung

des Abwaschs wieder beruhigt hatte. »Du musst die Situation analysieren, und wenn du weißt, wer du bist, erkennst du auch, was du willst.«

»Jedenfalls will ich hier nicht überwintern«, sagte Elke. »Und ihr doch sicher auch nicht.«

Alfred und Ephraim sahen sich an, als hätten sie sich die Frage so noch nicht gestellt. Sie gingen davon aus, das mit Karl irgendwie hinzubekommen. So schlimm würde es schon nicht werden.

»Die Tiere würden das gar nicht überleben«, fügte sie hinzu. »Hier friert alles zu. Hier ist nun mal nicht Afrika.«

»Ihr könnt gerne zu mir«, sagte Hubertus. »Das würde halt ein bisschen eng.«

»In einem Zimmer mit den Tieren.«

»Wäre doch nett.«

»Aber unmöglich«, sagte sie. »Wir brauchen einen Stall.«

»Was denn fürn Stall?«

»Ein Tierstall, so mit Heu und allem Drum und Dran.«

»Gibt's doch nicht mehr, seit sie die Produktion ganz abgewickelt haben.«

»Könntet ihr das Problem etwas genauer definieren?«, fragte Alfred.

Erst da begriff Elke, dass die beiden Männer wirklich gar nicht wussten, was und wie kalt ein Winter sein konnte. Sie setzte an, es ihnen zu erklären.

»Das heißt, der Meister hatte recht? Es gibt tatsächlich diesen Schnee?«, fragte nach einer Weile Ephraim ganz glücklich.

»Na sicher«, sagte sie. »Aber angenehm ist das nicht, wenn man im Wald wohnt.«

»Ich wusste, dass er uns nicht angelogen hat. Am Ende wird sich alles aufklären. Dann werden auch die Fakten wieder stimmen.«

Was die in der Hütte versammelte Gemeinschaft sich bei ihrer Diskussion der meteorologischen und psychologischen Situation nicht vorstellen konnte, war, dass es bei aller äußerlichen Ruhe auch in Karl Konrad längst schon wieder dachte. Ja, so glücklich er sich seinen Tieren widmete, sie schafften es nicht, ihn vom Denken abzulenken. So wie die Postkarte ihn ganz zu Anfang dieses Sommers aus dem Trott gebracht hatte, geriet jetzt wieder alles durcheinander. Nur konnte es nicht sein, dass ihm die Gründung eines Landes samt Bevölkerung mit Mensch und Tier so gut gelang und dieses große Wunder jetzt am Wetter scheitern sollte. Das durfte nicht sein, dass diese Welt jetzt wieder anders wollte. Es gab gar keinen Grund, etwas zu ändern, wo es so gut ging hier am See! Zärtlich kraulte er Helga am Hals und betrachtete die auf dem See treibenden Blätter, unter denen Esmeralda hindurchtauchte. Natürlich waren die längst rot und gelb, aber das konnte kein unlösbares Problem sein. Dann musste man das Ganze eben winterfest machen. Da galt es jetzt, sich aufzuraffen. Man musste sich nur ein bisschen Mühe geben.

19.

»Was brauchen wir im Winter denn das Bad?«, rief Karl Konrad ungeduldig.

Zögernd standen ihm Alfred und Ephraim gegenüber am Ufer des Sees. Elke zufolge würde auch diese überstürzte Umbauaktion sie nicht vor dem angeblich so grausamen Winter schützen können. Karl sah das anders. Es hatte nur eines letzten Anstoßes bedurft, um ihn aus seinem tierverliebten Phlegma herauszureißen. Wie schon bei der Krankheit der Mutter, war es auch diesmal eine Motivation des Schreckens gewesen.

Wenige Tage nach den Ereignissen um Ephraims Wildragout waren vormittags nur noch drei Zebras am Wasser erschienen, um ihren Durst zu stillen. Als sich der fehlende Akrobat auch zur Mittagszeit noch nicht gezeigt hatte, machten Karl, Alfred und Ephraim sich auf die Suche. Nur Elke blieb zurück bei Mutter Konrad und wartete auf Hubertus, der auch heute wieder die Zutaten fürs Mittagessen bringen würde. Die mittlerweile den ganzen Tag über tiefstehende Sonne fiel gerade so durch die immer weniger belaubten Bäume, dass es fast unmöglich war, ein Zebra vom unregelmäßig besonnten

Unterholz zu unterscheiden. Die Tarnung war perfekt. Sie suchten dennoch immer weiter und wären trotzdem wohl niemals fündig geworden, hätte Alfred nicht plötzlich etwas gehört. Kurz vergaß er das Knurren seines Magens und lauschte. Zielstrebig wandte er sich in Richtung des seltsamen Geräusches und entdeckte so das Tier tief in einem Busch, wo es ganz jämmerlich dahinsiechte, zum Glück noch nicht so kraftlos, dass es nicht mehr hätte niesen können. Und das hatte Alfred gehört. Mit Mühe und Not brachten sie das Tier zur Hütte, wo es bis zu seiner Genesung bei den Menschen schlafen durfte. Das Leiden des Tieres und die sich daraus ergebenden Unannehmlichkeiten hatten Karl endgültig davon überzeugt, dass die Zeit des Handelns gekommen war. Deswegen hatte er die Strauße den Frauen anvertraut und seine beiden Männer aufgefordert anzupacken.

Sein Plan war einfach. So wie sie ihre afrikanische Hütte aus den Baustoffen des Konradschen Bungalows gebaut hatten, würden sie aus den Planken der zerstörten Seeveranda, aus den Wänden des noch immer nicht wieder aufgebauten hinteren Hüttenteils und nicht zuletzt aus den Brettern der sanitären Anlagen einen Stall bauen. Alfred und Ephraim waren Elkes Erzählungen vom Winter zum Trotz schnell von Karls Geschäftigkeit begeistert. Ganz gleich, auf welchem Kontinent, wer, wenn nicht eine hochschwangere Frau, neigte dazu, Gefahren größer einzuschätzen, als sie waren? Nicht zuletzt hatten sie keine Wahl, da sie nicht wussten, wohin sie hätten fliehen sollen.

»Er hat recht«, gab Ephraim deshalb schnell nach, so leid es ihm auch tat um dieses schöne Bad im See. »Nach dem Winter können wir es wieder aufbauen.«

Und so trat an Stelle der so idyllischen Ruhe tatkräftige Geschäftigkeit. Beharrlich nagelten die Männer Brett an Brett. Direkt ans Haupthaus bauten sie den Stall, weil klar war, dass man noch enger würde zusammenrücken müssen, wenn die große Kälte käme.

Elke ließ sich nicht davon abbringen, dass Karl sich und damit auch ihnen allen etwas vormachte. Zwar unterstützte sie die Arbeiten, wo sie nur konnte, und versorgte die drei Männer mit Hubertus' Hilfe, an den Erfolg glaubte sie dennoch nicht. Das ließ sie aber nur Hubertus wissen, den es regelrecht zerriss, zwischen die Fronten zu geraten. Auch er war immer noch begeistert von dem Land, das Karl sich hier gebaut hatte, und dann zugleich geschmeichelt, da Elke nur ihm ihre Sorgen anvertraute. Er wusste nicht, was er noch denken oder fühlen sollte. Kaum fasste er den Plan, sie mit zu sich zu nehmen, da fühlte er sich schon wie ein Verräter. Dafür hatte das Wasserschwein ihn nicht hierhergeführt! Nur war Elke vollkommen überzeugt davon, dass von Esmeralda, den Zebras und den Straußen im tiefen Winter nicht viel bleiben würde, von ihnen selbst ganz zu schweigen. Schon jetzt, da es gerade mal herbstete, hatte es Mutter Konrad und ein Zebra schwer erwischt. Wie stellte Karl sich das im tiefsten Winter vor? Ohne Heizung und dann auch ohne Geld? Denn das kam noch hinzu. Nach Elkes Angespartem würde auch Hubertus' heimlich eingebrachtes Geld bald aufgebraucht sein, so freudig ging er für sie einkaufen.

»Ich hätte doch beim Fleischer bleiben sollen«, schniefte sie. »Vielleicht war das zu egoistisch, einfach wegzurennen.«

Während Hubertus auf den Knien hockend versuchte, das Feuer in Gang zu bringen, schnitt sie Zwiebeln in den Eintopf, dass ihr die Tränen nur so flossen. Ungläubig sah er hoch zu ihr.

»Zur Not kannst du zu mir«, sagte er.

»Ja«, sagte sie. »Er hätte doch zumindest dem Kleinen alles geboten.«

Im Dorf glaubte zu diesem Zeitpunkt niemand mehr an eine Rückkehr Elkes. Womöglich hätte man sie sogar längst vergessen, so großzügig, wie Ray ausschenkte. Und nicht zuletzt trug auch das Klima dazu bei, dass man nach all der Sehnsucht nach der schönen Frau wieder Augen für ganz andere Probleme hatte.

»Das kann so nicht weitergehen«, meinte Manfred, dessen Hautfarbe sich langsam wieder ihrem vorgebräunten Zustand annäherte.

»Was soll weitergehen?«, fragte Ray.

»Und wenn, wohin?«, fragte der Fleischer.

»Und alles nur wegen der …«

»Schnauze!«

»Wir müssen jetzt nach vorne blicken«, meinte Heinze.

»Wohin bitte?«

»In die Zukunft.«

»Ja, man darf sich nicht aufgeben«, sagte der Jungvikar. »Das Leben ist doch viel zu kostbar.«

»Kostbar für'n Arsch«, sagt Ray und setzte gleich die ganze Flasche an. »Das hier ist alles Ramsch, wenn überhaupt.«

Anstelle des Liebeskummers trat die Sorge ums Große und Ganze. Ansonsten ging das Dorfleben bei aller schlechten Laune einfach weiter. Der Bus verkehrte im Winterfahrplan dreimal täglich, das Wasser floss wieder mit konstantem Druck, die Stromversorgung funktionierte. Die einzige wirkliche Gefahr, die alldem drohte, war das Versiegen der Vorräte im Adler. So weit war es aber noch nicht. Einem ganz gemütlichen Winter hätte also nichts im Wege gestanden, wäre man nicht doch wieder an das Vergangene erinnert worden.

Es war ein weiterer der vielen wolkenlosen Tage, da die ersten Winde von Osten her über das flache Land jagten. Zur fortgeschrittenen Tageszeit hielt der schon bekannte Streifenwagen vor der Fleischerei. Auf einem handgeschriebenen Zettel las der Beamte, dass der Fleischer in dringenden Fällen im Adler anzutreffen sei.

»Ich wusste es!«, rief Heinze begeistert, als er durchs Fenster das Blaulicht im Schein der Abendsonne leuchten sah.

»Was wusstest du?«

»Jetzt haben sie die Schlampe endlich!«

Nur ging es darum eben gerade nicht, wie ihnen kurz darauf der Polizist erklärte. Da aufgrund gesetzlich vorgeschriebener Fristen die Akte angesichts des geringen

Schadens in Kürze ohnehin geschlossen werden müsse, wolle man beim Geschädigten eine Rücknahme der Anzeige erwirken, wodurch die Akte nicht geschlossen werden müsse, sondern einfach so verschwinden könne.

»Wie jetzt?«, fragte Manfred.

»Wir alle haben ein eigenes Interesse daran, uns nach außen hin ansprechend zu präsentieren«, erklärte der Polizist und lehnte dankend einen von Ray gereichten Schnaps ab. »Und Sie könnten mit einer Rücknahme der Anzeige ganz wesentlich zur Verbesserung unserer Kriminalitätsstatistik beitragen. Am Sachverhalt ändert sich dabei nichts. Die Verdächtige ist so oder so nicht mehr zu verfolgen, der Schaden kann nicht behoben werden. Sie aber würden mit einem Mal wieder in einem Dorf leben, in dem langjährige Angestellte niemals auf die Idee kämen, sich zu kriminellen Handlungen hinreißen zu lassen. Das klingt doch auch in den Ohren von Touristen sehr viel besser.«

»In was für Ohren?«

»Touristenohren«, sagte der Polizist ganz überzeugend lächelnd. »Die Landespolitik setzt auf Erholungsuchende und wünscht entsprechende Bedingungen, wobei das, ganz unter uns gesagt, überhaupt nichts Schlimmes ist. Was sind schon Zahlen? Jetzt haben wir die schöne Landstraße, da wollen wir die Reisenden doch nicht verschrecken!«

»Was denn für Reisende? Die Piste haben die nur gebaut, damit wir von hier verschwinden, um den Schwatten Platz zu machen!«

»Entschuldigung?«

»Sie wissen bestens, was ich meine. Sonst sagen Sie mal, was die Afrikaner hier verloren haben.«

»Illegale Einwanderung«, fügte der alte Heinze hinzu. »Unhaltbare Zustände!«

»Da kann ich Sie beruhigen. Die Grenze ist jetzt vollautomatisch gesichert. Wärmebildkameras, elektrische Stolperdrähte und dazu die besten Männer, die wir haben. Da kommt keiner mehr rüber, der nicht rüberkommen soll. Und wenn doch, unter uns gesagt, gerät man da draußen doch schnell in Notwehrsituationen, wenn Sie verstehen. Wir müssen hier schließlich selbst erst mal wieder auf die Beine kommen, oder, meine Herren?«

»Wenn Sie das sagen«, meinte Ray. »Der Briefträger träumt jedenfalls noch immer von den Schwatten.«

»Der Briefträger?«

»Auch außer Dienst, wie alles hier. Wohnt gleich zwei Häuser weiter. Treibt sich nur noch im Wald herum. Vollkommen durchgeknallt.«

»Hubertus ist durch seine Entlassung etwas aus dem Gleichgewicht gekommen«, meinte der Jungvikar. »Die Kirche hilft, wo sie nur kann.«

»Na sehen Sie«, grinste der Polizist. »Ich bin fest überzeugt davon, dass hier längst noch nichts verloren ist.«

Am Ende ließ der Fleischer sich tatsächlich dazu bewegen, die Anzeige zurückzunehmen. Und plötzlich war der nicht zu fassende Mangel an was auch immer, der sie seit Wochen bedrückte, ganz greifbar. Sie alle hörten wieder Elkes Lachen in sich, sahen vor ihrem inneren Auge ihr freundliches Lächeln. Erst jetzt wurde ihnen klar, wie traurig sie waren, seit Elke sie verlassen hatte.

»Verdammte Scheiße!«, zischte Manfred. »Und wenn der Fette doch kein Scheiß erzählt?«

»Du meinst …?«

»Genau.«

»Die Schwatten.«

»Ich hab's euch gleich gesagt«, sagte Oschi aufgekratzt. »Am Waldrand hab ich die gesehen!«

Hätte Hubertus durch die Tür hindurchhören können, was da gerade diskutiert wurde, er wäre gerade in diesem Augenblick sicher weniger freudig in den Adler getreten. Sosehr er es genoss, in dieser Geschichte nach und nach noch richtig mitspielen zu dürfen, war er mit seiner neuen Rolle als vertrauensvoller Ansprechpartner Elkes und zuverlässiger Einkäufer vollkommen ausgelastet. Mehr brauchte er nicht. Er wollte nur sein Bier, vielleicht ein bisschen rumerzählen von seinem neuen Land. Dass irgendjemand daran glauben könnte, lag für ihn längst jenseits des Vorstellbaren. Deshalb verstand er die so ganz konkreten Nachfragen auch nicht, dieses Verhör, dem er plötzlich ausgesetzt war, kaum hatte er sich hingesetzt.

»Wo sind sie?«, bellte der alte Heinze ihn bissig an.

»Jetzt schreien Sie doch nicht«, meinte der Jungvikar.

»Wo sind die Neger?«, ließ Heinze sich gar nicht beruhigen. Noch einmal witterte er die Gelegenheit, das Dorf zu retten, hier die Ordnung aufrechtzuerhalten.

»Wo soll wer sein?«

»Dein Land da, das mit Tieren und Prinzessin und den ganzen Dienern!«

»Das hinterm Wald!«

»Von dem du dauernd rumerzählst!«

»Ach das«, sagte Hubertus leise und versuchte Zeit zu schinden. »Das gibt es doch gar nicht.«

»Das klang vor kurzem noch ganz anders!«

»Ich hab sie auch gesehen, gleich am Waldrand!«

»Und unsere Polizei sucht auch nicht nach Gespenstern!«

Hubertus sackte regelrecht in sich zusammen. Mit verkrampften Händen klammerte er sich an die Kante des Tresens und starrte in sein Bier, als könnte das ihm weiterhelfen.

»Los jetzt! Raus damit!«, schrie Heinze, der wild vor ihm herumhüpfte. »Das wird jetzt gleich erledigt.«

»Jetzt lassen Sie ihn«, sagte der Jungvikar.

»Du hältst dein Maul, du Pope! Mit dir wird auch noch abgerechnet!«

»Sag's schon«, meinte Ray ein wenig ruhiger und schenkte dem Attackierten einen Schnaps ein. »Du hast sie doch gesehen.«

Hubertus löste die eine Hand von der Tresenkante, griff nach dem Glas, kniff dann die Augen zusammen und stürzte es hinunter. Dann ließ er die Augen geschlossen, presste die Lider sogar noch etwas fester aufeinander und lockerte zugleich die starr verkrampften Finger seiner anderen Hand.

»Natürlich hab ich sie gesehen«, sagte er ruhig. »Aber das heißt nicht, dass es sie gibt, und wenn, wo man sie finden kann.«

»Wie jetzt?«, fragte Oschi.

»Der will uns verarschen!«

»Er lenkt nur ab!«

»Jetzt lasst ihn zumindest ausreden.«

»Er soll die Augen wieder aufmachen! Der soll uns in die Augen sehen, wenn er schon Mist erzählt!«

»Macht mal die Augen zu«, sagte Hubertus.

»Das ist ein Trick!«

»Er will abhauen.«

»Wo soll er denn hin?«

»Also? Habt ihr die Augen zugemacht?«

»Ich schon«, sagte als Erstes Oschis Trinkkumpan.

»Na dann«, meinte auch Ray.

»Mann, ist das schwarz«, sagte Oschi.

»Ihr könnt euch das von dem doch nicht befehlen lassen!«, schimpfte der alte Heinze.

»Was soll's denn schaden?«, fragte der Fleischer.

»Sie können ihn ja festhalten«, schlug der Jungvikar vor.

Das wütende Murmeln des Alten näherte sich Hubertus von der Seite. Gleich darauf spürte er den festen Griff einer Hand auf seinem Unterarm.

»Bereit«, sagte der alte Heinze widerwillig. »Er ist fixiert.«

»Dann sind jetzt alle mal kurz ruhig«, sagte Hubertus.

Nichts war zu hören, nur das Sausen und Pfeifen des

Windes, das Klappern der Scheiben in den Fenstern und das Summen der Fasskühlung.

»Und? Was seht ihr?«

»Titten«, sagte Manfred.

»Was bitte?«

»Ich sehe Möpse. Riesendinger. Boah!«

»Bei mir sind nur so Kreise. Grüne Kreise.«

»Dann guck genauer hin! Das sind ja Hammerteile!«

»Seh ich nicht.«

»Ihr tickt doch nicht mehr richtig!«

»Ruhe, Heinze! Jetzt nicht stören, Mann! Und du, Ray?«

»Was und ich?«

»Kannst du die sehen?«

»Ich seh nur schwarz.«

»Guck noch genauer! Kneif mal die Augen zu! Mann, ist das geil!«

»Da sind die Neger!«, rief Oschi plötzlich aufgeregt. »Da sind sie!«

»Schwarze, sagt man heutzutage.«

»Wo denn?«

»Jetzt nicht!«, rief Manfred da fast flehentlich. »Ihr macht alles kaputt.«

»Wo sind sie?«, schrie Heinze.

»Gleich hier bei mir«, rief Oschi. »Zwei Riesenkerle!«

»Kann ich vielleicht noch einen Kurzen für die Augen haben?«, fragte der Trinkkumpan.

»O Mann«, seufzte Manfred wieder ruhiger. »Mann, sind die schön!«

»Ich sehe meine Mutter.«

»Was?«

»Mann, das ist doch ein Scheißspiel!«

»Ruhe!«

»Mama!«

»Da ist ein Regenschirm mit einer Schreibmaschine!«

»Da sind noch mehr! Das sind acht Riesenkerle. Neun!«

»Das ist doch alles Schwachsinn! Ihr lasst euch doch verarschen! Augen auf!«

»Warum denn?«

»Bloß nicht!«

»Mann, jetzt sind sie weg.«

»Nur weil ihm nichts erschienen ist!«

»Und du hast die echt nicht gesehen?«

»Wen jetzt?«

»Na diese Dinger!«

Einer nach dem anderen öffneten sie wieder die Augen und blinzelten ins schummrige Licht der Kneipe hinein. Manfred setzte gleich an, von seiner vollbusigen Eroberung zu erzählen, Oschis Trinkkumpan fragte in die Runde, was die Erscheinung seiner Mutter wohl zu bedeuten haben könnte, Oschi selbst versuchte sich ganz still daran zu erinnern, ob er draußen auf den Feldern vielleicht doch die Augen geschlossen hatte. Der Fleischer verschwieg, in welcher Lage ihm Elke erschienen war. Der Jungvikar lächelte.

»Seht ihr«, sagte Hubertus und trank sein Glas in einem Zug ganz leer. »So sieht man dann eben Sachen, die es gar nicht gibt, obwohl es sie gibt. Und jetzt muss ich nach Hause.«

Noch während er sich seine Jacke anzog, schlossen zumindest Oschi, Ray und Manfred schon wieder die Augen und erzählten ganz begeistert, was sie da so alles entdeckten. Fassungslos sah der alte Heinze auch den Fleischer tagträumend auf seinem Stuhl sitzen und griff seinerseits nach Stock und Mantel.

»Glaub nicht, dass du damit durchkommst«, zischte er Hubertus zu und eilte aus der Kneipe.

»Komm«, sagte der Jungvikar zu ihm. »Ich muss dir noch was zeigen.«

»Aber nur kurz«, meinte Hubertus. »Ich muss morgens früh raus.«

20.

»Wenn ein Flusspferd wasserscheu wird, ist es doch offensichtlich, dass etwas ganz gehörig nicht in Ordnung ist«, sagte Elke halb zu sich und halb zu Mutter Konrad, während sie mit einem Strumpf eine der vielen Ritzen in den Wänden der Hütte abzudichten versuchte.

Karls Mutter lag unter ihren Decken auf dem Sofa. Die Heizleistung des alten Räucherofens war gering. Angetrieben von den immer ungemütlicheren klimatischen Bedingungen, beeilten die Männer sich zwar mit ihrem Stallbau und anderweitigen Renovierungsmaßnahmen, aber das konnte nicht darüber hinwegtäuschen, dass schwere Zeiten bevorstanden. Kaum hatte Elke ein Loch gestopft, da fand der Wind schon das nächste und ließ selbst sie bibbern, die doch dank ihrer Umstände bislang fast nichts von der Kälte gespürt hatte. Esmeralda jedenfalls stand offenbar verwirrt auf ihrem kleinen Stück eingezäunten Festlands, wagte sich immer wieder einen Schritt hinein ins Wasser, um gleich darauf panisch herauszuspringen. Es war ein Trauerspiel. Was würde das arme Tier erst zu einem zugefrorenen See sagen? Brauchte es nicht sein regelmäßiges Bad?

War Karl mit seiner naiven Art womöglich auf dem besten Weg, sie alle umzubringen?

Die Nächte waren für Elke kaum noch zu ertragen. Neben den menschlichen Bewohnern lagen nicht nur die Strauße, sondern auch das kranke Zebra in der Hütte, dessen Artgenossen draußen unruhig mit den Hufen scharrten. Das war das geringste Problem. Viel schlimmer war, dass der Räucherofen auch erloschen unerträglich fischig stank. Dass man selbst derart eingepfercht kaum Schutz vor dem kalten Wind fand. Dass Karl wild schnarchte und noch immer nicht wieder auf die Idee kam, sie einfach in den Arm zu nehmen, und sei's nur, um sie zu wärmen. Außerdem machte ihr innerkörperlicher Mitbewohner vor allem nachts durch wildes Treten auf sich aufmerksam. Da lag sie dann wach und musste diesem Heulen lauschen, das sie noch nie gehört hatte. Kein freundliches Eulengeheule war das. Ein trauriger Hund schon eher. Eine Traurigkeit, vor der man sich besser in Acht nahm. Womöglich suchten die Zebras deshalb ihre Nähe. Doch selbst das ertrug Elke Nacht für Nacht mit Fassung. Erst der Anblick der verwirrten Esmeralda trieb ihr Tränen in die Augen. Mit einem Mal begriff sie, was das alles für ein Unsinn war, der nichts von einem Spiel hatte. Karl Konrads Afrika war genauso wirklich wie das Ding in ihrem Bauch. Das ließ sich nicht wegdenken. Wegfühlen schon gar nicht. Nur konnte sie unmöglich zu Hubertus ziehen. Zurück ins Dorf, als sei gar nichts geschehen. Am Ende wäre sie dann doch beim Fleischer besser aufgehoben.

Elke blieb einfach am Fenster stehen und ließ die Tränen fließen, dass es Karl das Herz einschnürte. Immer schwerer wog und zog es, wenn er sie sah. Was sollte er noch bewegen, damit sie sich wohl fühlte? Nur das Dach fehlte auf ihrem prächtigen Stall, den seine Zebras schon neugierig inspizierten. Und sie stand heulend am Fenster. Er hatte gleich gewusst, dass Elke hier nichts verloren hatte, und dann, warum auch immer, nachgegeben. Das hatte er jetzt davon. Dieses Gefühl. So unnötig. Was stellte sie sich an, wo sogar Ephraim und Alfred es ertrugen, dass es ein bisschen kälter wurde? Als wüsste er nicht mit dem Winter umzugehen!

Wie sehr sich die Bedürfnisse von Elke und Karl voneinander entfernten, zeigte die Geschichte mit dem Räucherofen. Einer der wenigen ganz handfesten Vorteile der Kälte war nämlich, dass endlich die Fische anbissen, was wiederum mit sich brachte, dass Ephraim zunehmend Gefallen am Räuchern fand. Tagsüber war der Gestank dann oft zu viel für Elke. Heimlich übergab sie sich hinter den Büschen. Karl hingegen genoss jeden Bissen, fühlte sich ganz zu Hause in diesem Duft, der ihn an die wenigen schönen Tage seiner Kindheit erinnerte. Auch an diesem Abend saßen sie wieder versammelt um einen ganzen Stapel frisch geräucherter Fische. Alfred untersuchte Mutter Konrads Portion akribisch auf Gräten hin, ehe er ihr Stück für Stück auf die Zunge legte. Seit Wochen musste sie gefüttert werden. Beilagen gab es keine, da Hubertus heute nicht gekommen war. Zum ersten Mal seit langer Zeit.

»Schmeckt es dir nicht?«, fragte Ephraim.

»Doch ja, sehr gut«, flüsterte Elke.

»Dann iss doch bitte«, sagte Karl sehr deutlich. »Du musst essen.«

»Ich …«

»Ja, was denn jetzt?«

Verwundert, ja erschrocken über diesen Ton sahen Ephraim und Alfred auf, um sich dann schnell den Gräten auf ihren Tellern zuzuwenden. Elke suchte vergeblich einen verständnisvollen Blick. Nur Karl starrte sie an, ganz vorwurfsvoll, als wollte sie ihm Böses.

»Ich kann nicht mehr«, schluchzte es aus ihr raus.

»Was kannst du nicht mehr? Was musst du schon können?«

»Hier sein, das geht nicht. Ich will weg, ich muss. Das Kind. Das ist alles schrecklich, diese Kälte, der Gestank, das Haus, das ist lächerlich, so kann man nicht leben! Das kann man doch nicht Haus nennen, wenn man so ein paar Bretter übereinanderlegt! Wir sind hier schließlich nicht in Afrika!«

»Was weißt denn du von Afrika? Wer hat dich denn hierhergebeten?«

»Und die Tiere, Karl! Die Tiere werden sterben! Du siehst doch selbst, wie Esmeralda leidet! Die sind gar nicht gebaut für dieses Wetter!«

»Gerade du denkst an die Tiere, die du schlachten wolltest? Was willst du überhaupt?«

»Nichts«, sagte sie und schnäuzte sich. »Gar nichts will ich.«

Kurz starrte er sie an. Dann stand er auf und verließ die Hütte. Alfred versuchte, Elke zuzulächeln.

»Er hat seine Welt in seinem Kopf«, sagte er. »Da ist er empfindlich.«

»Der ist verrückt«, sagte sie. »Wir müssen hier weg.«

»Dafür ist es zu spät«, sagte Ephraim und schüttete den mit Seewasser gefüllten Eimer in die Spüle. »Woanders können wir gar nicht hin. Du vielleicht, wir aber auf keinen Fall.«

»Es wird schon wieder wärmer werden. Und dann wird er auch wieder freundlicher.«

»Und jetzt solltest du dich hinlegen.«

»Sollte ich?«

»Ja, solltest du. Und mach dir keine Sorgen. Du hast doch uns.«

»Ja«, sagte sie. »Vielleicht wird alles gut.«

Zumindest schlief Elke wesentlich besser, nachdem sie all die Sorgen einmal herausgelassen hatte. Nur wurde deshalb längst nicht alles gut. Im Gegenteil. Am Morgen darauf herrschte reine Panik und Verwirrung. Bibbernd standen Alfred und Ephraim in der Tür und starrten auf die komplett geweißte Landschaft um sie herum. Das also war der Schnee, von dem der Meister geschwärmt hatte. Es war einfach schrecklich und unerträglich kalt, und das war nicht alles. Eine sehr farbige Spur zog sich durch das unschuldige Weiß. Ein saftiges Rot, dem sie gleich folgten bis rein in den Stall, in den das Zebra sich hatte retten können. Da lag es zitternd. Ein Hinterlauf bis auf den Knochen durchgebissen.

»Löwen!«, stöhnte Ephraim entsetzt.

»Das ist Unsinn. Wie sollte es hier Löwen geben?«

»Wer sonst beißt ein Zebra? Warum soll es keine Löwen geben, wenn es Zebras gibt? Das hätten Sie uns sagen müssen!«

Karl sagte nichts. Wie erstarrt stand er da, als müsste er nur lange genug so verharren, damit der Schrecken ganz von selbst wieder verschwand. Aber sie sahen ihn weiter panisch an, die weit aufgerissenen Augen des Tieres, dessen Atem immer hektischer dampfte. Und dazu das Zittern, das Klappern der Zähne. Erst da bemerkte Karl auch die übrigen drei Tiere verängstigt im dunklen Teil des Stalls.

»Ja, wollt ihr denn gar nichts tun?«, rief Elke, die erst jetzt zu ihnen gestoßen war. »Das muss doch verbunden werden!«

Karl blieb weiter vollkommen bewegungslos, auch als Elke anfing, ihn hektisch zu schütteln.

»Das Tier braucht Hilfe, Karl! Was steht ihr denn hier rum?«

»Sie hat recht«, sagte Alfred. »So kann das nicht bleiben.«

»Wir sollten eine Notschlachtung erwägen«, meinte Ephraim. »Dann leidet es nicht, und wir haben wieder Fleisch.«

»Du willst das Zebra essen?«, fragte Alfred.

»Was denn sonst?«

»Das geht doch nicht!«, rief Elke. »Wir brauchen jetzt Verbandszeug! Karl, das müsst ihr doch haben!«

Karl schwieg genauso beharrlich weiter, wie die Wunde nicht zu bluten aufhörte. Also stürzten sie sich ohne seine Hilfe auf all die Kisten und Kartons, mussten sich schließlich aber mit einem von Karls Karohemden und einer Flasche Schnaps begnügen. Zum Glück war das Tier schon so weit geschwächt, dass es kaum noch ausschlug. Mit vereinten Kräften fixierten sie den Hinterlauf, spülten die Wunde und verbanden sie. Die drei anderen Zebras verfolgten die Operation mit bangem Interesse.

Als Hubertus Stunden später durch den bereits wieder tauenden Schnee gestapft kam, stand Karl immer noch in der Tür zum fast fertigen Stall. Das verletzte Tier lag mittlerweile auf einer der Matratzen, zugedeckt mit allen Decken, die Mutter Konrad entbehren konnte. Alfred, Ephraim und Elke saßen in der Hütte am stinkenden Ofen, um sich verschwitzt, wie sie von all der Anstrengung waren, nicht zu erkälten. Mutter Konrad lag genauso bewegungslos auf dem Sofa, wie ihr Sohn vor der Tür stand, als hätte die Familie mit einem Mal alle Energie verlassen. Nur die Straußenkinder liefen aufgeregt im Kreis herum.

»Der alte Heinze meinte mal, die Wölfe kommen wieder, jetzt wo hier kaum noch Menschen sind«, sagte Hubertus, nachdem er in die Vorkommnisse der Nacht eingeweiht worden war. »Aber vielleicht war das ja auch ein Hund. Jedenfalls kann ich euch sowieso einen Vorschlag machen …«

»Seit wann essen denn Hunde Zebra?«

»Warum nicht? Woher soll man wissen, ob ein Hund Zebra mag, wenn er noch nie einem begegnet ist?«

»Also …«, sagte Hubertus.

»Gibt es in Afrika Hunde?«, fragte Elke.

Ephraim sah sie skeptisch an.

»Warum sollte es in Afrika keine Hunde geben?«

»Na ja, hier gibt es doch auch keine Zebras, also normalerweise.«

»Normalerweise?«

»Und was ist mit diesen Wölfen?«, fragte Alfred.

»Keine Ahnung, was die essen.«

»Am liebsten Schafe, oder?«

»Jedenfalls können die beißen.«

»Esmeralda kann auch beißen.«

»Wäre sie die Täterin, würde das Bein anders aussehen.«

»Habt ihr denn nach Spuren gesucht?«, fragte Hubertus.

»Spuren?«

»Ja, im Schnee. Da müsste doch was zu sehen sein.«

»Mir ist ganz egal, wer oder was hier rumläuft und was von dem zu sehen ist! Mein Kind bring ich hier sicher nicht zur Welt!«, rief Elke ungehalten und womöglich auch ein wenig panisch, da sie spürte, dass hier gar nichts so war, wie sie als werdende Mutter sich das wünschte.

Die Männer beruhigten sie, so gut es ging, nahmen dann jeder einen Stock aus dem Unterholz und machten sich auf die Suche nach möglichen Spuren in der immer schneller dahinschmelzenden Schneedecke. Irgendetwas mussten sie ja unternehmen. Von Wölfen, Löwen oder Hunden war nichts zu entdecken. Neben Hubertus' Spur allerdings fanden sie frische Abdrücke, in denen vor nicht allzu langer Zeit recht schwere Stiefel gegangen sein mussten. Daneben lauter kleine Löcher, wie von einem Stock. Anscheinend war ihm doch jemand gefolgt.

»Der Mensch ist des Menschen Löwe«, sagte Ephraim nachdenklich.

»Wie bitte?«, fragte Hubertus.

»Ein altes afrikanisches Sprichwort. Er meint, dass es jetzt ungemütlich werden könnte«, erklärte Alfred. »Und zwar nicht wegen des Wetters oder der Wölfe.«

Schnell liefen sie zurück zur Hütte, um Karl zu informieren. Der aber war verschwunden.

21.

Er hatte keine andere Wahl. Es gab kein Zurück. Er musste sie retten. Sie alle. Viel zu viel Zeit hatte er schon verloren, erst mit seiner unsinnigen Untätigkeit und dann mit diesem Mofa, das bei all der plötzlichen Feuchtigkeit nicht hatte anspringen wollen. Sein rechtes Bein war schon ganz lahm von all dem Treten auf den Starter, als der Motor endlich gehustet und gekeucht und schließlich auch gebrummt hatte. Da war es längst nach Mittag. Bis zur Dämmerung blieben ihm höchstens drei Stunden.

Karl hatte begriffen. Wenn seine Tiere nicht sicher waren bei ihm, dann hatte all das keinen Sinn. Kälte, Feuchtigkeit und Geldmangel konnte man in den Griff bekommen. Das war ärgerlich. Unnötig. Lästig. Da konnte Elke noch so schimpfen und gucken. Wenn aber jemand nachts dahergelaufen kam und eines seiner Tiere biss, dann ging das nicht. So wie er für das Wohl der Mutter sorgte, hatte er sich auch um alle anderen zu kümmern, ganz gleich, wie sehr ihn das störte, da er viel lieber mit den Tieren spielte. Er war kein Kind, und das war auch kein Spiel, da hatte Elke recht. Er drückte sich den Tropenhelm noch etwas fester in die Stirn, damit der nicht davonflog.

Als Karl beim Einkaufszentrum ankam, waren seine Finger so steif gefroren, dass er sein Zweirad unabgeschlossen auf dem Parkplatz stehen lassen musste. Auf gefühllosen Füßen stelzte er durch die gläserne Schiebetür, verweilte nur einen kurzen Augenblick im wärmenden Lüftungsstrom und eilte dann hinein in die große Halle und zum erstbesten Mitarbeiter.

»Was haben Sie denn gegen Tiere?«, fragte er den untersetzten Herrn, mit dem er schon einmal geredet hatte.

»Schädlingsbekämpfung finden Sie hinten links.«

»Von wegen Schädlinge! Wilde Tiere meine ich! Raubtiere, die zubeißen!«

Der Fachmarktangestellte sah kurz verwundert an Karl Konrad hoch, zwinkerte dann, als habe er erst jetzt den Tropenhelm bemerkt, und lächelte.

»Sie meinen echte Tiere?«

»Was sonst als das, was ich gesagt habe? Wir werden angegriffen!«

»Tja«, sagte der Angestellte. »Und einen Förster gibt es nicht mehr. Ich weiß, wovon Sie reden. Die Wölfe kommen wieder. Der Staat lässt uns allein.«

»Und wo bekomme ich so was?«

»So was?«

»Na eine Waffe! Ich muss mich doch verteidigen!«

Wieder musterte der Mann Karl, als müsse er ihn einordnen, bevor er weiterhelfen könnte.

»Waffen führen wir keine, außer Sie wollen den Tieren mit einer Gartenschere kommen, wobei es da mittlerweile ganz ordentliche Klingen nach Machetenart gibt. Aber wenn es wirklich die Wölfe auf Sie abgesehen haben …«

»Natürlich haben sie! Das erste Zebra ist ja schon verletzt!«

»Ein Zebra ist verletzt? Von einem Wolf?«

»Ja, hören Sie denn schlecht? Was sollen diese ganzen Fragen?«

Dann musste Karl dem Mann den ganzen Sachverhalt noch einmal schildern und dazu noch viel mehr als nötig von diesem neuen Land im Wald erzählen. Karl wäre am liebsten einfach weggerannt, aber immerhin schien der Angestellte ihm doch behilflich sein zu wollen. Endlich hatte er jemanden gefunden, der ihm zumindest einen Teil der lastenden Verantwortung abnehmen konnte. Denn das wurde immer klarer, dass der sich auskannte mit wilden Tieren in den Wäldern und wusste, was genau zu tun war.

»Warten Sie einen Moment, ich muss kurz telefonieren«, wies er Karl wenig später an und verschwand durch eine Seitentür.

So selbstsicher klang dieser Mann, dass Karl plötzlich gar nicht mehr hektisch wartete. Er war es leid, Entscheidungen zu treffen, sich zu sorgen um die Zukunft und dann doch nur Unzufriedenheit zu ernten. Natürlich hatte er gedacht, das allein zu schaffen. Und so wäre es auch gekommen, das war sicher, wenn diese Raubtiere ihn nicht bedrohen würden. Ganz panisch waren

Ephraim und Alfred geworden, von Elke ganz zu schweigen, deren Anwesenheit ihn immer stärker verwirrte. Mehr noch als die Mutter brachte sie ihn aus der Ruhe. Da konnte sie noch so heimlich hinter den Büschen verschwinden. Nur wäre das alles ja bald vorbei, wenn erst die Tiere im fertigen Stall stünden und er den Ofen besser installiert haben und überhaupt endlich alles wieder gut sein würde da draußen hinterm Wald am See in seinem kleinen Land.

Als der Angestellte zurückkam, waren die Probleme in Karls Kopf schon längst gelöst. Er sah sein Land in der warmen Sonne liegen, um ihn herum die Tiere und ja, selbst das konnte er jetzt denken, Elke glücklich und zufrieden mit einem kleinen Menschenkind auf ihrem Schoß. Das lachte fröhlich. Er solle einfach vor dem Eingang warten, sagte der Mann, da werde jemand kommen, der ihm helfen könne. Per Telefon habe er alles organisiert. Karl lächelte und drückte fest die ihm gereichte Hand.

»Danke«, sagte er. »Sie sind ein hilfsbereiter Mensch.«

Vom Vordach des Baumarktes geschützt, betrachtete Karl ganz gelassen den Schneeregen im Schein der die Dämmerung erhellenden Straßenlaternen. Was waren Schnee und Regen schon verglichen mit der wirklichen Gefahr, aus der er all die Seinen bald gerettet haben würde? Langsam aber trübte sich die gute Laune, da zwei Fragen immer lauter in ihm klangen. Wie konnte es sein, dass er durch diesen nicht allzu starken Schneeregen sein Mofa gar nicht sehen konnte? Und worauf genau wartete er? Angestrengt fixierte er die Stelle, an der er das Zweirad abgestellt hatte. Nichts war zu sehen. Nur das dahinter geparkte Auto, komplett unverstellt und gleich unter einer Laterne. Wenn das Mofa also dastünde, müsste er es auch sehen können, das war klar. War es gestohlen worden? Ehe er weiter darüber nachdenken konnte, wurde ihm der Blick verstellt. Ein gigantisches Stück schwarz glänzenden Metalls schob sich direkt vor sein Gesicht, darüber eine Scheibe, in der er sich selbst an seinem Tropenhelm erkannte. Summend versank sein Spiegelbild im Metall. Ein ordentlich frisierter Kopf erschien. Zwei Augen starrten ihn an, wandten sich dann wieder ab in Richtung eines Beifahrers, der kaum zu sehen war.

»Das muss er sein«, hörte Karl den einen sagen.

»Meine Fresse«, sagte der andere.

»Bist du das mit den Raubtieren im Wald?«, fragte der Fahrer.

»Ja«, sagte Karl. »Ich muss nur noch mein Mofa finden.«

»Dein Mofa?«

»Ja«, sagte Karl, leicht verärgert darüber, dass auch hier schon wieder nachgefragt wurde, als spreche er undeutlich. »Es stand gleich unter der Laterne. Ich konnte nur nicht abschließen, wegen der Kälte.«

»Hättest du besser abgeschlossen, bei dem Gesocks, das hier rumläuft. Und jetzt steig ein! Wir bringen dich nach Hause! Das Mofa suchen wir später.«

Der Fahrer drehte sich um und öffnete die schmale

Hintertür von innen. Karl war es gar nicht recht, sein Gefährt einfach so zurückzulassen, auch wenn es nicht zu sehen war. Aber was sollte er tun? Er konnte sich ja nur wegen des Mofas nicht diese Gelegenheit entgehen lassen. Außerdem ließ der Mann in diesem Riesenfahrzeug keinen Zweifel daran, dass Karl einsteigen würde. Ganz unverständlich war das nicht, da Karl selbst ja um Hilfe gebeten hatte. Dann musste er die auch annehmen. Also stieg er über die silbern glänzende Stufe hoch auf die Rückbank und zog die Tür hinter sich zu. Das ganze Gefährt vibrierte zum Klang eines Motors, wie Karl noch nie einen gehört hatte.

»Rechts runter, ist das richtig?«, fragte der Fahrer.

»Ja, genau«, sagte Karl.

Und dann erklang ein noch viel lauterer Lärm. Ein scheppperndes Krachen fuhr Karl in den Kopf, dass er gar nicht wusste, wie ihm geschah. Nur langsam begriff er, dass es sich um eine Art Musik handelte, die aus den Lautsprechern des Fahrzeugs schallte, eine Musik, die gar keinen Gedanken zuließ, die einfach über ihn herfiel. Bei aller Freude über die Hilfe der Männer fühlte Karl sich nicht mehr so wohl, zumal eine Stimme grässlich losbrüllte.

Mein Vaterland, magst ruu-hig sein!

Erst als sie den Wald erreicht hatten, stellte der Fahrer die Musik leiser und fragte ihn, wo genau er halten solle. Ganz durcheinander und mit einem hartnäckigen Piepsen im Ohr, zeigte Karl ihnen die Stelle, von der aus man am schnellsten zum See kam. Er wusste, dass er nicht allein wegen der Musik an dem ganzen Unternehmen zweifeln durfte. Schließlich waren die Geschmäcker verschieden, gefielen ihm auch die Lieder nicht, die seine Mutter hörte. Hinzu kam jedoch, dass die beiden Männer so viel weniger freundlich waren als der Fachverkäufer im Baumarkt. Plötzlich schien es ihm unsinnig, das Schicksal seines Landes in ihre Hände zu legen, da ihm jetzt klar wurde, dass er dabei war, all das zu verraten, was er so lange mühevoll verborgen hatte. Nur konnte er selbst sich nicht mit wilden Tieren anlegen! Ja, kaum sah er sie ihre Gewehre aus den Futteralen ziehen, begriff er, dass es anders gar nicht ging. Wer, wenn nicht die beiden Jäger, sollte ihm helfen? Man konnte schließlich nicht alles alleine machen!

Auch im Wald war der Schnee mittlerweile vollständig getaut. Im allerletzten Tageslicht versuchte Karl, die Orientierung zu behalten. Die beiden Männer folgten ihm. Hektisch ließen sie die Kegel ihrer Taschenlampen über die nassen Büsche und Bäume streifen, ohne dass Karl sich so besser zurechtgefunden hätte. Ja, er fürchtete, sich zu verlaufen. Was würden sie sagen, wenn er sie hierherholte, und dann war gar nichts zu sehen? Kein verletztes Tier, und Wölfe schon mal gar nicht? Das durfte er nicht riskieren. Sie wollten ihm ja helfen, wie auch immer sie das machen würden, dieses Tier im Dunkeln aufzuspüren, das die Seinen so bedrohte. Daran, dass sie das konnten, bestand kein Zweifel, so selbstbewusst, wie sie auftraten mit ihren langen Waffen. Sie hatten sicherlich schon einen Plan. Nicht mehr lange, und alles würde wieder gut.

Schließlich musste er sich am wackeligen Schein der Taschenlampen orientieren, so dunkel war es plötzlich, ohne dass er gewusst hätte, wie weit sie noch zu laufen hatten. Ungeduldig fragten sie ihn immer wieder. Ängstlich und verwirrt wies er geradeaus.

»Alfred! Ephraim!«, rief er, als er gar nicht mehr weiterwusste. »Elke! Wo seid ihr?«

»Sag mal, hast du sie noch alle?«

»Es muss gleich in der Nähe sein.«

»Halt bloß die Fresse, Mann, und weiter jetzt.«

»Anscheinend haben sie uns nicht gehört.«

»Halt's Maul, verdammt!«

Wollten sie nun zum Ziel oder nicht? Was brachte es, hier im Dunkeln rumzuhetzen, wenn man nicht wusste, wo man war?

»Ich hab dir gleich gesagt, dass das ein Irrer ist«, hörte er leise den einen hinter sich schimpfen. »Zebras und Wölfe und Nigger hier im Wald!«

»Order ist Order«, sagte der andere.

»Scheiße, und das bei der Kälte. Als gäbe es sonst keine Probleme!«

»Ist nicht unsere Aufgabe, darüber nachzudenken. Und jetzt Schnauze!«

So ging es immer weiter, bis Karl seine Füße in den nassen Schuhen nicht mehr spürte. Wie konnte es sein, dass plötzlich alles verschwunden war? Dass sie ihn nicht hörten? Dass er sich in seinem Land nicht mehr zurechtfand?

Die Wut der beiden Retter wuchs. Immer wieder stieß der eine ihn mit dem Gewehr schmerzhaft in den Rücken. Wie ein Tier trieben sie ihn durch diese Finsternis, in der ein Baumstamm wie der andere war, vom Himmel keine Spur, selbst durch die laublosen Bäume.

Am Ende standen sie wieder auf der Landstraße. Sie knallten ihn mit dem Rücken gegen den Wagen und bauten sich mit ihren Gewehren vor ihm auf.

»Ich glaub das nicht«, schimpfte der Fahrer. »Der Penner hat uns doch verarscht!«

»Meinst du, dem macht das Spaß, mit uns so durch den Wald zu laufen? Ich sag dir, der ist irre.«

»Und wenn? Was machen wir dann jetzt mit ihm?«

»Entsorgen halt. Dann war die Aktion nicht ganz sinnlos.«

»Ohne Order?«

»Was denn Order? Hast doch gesehen, was die ganze Orderscheiße bringt. Selbst ist der Mann!«

»Wir können den doch hier nicht einfach …«

»Und warum nicht? Wer vermisst so einen schon?«

Karl war viel zu durchgefroren und mit dem von all den Stößen geschundenen Rücken beschäftigt, um zu verstehen, was die beiden diskutierten. Tief in sich spürte er aber, dass er besser nicht an diesem Fahrzeug stehen bleiben sollte. Ganz instinktiv begriff er, dass die geplante Rettung seines Landes sich in eine handfeste Bedrohung seiner selbst verwandelt hatte. Als die Scheinwerfer des Abendbusses kurz darauf zwischen den Bäumen auftauchten, trugen ihn seine Beine ganz von selbst in den Wald hinein. Er rannte einfach drauflos, während der Motor des Busses schon wieder verklang. Trotz seines wilden Keuchens hörte Karl die Männer brüllen. Die wollten ihm nichts Gutes. Also dachte er gar nicht daran, seine Beine zu hindern, ihn weiter in den Wald hineinzutragen. Zurück in seinen Wald.

Was auch immer Karl jetzt anders machte, ohne Taschenlampe und auf sich gestellt, plötzlich erkannte er alles wieder. Da war ein Weg, wo eben nur Bäume gestanden hatten. Noch schneller schlug sein Herz, weil er sie vorhin doch gerufen und keiner ihn gehört hatte. Was war geschehen, seit er weggefahren war? Waren die Wölfe zurückgekommen? Gab es denn überhaupt noch Hoffnung, wenn er selbst nicht wusste, wie sein Land zu schützen war? Er hatte versagt und war doch so glücklich, dass er gleich das Haus und den See und die Tiere und auch die Menschen und selbst Elke sehen würde. Er hatte seinen Traum nicht vergessen. Für alles andere ließe sich eine Lösung finden.

Ganz dunkel lag der See in der mondlosen Nacht. Kein Stern war am Himmel zu sehen. Karl ging langsamer, atmete ruhiger und bemerkte, wie still es um ihn herum war. Bis auf seinen Atem und das leise Fiepen in seinem Ohr war nichts zu hören. Wie vor einem Konzert, nur dass sich niemand räusperte, keiner seinen Stuhl zurechtrückte und schließlich auch nichts folgen würde auf die Ruhe. Noch etwas schwärzer als die Bäume und der See zeichneten sich Hütte und Stall vor der Dunkelheit ab. Unsicher setzte Karl einen verfrorenen Fuß vor den anderen, wandte den Kopf immer wieder nach links und nach rechts, aber alles war dunkel. Er wollte rufen, doch wusste die Stimme schon besser als er, wie sinnlos das war. Sein heiseres Krächzen verstummte.

Auch nach mehreren Stunden, die er bewegungslos am Ufer des Sees gestanden hatte, konnte Karl nichts empfinden. Keine Wut. Weder auf sich noch auf andere. Enttäuschung sicher nicht. Nicht Trauer, nicht Verzweiflung. Nein, in ihm formte sich mit jedem Augenblick, den er hier weiter in der Kälte aushielt, die feste Überzeugung, dass endlich alles wieder so war, wie es zu sein hatte. Wie sollte es denn sonst mitten im Winter an einem See im Wald aussehen? Tatsächlich dachte er gar nicht darüber nach, wohin sie alle waren. Zu eindeutig waren sie weg, und das schien richtig. Er allein störte das Bild. Er mit all seinen Gedanken an die Tiere, die Veranda, die Bediensteten, den See in Afrika. Was war das denn nur für ein Unsinn? Karl lächelte, als er begriff, dass alles wieder seine ganz und gar richtige Ordnung haben würde, sobald auch er verschwunden war.

22.

»Ich schwör euch, dass ich nichts getrunken hatte«, sagte Oschi.

»Eben drum«, meinte Manfred. »Wenn du nichts trinkst, ist das ja so, wie wenn andere komplett besoffen sind. Du bist ja sozusagen umgepolt in Sachen Alkohol.«

»Es war ganz deutlich, einfach da. Ich wollte nur mal wieder ums Dorf laufen, weil's sonst nichts zu tun gibt. Manchmal bleibt der Schnee draußen ja länger liegen, dachte ich, da wollt ich nachgucken, versteht ihr? Und bei der Kirche seh ich noch den Popen und grüß auch schön, weil so viele Leute trifft man ja nicht mehr, selbst tagsüber …«

»Wo ist der überhaupt?«, fragte der alte Heinze.

»Wahrscheinlich beten mit dem Dicken«, meinte Ray.

»Was die so Beten nennen«, sagte Manfred.

»Jedenfalls grüß ich den, und von Hubertus war nichts zu sehen, aber darum geht's auch gar nicht. Weil dann bin ich ja weiter und raus aus dem Dorf, und da war wirklich noch richtig schön Schnee auf den Feldern. Ich bin dann ein bisschen rüber, ganz fröhlich. So kindisch werd ich halt beim ersten Schnee. Und kaum lieg ich auf dem Rücken, um einen Flattermann zu machen, ihr wisst schon, mit den Armen einen Abdruck, als hätte man Flügel, da hör ich's plötzlich ganz komisch, ein Schnauben wie ein Pferd, nur anders.«

»Selbst schuld, wenn ihr dauernd die Augen zumacht«, sagte Heinze.

»Ich hab genau darauf geachtet, dass ich ganz wach war, da könnt ihr sicher sein, das soll mir nicht noch mal passieren, dass ich für bekloppt gehalten werde …«

»Besoffen«, sagte Ray. »Besoffen, nicht bekloppt, das ist ein Unterschied. Sonst wär das hier ein Irrenhaus und keine Gaststätte.«

»Jedenfalls heb ich ganz leicht den Kopf, nur ein bisschen, weil ich ja auch ein bisschen Angst hatte, so ganz alleine auf den Feldern, und dann kommt plötzlich ein Pferd, versteht ihr? Also, eigentlich hab ich richtig gezittert, und das nicht wegen der Kälte und auch nicht, weil's nichts zu trinken gab, sondern weil ich da die Angst gespürt hab, ganz tief in mir drin, ganz ohne nachzudenken. Also das heißt, vielleicht war's ja auch keine Angst, sondern ein Gefühl, dass was Besonderes passiert, da draußen auf dem Feld, versteht ihr?«

»Was gibt's da zu verstehen bei dem Herumgefasel?«

»Ja, du hast recht, das war nur ein Gefühl, aber dann habe ich's gesehen.«

»Was denn jetzt, Mann, verdammt?!«

»Na dieses Tier. Ein schwarzes Riesenschwein, und obendrauf saß eine kugelrunde Frau mit goldenem Haar! Und dann heb ich den Kopf noch weiter und sehe da gleich neben dem Kopf von dem Monster Hubertus, als würde der das führen wie einen Hund, versteht ihr? Und dann, dahinter, lief ein gestreiftes Pferd, und da drauf lag auch ein Mensch, aber mit grauen Haaren, und daneben lief ein Mann, der richtig schwarz war, auch wenn ich nicht sagen kann, ob das jetzt einer von den beiden war, die ich im Sommer schon gesehen hab, wobei dafür spricht, dass dahinter noch ein Tier kam und noch eins ganz mit Kisten vollgeladen und dahinter eben noch eins mit noch einem schwarzen Mann, der dem geholfen hat, weil das ja humpeln musste mit dem Verband am Bein.«

»Das Zebra hatte ein verbundenes Bein?«

»Ja, Zebra, richtig, so heißen die gestreiften Pferde, obwohl das Bein natürlich nicht gestreift war, weil da ja nur Verband zu sehen war. Der war ganz weiß, vielleicht ein bisschen schmutzig, aber nicht gestreift.«

»Und du hast wirklich nicht die Augen zugehabt?«

»Das hab ich immer wieder überprüft, weil das soll mir ja nicht noch mal passieren, wie gesagt. Deshalb hab ich sie immer wieder nur ganz kurz zugemacht, und dann waren die alle verschwunden, dann war da nur Schwarz mit diesen grünen Kreisen, also genau umgekehrt wie sonst.«

»Ich weiß ja nicht«, meinte Manfred. »So richtig glaubwürdig klingt das jetzt nicht.«

»Vielleicht hat er ja erst die Augen zugemacht und dann mit zuen Augen gedacht, dass er die Augen aufmacht, und dann zum Test die wieder zugemacht, obwohl sie ja die ganze Zeit zu waren.«

Ray schaute ganz zufrieden mit seiner Analyse in die Runde und schenkte allen einen Likör ein. Mittlerweile tranken sie die süßen Sachen. Das scharfe Zeug war aufgebraucht.

»Nee, wirklich jetzt, das müsst ihr mir glauben! Ich hab die Augen wirklich ganz weit aufgemacht!«

»Das klang eben aber anders«, meinte der alte Heinze. »Da hast du sie immer wieder mal geschlossen.«

»Ja, aber nur zum Test! Das ist doch der Beweis!«

»Das beweist gar nichts. Wenn man schon damit anfängt, sie zu öffnen und zu schließen, kann man schnell durcheinanderkommen. Glaubwürdig ist das nicht, und vor Gericht schon gar nicht.«

»Wo sollen die auch hingelaufen sein?«

»Was weiß denn ich? Ich hab mich doch versteckt, weil einer zu mir rübergeguckt hat, und dann, als ich den Kopf wieder gehoben hab, waren sie weg.«

»Na siehste. Kopf heben ist wie aufwachen. Du hast da halt gepennt.«

»Ist ja auch kein Verbrechen, zu träumen«, sagte Ray. »Darauf kann man mal anstoßen.«

Und genau das taten sie, als plötzlich die Tür von außen geöffnet wurde und der Wind ihnen kalt in die Glieder fuhr. Kaum interessiert daran, ob nun der Jungvikar oder Hubertus oder beide zeitgleich auftauchten, kippten sie das süße Zeug hinunter. Nur Ray hinter dem Tresen sah sofort, was da los war.

»Cola«, sagte Karl Konrad und setzte sich auf seinen Platz unter den Pokalen.

Da zwinkerten die Augenpaare allesamt wie wahnsinnig, um ihre Träger davon zu überzeugen, dass sie auch wirklich sahen, was sie zu sehen vorgaben. Karl Konrad mit einem mittlerweile nicht mehr weißen Tropenhelm, mit wildem Bartwuchs, Hemd und Hose ganz verschmutzt und zerrissen, die nackten Füße blutig und blau gefroren.

»Eis und Zitrone?«, stammelte Ray.

Karl nickte. Er nickte immer weiter, bis Ray das Glas vor ihm auf einen Bierdeckel gestellt hatte, und auch dann kam sein Kopf nicht zur Ruhe, während der Wind weiter durch die offene Tür blies.

»Mann, Karl, wenn du wüsstest, was Hubi so von dir erzählt«, sagte Manfred und fing seinerseits an, den Kopf zu schütteln. »Und Oschi meint, du hättest was mit Afrikanern.«

»Jetzt lass ihn halt. Du siehst doch, dass er durch ist. War ja nicht anders zu erwarten. Kein Wunder, dass der sich so lange nicht hat sehen lassen. Da will man gar nicht wissen, was mit seiner Mutter ist.«

»Da sollte man dringend nach dem Rechten sehen«, sagte der alte Heinze. »Am besten gleich morgen.«

»Jetzt soll er erst mal einen trinken«, sagte Ray und stellte auch vor Karl ein kleines Glas randvoll gefüllt. »Und einer könnte mal die Tür zumachen. Der ist ja halb erfroren.«

Es dauerte noch eine ganze Weile, bis Manfred sich erhob und ganz langsam durch den Raum ging, als wollte er Karl bloß nicht aus den Augen lassen. Als könnte der einfach wieder verschwinden. Dann aber hatte er endlich den Griff in der Hand und setzte an, die Tür zu sich zu ziehen, als das Pfeifen des Windes verstummte.

Die Fasskühlung setzte aus.

Die Zeit stand still.

Ein Schrei ging durchs Dorf.

Ein Kreischen, dass die Männer vor Grauen erstarrten.

Karl reagierte anders. Kaum war der Schrei verklungen, da griff er nach dem Gläschen und stürzte den Likör in den Rachen, als wache er jetzt erst auf aus dem schrecklichen Traum, dem er seit diesem Morgen schon nicht mehr entkam. Da spürte er plötzlich, wie grausam die Füße ihn schmerzten, sah die Hände wild zittern, fühlte nur Kälte im Körper, ausgenommen der Magen, in dem sich der Trank warm entfaltete. Es dauerte nur Sekunden, da hatte der Alkohol das Herz erreicht, das plötzlich ganz wild schlug und frisches Blut in die so weit entfernten Glieder pumpte.

Der nächste Schrei folgte kurz darauf und war noch schlimmer. Die Männer starrten Karl an, als glaubten ausgerechnet sie, die an nichts glaubten, an den Teufel, der das Ende brachte.

»Ich zahle später«, krächzte Karl und stürzte los, raus aus dem Adler, links die Straße runter, von wo die Schreie kamen.

Er rannte mitten auf der Straße zwischen all den verlassenen Häusern hindurch, immerzu geradeaus, wo in finsterer Nacht nur ganz klein etwas leuchtete. Etwas tief in ihm trieb ihn an. Wild warf es seine langen Beine immer weiter nach vorn, dass er mit den Armen rudern musste, um das Gleichgewicht nicht zu verlieren. Weiter und weiter ließ es Karl voranstürmen, bis da wieder ein Schrei war, dem gleich noch einer folgte, nur leiser. Da senkte sich Karls Kopf, knallte tropenbehelmt gegen das Holz, das gleich nachgab. Drei Schritte noch stolperte er, dann fiel der lange Körper hin und streckte sich der ganzen Länge nach aus. Auf den kalten Boden der Kirche.

»Ich habe euch gesagt, dass er rechtzeitig erscheinen wird«, hörte er eine Stimme, die er kannte.

»Unter rechtzeitig verstehe ich etwas anderes«, sagte der andere der beiden Männer, die ihm damals hatten helfen wollen. »Er hat uns schlicht im Stich gelassen.«

Karl hörte noch ein anderes Geräusch. Er kam zu sich und hob den Kopf, um zu sehen.

Fast der gesamte Boden der Kirche war mit Stroh bedeckt. Wenige Meter vor seiner Nase standen die Straußenkinder und blickten zu ihm hinunter. Gleich links von ihnen lag ein Zebra, die drei Artgenossen hielten sich aufrecht daneben. Auf festen Füßen schwankte Esmeralda rechts von ihm gemütlich hin und her. Das Geräusch aber kam von weiter hinten. Da waren Ephraim und Alfred, daneben Hubertus und der Kirchenmann. Zwischen ihnen lag seine Mutter auf einem Bett aus Kissen, daneben Elke in weißen Laken. In ihren Armen hielt sie ein seltsames Ding, das zu wimmern begann und dann schrie, dass Karls Herz nicht mehr konnte.

»Jetzt bringt ihn schon her«, sagte Elke.

Vorsichtig drehten Alfred und Ephraim den Leblosen um und trugen ihn an Armen und Füßen. Klappernd fiel der Tropenhelm zu Boden. Dann betteten sie seinen Kopf auf Elkes Schoß.

»Du armer großer Karl«, flüsterte sie und strich ihm die nassen Haare aus der Stirn. »Du armer, armer großer Karl, was wäre ohne dich denn nur aus uns geworden?«

Vielleicht zum allerersten Mal in seinem Leben löste sich da etwas in Karl, rückte sein Herz ein Stück zur Seite, um Platz zu machen für einen kaum hörbaren Seufzer.

23.

Wenn ein Karl Konrad endlich seufzt, sollte man meinen, dass mit Worten nicht mehr viel zu sagen ist. Und wirklich kann ja niemand wissen, wie es weitergehen wird in diesem kleinen Afrika, das in den folgenden Wochen unter Massen von Schnee versinkt. Selbst der Reiher und die Enten haben sich längst davongemacht ins Winterquartier, und auch der verirrte Wolf ist wieder verschwunden.

Dafür ist im Dorf richtig was los. Bei allem Schrecken nämlich sind die Männer schnell hinter Karl her aus dem Adler gestürzt und zur Kirche gerannt und konnten schließlich, dichtgedrängt auf der Schwelle verharrend, gar nicht glauben, was in ihrer Nachbarschaft so vor sich ging. Da hörte selbst der Fleischer auf, von Elke nur für sich zu träumen. Es war eindeutig etwas Größeres, das hier geschah. Ohne dass ein Wort gesagt wurde, hatten sie alle begriffen.

Seit diesen denkwürdigen Ereignissen liegt Karl Konrads Afrika mit Unterstützung aller Beteiligten mitten im Dorf. Hubertus und der Jungvikar hatten den Auszug von langer Hand vorbereitet und angesichts der plötzlich drohenden Gefahr auch Alfred, Ephraim und Elke überzeugt. Karl brauchte hin und wieder einfach Hilfe, so ungern er die akzeptierte.

Warum der alte Heinze, der Hubertus in den Wald gefolgt war, Karl Konrad und die Seinen nicht verraten hat, kann nur er selbst wissen. Er schweigt bis heute. Noch hat kein Außenstehender von der Umnutzung der Dorfkirche erfahren. Deshalb wird auch der Postbote nicht informiert, und es ist weiterhin Hubertus, der allmorgendlich den Konradschen Briefkasten überprüft.

An diesem Morgen gut zwei Wochen vor Jahresende erkennt Hubertus schon an den Reifenspuren im ansonsten unberührten Schnee der Straße, dass der offizielle Postbote etwas für Konrad hatte. Das Wissen lässt ihn alle Vorsicht vergessen und so kraftvoll in die Pedale treten, dass er kurz darauf trotz bremsblockierter Reifen erst Meter hinter dem Briefkasten zum Stehen kommt. Umso hastiger reißt er sich die Handschuhe von den Händen und stapft durch den Schnee und fingert schon ganz zitterig den Schlüssel aus der Tasche. Das Quietschen des Briefkastentürchens verklingt vom Schnee gedämpft. Die Wintermorgensonne fällt auf die Karte, von der ein Löwe mit furchterregendem Gebiss herunterbrüllt.

Hubertus greift nach der Bestie.

Liebe Mama, lieber Kalli,
ich habe Papa gefunden! Er lebt am Okawango in einem großen Haus mit lauter wilden Tieren! Leider kann ich

Weihnachten nicht kommen. Vielleicht kommt ihr ja nächstes Jahr nach Afrika.

Viele Grüße
euer Tommy

Hubertus schaut links und rechts die Straße hinunter und raus auf die Felder. Still liegt das Land unter dem herrlichen Schnee. Der Löwe schmeckt ihm gar nicht mal so schlecht.